KB106212

나의 딸의 딸

나의 딸의 딸

1판 1쇄 인쇄 2014년 9월 25일
1판 2쇄 인쇄 2014년 9월 29일

지은이 | 최인호
펴낸이 | 김성봉 서경현
주간 | 함명춘
총괄기획 | 김미선 배호진 이윤희 주상욱
편집팀장 | 서대경
디자인 | 신유민
그림 | 최다혜

펴낸곳 | (주)여백미디어
등록 | 1998년 12월 4일 제 03-01419호
주소 | 서울시 용산구 독서당로 132 [140-884]
전화 | 02-798-2296
팩스 | 02-798-2297
이메일 | iyeo100@hanmail.net

인쇄 | 선경프린테크
제본 | 대흥제책
ISBN 978-89-5866-229-7 (03810)

이 책의 판권은 지은이와 (주)여백미디어에 있으며,
양측의 서면 동의 없는 무단 전재 및 복제를 금합니다.

나의 딸의 딸

여백

1970년 11월 28일. 내가 아내와 결혼할 때 황순원 선생님이 주례를 서주셨다. 평소에 말씀하시기를 싫어하셔서 강연 같은 것을 한사코 사양하시던 선생님은 내가 부탁하자 서슴지 않고 이를 수락해주셨다. 첫 딸을 낳았을 때 선생님께 작명을 부탁드렸더니 선생님은 자신의 소설 〈일월日月〉에 나오는 다혜多惠라는 이름을 주셨다. 그러면서 선생님은 이렇게 말씀하셨다. "내 소설의 여주인공 중에서 내가 다혜를 가장 좋아하거든." 그리고 2000년 10월 25일. 나의 딸 다혜가 자신을 닮은 딸 정원이를 낳았다. 정원이는 나의 딸의 딸이다.

1부

나의 딸

아아, 아버지에게 딸은 누구인가.
그 딸은 어디서부터 내게 따님이 되어서 오신 것일까.
그리고 그 딸에게 있어 아버지인 나는 도대체 누구인가.
신기하고 신기하구나.

딸아이의 문갑을 열어본 순간 나는 성장한 딸이 목욕하는 것을 우연히 보았다가 낯이 붉어지는 아버지처럼 왠지 겸연쩍고 한편으론 대견하기도 하고 또 한편은 섭섭해서 물러날 수밖에 없었다.

하루하루 달라져가는 아이들의 모습을 볼 때면 나는 신비한 신神의 섭리를 느끼곤 한다. 누군들 결혼해서 애를 낳지 않은 부모도 없겠고, 제 자식 사랑스럽지 않은 부모가 어디 있겠는가마는 사람은 단지 낳고 죽는 단 한 번만의 생을 누리는 것이 아니라 실은 세 번의 생을 경험하게 되는 것 같은 느낌을 받는다.

어릴 때 인간은 자기를 낳아준 부모님의 삶을 간접적으로 경험하게 되며, 결혼해서 애를 낳으면 자신의 삶뿐 아니라 애를 통해서 또 하나의 삶을 경험하게 되는 것이다. 그러니 결론적으로 신은 한 사람의 삶에 세 가지의 생生을 부여하신 사실을 나는 느끼고 있다.

요즈음 나는 애들의 성장에서 내 자신의 생을 문득문득 재확인하게 되며 그러한 때 신비하고 거룩한 신의 섭리를 가슴 깊이 느끼곤 한다.

집사람이 거실 한구석에 조그만 옛날 가구인 문갑을 사다놓은 일이 있다. 어느 날 우연히 그 문갑을 열어보았을 때 나는 깜짝 놀랐다.

딸아이가 그 문갑에 가지런히 자신의 장난감과 책, 모자, 손수건을 정리해두고 있는 모습을 발견했기 때문이었다.

나는 한 번도 우리 다혜가 그토록 정리벽이 있는가를 알지 못했었다. 아내에게 물어보니 아내 역시 그 구석 문갑 속에 다혜가 자신의 물건을 정리해두고 있었는지 몰랐다는 대답이었다. 말하자면 다혜는 이미 다섯 살의 나이에 어른들의 관심을 끌기 위해서나 칭찬을 받기 위해서 행동하고 재롱 피우는 어린애에서 벗어나 있었던 것이다.

도대체 언제 그토록 자신의 물건들을 그 문갑 속에 차례차례 정리해두었을까. 그곳엔 손수건이 차곡차곡 개어져 있었고 껌을 살 때마다 나오는 스티커들이 대여섯 장 놓여 있었고 빗, 장난감, 화장품, 동화책, 크레용, 인형, 내가 제주도에 갔을 때 사다준 옥돌목걸이, 장난감시계, 거울들이 너무나 가지런히 놓여 있었다.

나는 그것을 조용히 닫고 한 번도 다혜에게 물어보거나 그 문갑에 대해 얘기해보지 않기로 했다.

이제 딸아이는 남에게 보여주지 않는 자신만의 서랍을

정리할 만큼 컸으며 무엇이든 자신의 물건을 그곳에 집어 넣을 만큼 비밀을 가지는 숙녀가 되어가고 있는 것이다. 그 문갑을 열어본 순간 나는 성장한 딸이 목욕하는 것을 우연히 보았다가 낯이 붉어지는 아버지처럼 겸연쩍고 한편으론 대견하기도 하고 또 한편은 섭섭해서 물러날 수밖에 없었다. 왜냐하면 아이는 이미 우리 부모 곁에서 벗어나 자기 인격체로서 서서히 커가고 있음을 느꼈기 때문이었다.

얼마 전부터 다혜는 피아노를 배우고 있다. 애를 낳기 전만 해도 나는 어린애들에게 피아노를 배우게 하거나 미술을 배우게 하는 것이 극성스런 치맛바람이라고 빈정대는 쪽이었다. 그러나 이제 부모의 입장이 되고 보니 그런 생각은 어느 정도 수정해도 괜찮을 편견이 아닐까 하는 생각이 들었다.

왜냐하면 아이에게 미술을 가르치거나 음악을 가르쳐서 부모가 아이들이 전부 위대한 화가나 음악가가 되기를 바란다면 도둑놈의 심보겠으나 어렸을 때 아이들의 미적 경험을 확대시켜주는 기회를 가능하면 많이 만들어준다고 한다면 절대 나쁘지 않을 거라는 교활한 생각이 작동했기 때문이었다.

처음 피아노를 배우러 갔을 때 선생님은 다혜의 어린 손가락을 만져보고는 자신 없습니다, 한 달만 해보다가 진전이 없으면 다음에 하기로 합시다, 너무 어리고 몸이 약해놔서요 하고 아내에게 말했다고 했다. 그런 다혜가 하루이틀 피아노 배우러 간다고 하더니 처음엔 '오른손 도레미파솔'을 치고 어느 날은 놀랍게도 '나비야 나비야 이리 날아오너라' 노래를 음계로 부르며 피아노를 치고 있었다. 며칠 전 다혜는 내 극성스런 재촉에 마지못해 의자에 앉더니 악보책을 펼쳐놓고는 오른손 왼손 두 손 다 사용해서 간단한 악보를 정확히 쳐내려가기 시작했다.

나는 놀라서 비명을 질렀다. 어떻게 저 작은 머리로 왼손은 왼손대로 오른손은 오른손대로 한꺼번에 건반을 두드릴 수 있단 말인가.

결코 나는 다혜가 위대한 피아니스트가 되기를 원치 않는다. 예술가의 길은 힘들고 더구나 여자로서의 예술가는 불행과 고난의 길이라서 나는 행여 장난처럼 나중에 다혜가 아빠 흉내를 내서 고등학교 문예낭독회 때 '노오란 은행잎이 폐병 걸린 오누이의 기침소리처럼 떨어지도다'라는 감상적인 시를 읽는 문학소녀가 된다면 다리몽둥이를 부러뜨리겠다고 공언하고 다니곤 했었다.

나는 그저 다혜가 감수성이 풍부한 여인으로서 예쁘고

매력적인 미인이 되어 평범한 가정주부가 되기를 바랄 뿐이지 여류명사가 되어주기를 원치 않는다.

고사리 같은 손으로 건반을 두드리는 다혜를 볼 때 나는 밤 동안 나팔꽃 덩굴이 움썩움썩 자라는 것처럼 내 모를 사이에 놀랍게 커간 아이들의 성장이 왠지 경이감으로 가슴을 찔러왔다.

최근에 나는 거실에서 두 아이가 소꿉장난을 하는 것을 본 적이 있다. 딸아이는 엄마로 아들애는 아빠로서 소꿉장난을 하고 있었다. 나는 그것을 잠시 동안 몰래 숨어 훔쳐보았다.

네 살 난 아들 녀석은 내 흉내를 내기 시작했다.

"문 열어."

"네에 들어오세요."

"아아. 피곤해."

"또 술이로군요. 당신은 맨날맨날 술이에요."

"시끄러워. 라면이나 좀 끓여줘."

한 번도 나는 도단이 녀석이 나를 감시하고 있다고 녀석의 시선을 느껴본 적은 없었다. 늘 녀석은 내가 볼 때면 장난감을 가지고 놀거나 TV를 보거나 춤을 추거나 자거나 계단을 뛰어오르거나 했지 시선이 마주친 적은 별로 없었다.

그러나 녀석은 몰래몰래 아버지의 행동을 눈여겨보고 있었으며 그리하여 아빠는 늘 '피곤해'라는 말을 남용하는 무기력한 존재이며 밤낮 술이나 먹고 들어오고 라면이나 끓여달라는 억지를 부리는 아빠라는 것을 충분히 터득하고 있었던 것이 아닌가.

아내는 얘기했다. 11시 반이 넘어 내가 늦게 들어올 때면 아내는 으레 분통이 터져, 봐라 들어오기만 해봐라 하고 벼르고 있기 마련인데 그럴 때면 아들 녀석과 다음과 같이 얘기한다고 한다.

"엄마 화났어?"

"그래."

"에이, 아빠 없었으면 좋겠다."

한데 딸아이는 아내가 화를 낼 때면 이불 속으로 기어들면서 다음과 같이 이야기한다고 한다.

"에이. 빨리 자야지, 엄마 아빠 또 싸우기 전에. 엄마 아빤 맨날맨날 싸워."

그래 늦게 들어가 보면 다혜는 잠들어 있고 아들 녀석은 이 풍전등화의 위기에서 무슨 일이라도 벌어질까 내 눈치 엄마 눈치 살피면서 절대위기의 분위기를 능청스런 유머로 극복하려 한다. 장난감 총을 들고 내 가슴을 겨눈다.

“손들엇!”

나는 손을 든다.

“탕. 탕. 탕. 삐앙삐앙.”

나는 쓰러진다.

“아빠 죽었다. 엄마, 아빠 죽었어, 옷 벗겨라. 아빠 죽었다.”

마지못해 아내가 도단이에게 묻는다.

“아빠가 죽었으니 어떡하지?”

“라면 끓여줘라. 그럼 살아난다.”

나 자신을 돌아보자 갑자기 시차를 뛰어넘어 훌륭히 성장한 다혜의 모습이 눈앞에 섬광처럼 떠올랐다. 얼핏 정신을 가다듬어 다시 확인하려 했을 때는 그 짧은 찰나가 이미 재처럼 스러져버려 나는 마치 꿈과 같은 미로의 회랑에 던져진 기분이었다.

며칠 전 늦잠을 자고 있노라니 아내가 머리맡에 종이 한 장을 내려놓고 소리를 빽 질렀다.

"여보. 제발 좀 일어나세요. 일어나서 이것 좀 쓰세요."

나는 강경한 아내의 기세에 어느 정도 주눅이 들어서 부스스 몸을 돌려 일어나 아내가 준 종이가 무엇인가 들여다보았다. 그 머리맡엔 다음과 같이 씌어 있었다.

'가정환경조사서'

나는 그제야 그 종이가 무엇을 뜻하는 것인가 겨우 알아차렸다.

작년 말부터, 내년 봄이면 다혜를 유치원에 보내야 한다는 아내의 말을 수십 번 들었으며 다혜도 "나 언제 유치원가, 응?" 하고 묻기 일쑤였고, 며칠 전 아내는 마침 유치원에 들어갈 적령기에 있는 아이가 있는 동리 친구와 둘이 유치원에 들러 입학원서를 가져왔노라고 내게 말했던 일이 기억났던 것이다.

나는 하품을 하면서 펜을 집어 들었다. 그러자 갑자기 내가 벌써 학부형이 된다는, 기뻐해야 할지 아니면 슬퍼해야 할지 잘 구별되지 않는 이상한 감정이 가슴을 스며들고 있었다.

솔 벨로우의 〈미래의 아버지〉라는 작품의 제목이 갑자기 떠올랐다. 정확히 기억되지 않지만 아직 태어나지도 않은 아이에 대한 깊은 생각으로 어느덧 현재의 시차를 뛰어넘어 늙은 자신의 모습을 얼핏 느껴보는 내용으로 기억되는 썩 훌륭한 작품인데 갑자기 딸아이의 신상명세서를 들여다본 순간 나 역시 내 먼 미래가 명확히 엿보여지고 그러자 이불을 가슴에 대고 엎드려 있는 자신의 모습이 먼 미래에서 본다면 아득한 옛 기억에 불과할 것인지도 모른다는 현재와 미래가 뒤엉킨 허망한 느낌이 나를 감싸들었다.

나는 나 자신을 아들 바라보듯이 돌아보았으며 또 갑자기 시차를 뛰어넘어 훌륭히 성장한 다혜의 모습이 눈앞에 섬광처럼 떠올랐다 사라져갔다. 얼핏 정신을 가다듬어 다시 확인하려 했을 때는 그 짧은 찰나가 이미 재처럼 스러져버려 나는 마치 꿈과 같은 미로의 회랑에 던져진 기분이었다.

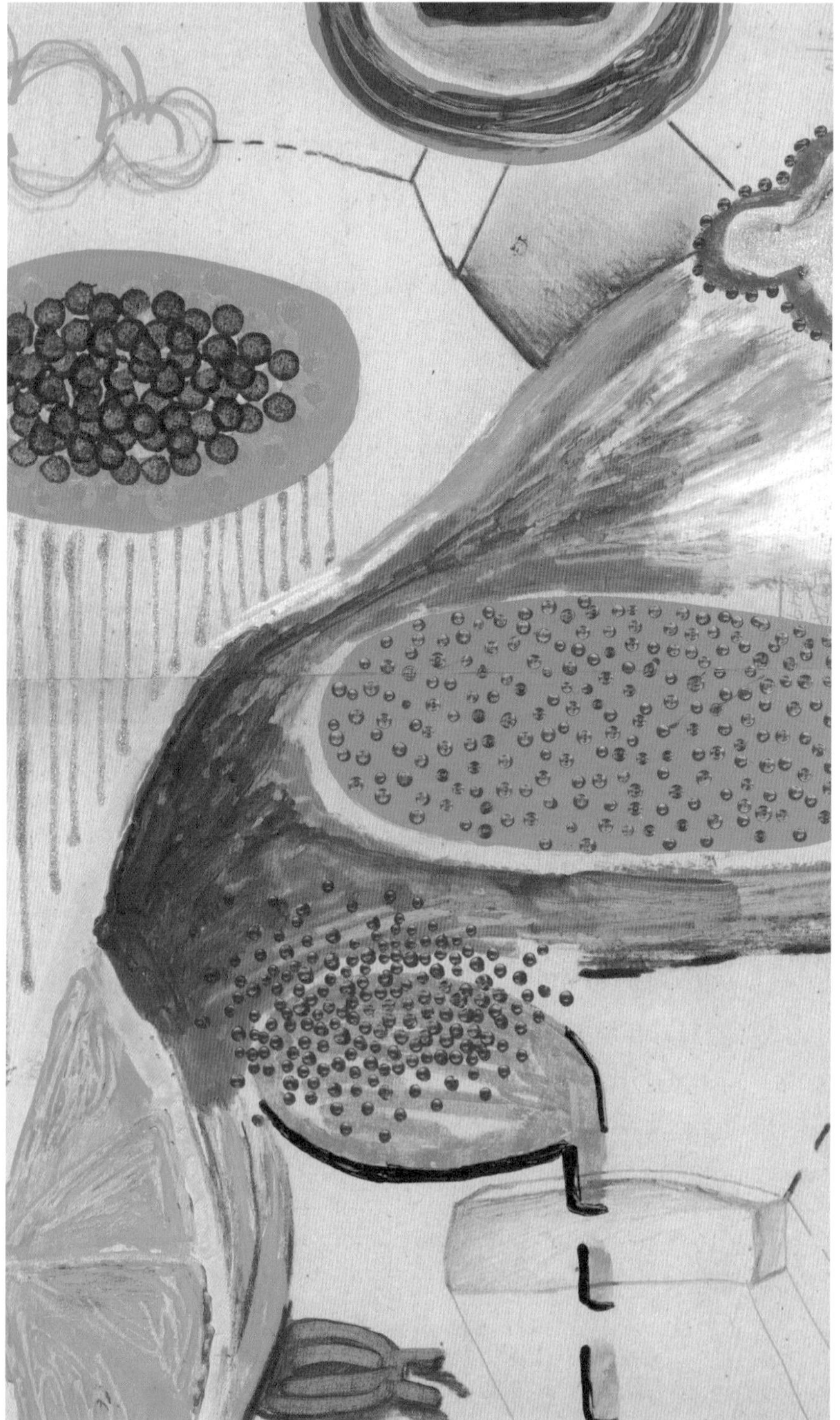

그래.

8년 전엔 태어나지도 않은 딸아이의 신상명세서를 지금 나는 쓰고 있다. 그러자 세월의 치차齒車소리가 회오리바람처럼 불어왔다.

옛날 내가 어린 나이에도 새 학년에 올라갈 때마다 으레 선생님은 가정환경조사서라는 것을 한 장씩 나눠주고 다음날까지 그것을 가져오라고 말했었다.

그것을 나는 언제나 형보고 써달라고 할 수밖에 없었는데 왜냐하면 아버지는 내가 초등학교 3학년 때 돌아가셨으며 어머니는 겨우 글만 읽고 쓸 정도였기 때문이었다.

형은 가족란을 쓸 때마다 으레 돌아가신 아버지의 이름을 쓰고서는 학력란에 '연희전문학교 졸업'이라고 당당하게 썼으며 어머니의 학력란에는 '숙명여학교 졸업'이라고 거침없이 썼던 것을 기억하고 있다.

아주 어릴 때는 그저 막연히 형의 말대로 아버지는 연희전문학교 졸업생이며 어머니는 숙명여고 졸업생이라고 생각하고 있었는데 초등학교 5학년 때인가 형은 새 학년 가정조사서에 아버지 이름을 쓰고는 보성전문학교 졸업이라고 썼던 것이 기억난다.

그때 나는 형에게 작년에는 연희전문학교 졸업이라고 썼

는데 왜 올해는 보성전문학교 졸업이라고 썼느냐고 의아해서 물었더니 형은 "그렇담 연희전문학교 졸업이지 뭐" 하면서 정정했는데 그때 나는 무언가 석연치 않은 낌새를 느꼈었다.

중학교 들어갔을 때에야 나는 아버지가 실은 가난해서 대학 문전에 가보지 못한 분이며 평양사범학교를 졸업하고 곧바로 초등학교 교사를 하시다가 교장 선생님까지 역임하셨으며 어느 날 전혀 독학으로 변호사 시험에 합격하신 고학도였음을 알 수 있었으며 어머니는 그 당시 편협한 어른들의 일반적인 독선으로 소학교를 겨우 나오는 정도의 학력임을 알게 되었던 것이다.

그 뒤부터 나는 중학교 · 고등학교 졸업 때까지 신상명세서를 쓸 기회가 있으면 언제나 아버지의 학력란에는 그저 고졸, 어머니의 학력란에는 소학교 졸업이라고 써내려가는 결벽증을 고집했었다. 왜냐하면 나는 그 사실이 도대체 부끄럽지 않았기 때문이었다.

나는 누구보다 훌륭한 아버지를 두었으며 비록 소학교밖에 나오지 않아 가계부에 콩나물을 '공나물'이라고 쓰실지언정 어머니의 감수성은 누구보다 월등해서 만약 어머니가 제대로 공부하셨다면 누구보다 훌륭한 신여성이 되셨을 것이라 확신하는 내 마음은 절대로 그 사실이 부끄럽지 않았던 것이다.

물론 내가 그렇게 거짓말을 하더라도 아무도 신상명세서를 확인해보지 않으리라는 것쯤은 잘 알고 있었다.

그러나 비록 확인해보지 않을 형편이라 할지라도 솔직하게 써야 한다는 생각은 나를 주저 없이 써내려가게 했으며 나는 비로소 허위의 신분에서 해방되었다.

그런데 갑자기 딸아이의 유치원 입학원서를 본 순간 나는 왠지 겁부터 덜컥 났던 것이다.

소문에 듣던 대로 자가용이 있는가 피아노가 있는가 따위의 질문이 그 입학원서에 있다면 과연 그렇지 않아도 치열한 경쟁인 유치원의 입학에 솔직히 써서 행여 어떤 차질을 주지 않을까 하는 노파심 때문이었다.

대충 훑어보니 다행히도 그런 질문은 없었는데 만약 있었다면 자가용이 있는가 없는가 하는 질문에 사춘기 소년 때만큼의 용기를 보이지 못했을지도 모른다고 나는 생각한다.

나는 가족란에 내가 이 세상에서 창조한 가장 위대한 선물인 아내와 딸 그리고 아들 녀석의 이름을 적었으며 나는 주저함 없이 학력란에 연세대학교 졸업이라는 사항을 적어넣었다.

아아.

나는 생각했다.

우리의 아이들은 우리 미래의 아이들은 이제 더 이상 아버지의 신분에 부끄러움을 느끼거나 신분을 감추려 하는 짓은 하지 않을 것이다.

이 사소한 갈등에서도 인간의 양심을 시험하는 기회를 우리 미래의 아이들은 아마도 박탈당하고 있는지도 모른다.

나는 아내의 생년월일란에 1945년 3월 8일 생이라고 썼으며 내 생년월일란에는 1945년 10월 17일 생이라고 썼다.

내가 쓴 신상명세서를 보더니 아내는 불평을 했다.

"여보. 뭘 이렇게 써요. 내 생년월일을 1946년 3월 8일 생으로 고치세요."

"아니, 왜?"

"남편보다 7개월이나 연상이라면 좀 이상하게 생각할 게 아니에요?"

"괜찮아."

"볼펜 주세요. 5자를 6자로 고치는 건 아주 쉬운 일이니까요. 내 참 치사해서. 볼펜 줘요."

"안 돼."

나는 고집을 부렸다.

"이제 처음 내 딸아이의 신상명세서가 시작됐어. 이제 비로소 사회인이 된 거야. 앞으로 수백 장, 커갈 때마다 그것을 쓸 테지. 처음부터 거짓말을 할 수는 없어."

나의 딸이 밤이 이슥하도록 잠 못 들게 하는 이 생각 저 생각은 어떤 것일까. 이제 겨우 일곱 살 난 아이의 마음속에 고여 드는 밤 한 시의 상념은 어떤 것일까.

어느덧 한 해가 저물었다.

어김없이 겨울이 돌아와 뜨락의 잎새를 떨구고 밤새 기침을 하고 있다. 머리맡에 도르륵거리던 귀뚜라미가 어느덧 흔적을 감추었다.

곧 거리마다 제야의 종소리가 울리고 연이어 새해가 밝아올 것이다. 예전 같으면 겨울내의를 껴입고 보신각에 나아가 서울시장 타종할 때 전봇대 위에 서서 올해는 어떠리라 결심도 했었다.

그러나 올해도 그냥 집에서 일상의 저녁상을 물리듯 묵은해를 보내고 새해를 맞을 성싶다. 게으른 탓도 아니고 부질없다는 느낌도 아니고 그저 덤덤할 뿐이다.

아주 고매한 인격을 가진 사람은 무료한 시간을 어떻게 소일하는지 한번 찾아가 그 사람의 생활을 흉내라도 내고 싶은 요즈음, 덜컥 감기에 걸려버렸다.

가끔 청승맞은 심정이지만 그저 죽지 않을 병에 걸려 한 사나흘 누워서 적당한 열과 적당한 고통에 잠겨 있고 싶은 자학이 들 때가 있다. 지난 일 년간 감기 한 번 앓아본 적이 없었던 내가 마침내 감기를 몰고 오는 행운에 잠기자 나는 서슴없이 평소 먹지 않던 감기약을 조제해 먹고 어찔어찔 현기증에 잠겨 이불을 뒤집어쓰고 땀을 흘리기 시작하였다.

대낮부터 잠자기 시작해서 한밤중에 눈을 뜨니 잠은 대쪽을 쪼갠 듯 일순에 가시고 머리는 분해소제를 한 듯 명료하다. 잠의 뿌리는 송두리째 사라져 아무리 눈을 감아도 올 것 같지도 않고 이것저것 하릴없는 상념들이 기다렸다는 듯이 찾아온다.

거짓말을 하고, 낄낄거리고, 자신을 미화시키고, 얕은 정으로만 악수하고, 미소를 흘리고, 질투하고, 모함하고, 숨어 비난했던 지난 일 년의 못된 행위가 가슴을 찌르고 더더구나 견딜 수 없는 고통은 이러한 얕은 반성 역시 영원히 지속되는 것이 아니라 그저 일순의 반성일 뿐 이제 또다시 일어나 거리에 나간다면 여전히 거짓말을 하는 일상의 생활을 그대로 지속해나갈 자신의 분명한 꼬락서니에 대해 심한 모멸감이 엄습해왔다.

아아, 짧은 순간의 반성조차 부질없는 것이라면 나는 도대체 어디로 흘러가는 것일까?

땀에 젖은 이불을 들치고 나서서 안방 문을 열어보니 놀랍게도 딸아이가 눈을 뜨고 누워 있다. 모두들 잠들어 있는 깜깜한 깊은 밤인데도.

딸아이 역시 요즈음 감기에 걸려 거의 보름이나 골골거리고 있다. 워낙 첫돌 무렵 폐렴에 걸렸다 나은 이후부터 잔병치레가 많은 아이였지만 이번 감기는 유독 심해서 유치원엘 닷새나 빠지고 있다. 나을 만해서 좀 무리다 싶은 생각에도 유치원엘 보내면 다시 병이 덧들여서 아예 나을 때까지 집에 가두고 있는데 딸아이는 유치원에 가지 말라고 하면 앙앙 울음을 터뜨리곤 한다.

선생님이 저번 유치원에 나갔더니 아이들 앞에서 세우고 병이 나은 것을 축하해주었으며 다시는 아프지 말라고 노래까지 불러주었기 때문에 나가야 한다고 떼를 쓰고 있었다.

하지만 한 번 다녀온 이후 더욱 몸이 아파졌으므로 딸아이 역시 체념하는 눈치였는데 한밤중에 우연히 들어가 보니 다혜는 눈을 뜨고 잠에서 깨어 있었다.

"뭐 하고 있니?"

나는 이상해서 딸아이를 바라봤다.

"잠이 오지 않아. 아빠."

목쉰 소리로 아이는 대답했다. 다들 잠든 사람 주위에서 몇 시간 동안 눈을 뜨고 있었는지 내가 묻자 딸아이는 매우 반가운 모양이었다.

"뭘 생각하고 있니?"

"으응."

딸아이는 부끄럽게 고개를 흔들었다.

"이 생각, 저 생각."

나 역시 동지를 만났으므로 나는 딸아이의 이불 속으로 껴들어갔다. 젖힌 커튼 사이로 겨울달이 제법 비쳐 들어와 딸의 이마를 적시고 있었다.

"아빠, 우리 유치원에 은재라고 있는데 아주 좋은 애야. 그 애가 말이야 전번에 도산공원에 가서 그림 그리는데 내가 구멍 난 자리에 앉아 있으려니까 은재가 내게 와서 바꿔 앉자고 그러더니 자기가 구멍 난 자리에 앉는 거야. 은재는 참 좋은 애 같아, 그 애가 우리 반에서 제일 그림 잘 그리는 것 같아. 예쁘게 잘 그려. 근데 선생님은 내가 더 그림을 잘 그린대 아빠."

"은잴 생각하고 있었니?"

"으응."

나는 평소 딸아이에게 궁금했던 것이 하나 있었다. 아들 녀석은 나를 두 가지 경우에만 존경하고 있다. 하나는 자기 장난감 고장 났을 때 고쳐주면 나를 육백만 불 사나이처럼 생각하고 있었고 또 하나는 내가 예비군훈련 나간다 하면 '아빠, 군인 간다. 아빠, 만세' 하면서 내 앞에서 마구 거수경례를 붙여대는데 딸아이는 내가 언제가 제일 예쁘냐고 물어도 그저 흐흠 콧방귀만 뀌고 있어, 인정받기를 좋아하는 내 얕은 소견에는 자못 궁금할 수밖에 없었다.

나는 넌지시 그것을 물어보았다.

"다혜야, 언제 아빠가 제일 예뻤니?"

"아이참 또 물어보네."

딸아이는 호호거리며 웃었다.

"옛날에 옛날에 아빠가 나를 자장자장 하고 잠재워줄 때가 제일로 예뻤다구."

나는 도대체 언제 딸아이를 위해 자장가를 불렀던가 생각했다.

그것은 이 아이의 그저 막연한 상상일까.

아니 그보다도 이 어린아이에게 밤이 이슥하도록 잠 못 들게 하는 이 생각 저 생각은 어떤 것일까. 이제 겨우 일곱 살 난 아이의 마음속에 고여 드는 밤 한 시의 상념은 어떤 것일까.

"다혜야, 너는 이담에 크면 뭐가 되겠니?"

"이담에 크면 난 간호사가 되고 싶어."

"왜?"

"간호사는 이쁘니까."

그래. 어른들은 어른들대로 아이들은 아이들대로 한밤중에 깨어나서 무언가 제 나름대로의 반성과 슬픔에 잠겨 있다.

노인들이 초저녁잠에 빠졌다가 새벽에 깨어나 문풍지를 울리는 바람소리에 지난 과거의 생각을 이것저것 생각하듯 커서 간호사가 되겠노라는 딸아이의 생각은 커갈수록 조금씩 변해갈 것이다. 정작 간호사가 되지 않았다고 해서 자신이 거짓말쟁이요 위선자라고 생각할 수는 없는 게 아닌가.

나 역시 그렇다. 비록 어쩌다 깨어난 한밤중에 자신을 반성하고 반성한 만큼 실천에 옮기지 못하는 자신에게 모멸감을 느꼈다고 할지라도 아직 나는 미래의 어린아이일 뿐……. 나는 좋은 모범을 보았다. 한밤중에 자기 친구 은재에게 감사하는 딸아이에게 신이여, 축복을.

"나는 이담에 다혜가 피아노 잘 치는 사람이 되었으면 좋겠다."

나는 바보처럼 잘난 애비의 소망을 말하였다. 그때였다. 우리들의 대화에 선잠을 깬 듯 아들 녀석이 벌떡 일어났다. 요즈음 며칠 이불에 오줌을 쌌었으므로 아마 이런 수런거리는 소리에 오줌 싸라는 소린가 보다 하고 반사적으로 일어난 모양이었다.

녀석은 바지를 내리고 빳빳해진 고추를 내보이며 다음과 같이 소리 질렀다.

"시끄러워. 웃기구 있네. 잠이나 자라구."

나는 잠든 아이의 배를 가만히 살펴보았다. 나는 내 손이 약손이라고는 믿지 않는다. 내 손이야말로 더럽고 타락한 손이지 어찌 약손이겠는가. 그러나 나는 수십 번 딸아이의 배를 쓸어내렸다. 내 손은 약손. 내손은 약손…

열흘 전 다혜가 입원을 했다.

어느 날 아침 아내는 내게 심상치 않은 목소리로 이렇게 말했었다.

"다혜가 이상해요. 숨을 몰아쉬구 눈알이 노오래져요. 오줌도 노랗구요."

내가 어렸을 때 동생 녀석은 어느 날 눈알이 노오래지더니 웩웩 구역질하고 배가 불러 조금만 먹어도 뜀박질한 꼬마 운동선수처럼 씩씩거리곤 했었다. 어머니는 황달이라고 이 병원 저 병원을 전전하며 동생 녀석이 오줌을 눌 때마다 빛깔을 검사하더니 마침내 한약 두 첩 달여 먹인 뒤 동생은 반가운 무색투명의 오줌을 누기 시작하였었다.

나는 아이를 둘러업고 병원에 갔는데 불운하게도 간염이라는 진단을 받을 수밖에 없었다. 며칠 치료하다가 도무지 마음이 놓이지 않아 다혜가 첫돌 무렵 폐렴을 치료해주셨던 박경숙 선생님을 찾아뵈었더니 당장 입원시키라는 명령이셨다. 집에서는 안정도 안 되고 몸 안의 독소를 씻어내기도 힘드니 아무래도 입원해야 한다는 결론이었다.

세브란스병원을 찾아가는 딸아이의 애비인 내 심정은 지극히 우울하고 착잡한 심정이었다.

물론 아이들이 자라며 잔병치레하는 것은 부모들이 겪어야 할 의무이며 책임인 것을 나는 잘 알고 있다.

오히려 성장기에 있을 수 있는 아이들의 병에서 공연히 심각하게 고민하고 깜짝깜짝 놀라는 이 애비의 소심증은 분명 신경과민일 것이다. 아이들에 쏟는 사랑도 대범한 편이 현명할 것이다.

하지만 병원에 갈 때부터 무섭다고 앙앙 울던 아이가 막상 병실에 들어서자마자 낯선 침대에 체념하고 눕는 모습을 보는 순간 나는 그저 죄스럽고 뚜렷한 대상 없이 속죄하고 싶은 심정이었다.

딸아이는 이 병원에서 칠 년 전에 태어났다.

추운 겨울이었다. 나는 난생처음 내 아이를 갖게 된다는 기쁨보다는 한낮에 분만실로 들어간 아내가 어둑어둑 땅거미 질 때까지 소식 없어 친구 녀석과 소주를 마시며 불안을 달래고 있었다.

오후 늦게 병원복도에서 나는 신神이 내게 주신 딸아이의 주름진 얼굴을 보았다. 아아, 세상이 보기 싫다는 듯 눈을 찡그리고 누운 딸아이의 얼굴은 어떠한 지상의 말로도 표현할 수 없었다. 나는 공연히 적의에 가득 차서 긴 병원 복도를 걸으며 찔끔찔금 울었다. 이 죄 많고 위선자인 내게도 거룩한 신의 은총이 어김없이 베풀어졌다는 기쁨과 보람. 나는 키운다. 절대로 절대로 이 아이는 자기가 원하는 모든 것을 소유케 할 것이라는 과대망상적 맹세를 나는 거푸거푸 다짐하였었다.

일 년 뒤 딸아이는 이십 일간 같은 병원에 입원하였다. 폐렴이었다.

딸아이는 비닐하우스 속에서 자라는 겨울 상추나 겨울 토마토처럼 습도기를 씌운 비닐막 속에 누워 있었다.

핏줄을 찾지 못해 이마에 링거 주사를 꽂고 있었다. 아내는 이십 일간 아이를 무릎에 안고 있었다. 마치 무릎에서 떼어놓으면 누가 채어가지고 도망가버릴 것이 무섭기나 한 듯이.

딸아이가 내게 물었다.

"내가 어렸을 때 폐렴 걸려 아팠던 병원이 바로 여기야?"

아이가 한 살 때를 기억하는 것은 불가능한 일일 것이다.

La Tour
des
fourmis

다만 아이는 우리에게서 그 이야기를 들었던 것을 기억해냈을 따름인 것이다.

"그래 바로 여기다."

병원은 예전이나 그보다 훨씬 더 오래전 내가 대학생이었을 때 연극하느라고 병원을 드나들던 때와 조금도 다름없었다.

긴 복도. 열린 병실문 틈으로 보이는 침대. 침대에 누운 마른 환자들. 신음소리. 병원 특유의 소독약 냄새. 무어라고 소곤거리며 오가는 가운 입은 의사들. 간호사들의 모자. 나무로 만든 목책의자에 앉아 울고 있는 남루한 차림의 여인들. 그 옆에서 위로의 말을 건네고 있는 젊은이들. 벽에 기대어 성호를 긋고 있는 여인의 마른 어깨. 휠체어를 타고 가는 환자들의 절망 어린 얼굴. 십자가. 방. 불행이 환히 눈뜨고 있는 병동. 저 창 너머 병실엔 누가 어떤 병으로 신음하고 있는가. 기도해주기를 바라는 환자의 눈. 탄생과 죽음이 거래되는 야시夜市. 온갖 병이 존재하는 메커니즘.

나는 기억한다.

처음으로 집과 떨어져 군에 입대했을 때 취침나팔이 불면 목침대에 누워서 정다웠던 가족들을 떠올리고 마치 돌아갈 수 없는 머나먼 곳에 홀로 격리되어 누운 것 같은 비애에 잠겼었다.

하물며 이제 겨우 일곱 살의 어린아이 아닌가.

그런데도 딸아이는 오히려 나보다 의젓해서 금방 병원생활에 적응하였다. 링거 주사를 꽂은 손은 자주 움직이면 부어올라서 또 다른 손에 무서운 주사바늘을 꽂을 수밖에 없다는 사실을 터득하고는 언제나 주사바늘이 꽂힌 손을 주의 깊게 다루곤 했었다.

딸아이는 열흘 정도면 퇴원할 것이다. 나는 그걸 확신하고 있다.

"선생님이 열 밤만 자면 나갈 수 있대."

딸아이는 손가락 다섯 개를 거푸거푸 펴보였다.

나는 잠든 아이의 배를 가만히 살펴보았다. 의사 선생님이 간이 부은 범위를 싸인펜으로 배 위에 그려놓았었다. 나는 내 손이 약손이라고는 믿지 않는다. 내 손이야말로 더럽고 타락한 손이지 어찌 약손이겠는가. 그러나 나는 수십 번 딸아이의 배를 쓸어내렸다. 내 손은 약손. 내 손은 약손. 아이가 퇴원할 때까지 침대 곁을 떠나지 않겠다는 비장한 결의를 번득이고 있는 아내 역시 친정에 온 듯 보리차물을 받는다, 식기를 소독한다, 부산을 떨며 간호아줌마 행세를 하기 시작했다.

아이가 잠들기를 기다려 달빛 어린 병원 뜰을 나는 거닐었다.

겸허하라. 뒤돌아본 밤 병원의 불빛 환한 병실들이 내게 그렇게 속삭였다. 겸허하고 겸손하라. 그날 밤 아들 녀석은 시키지도 않았는데 내 이불 속으로 기어들어 코를 박고 잠들었다. 잠투정도 부리지 않았다. 나는 홀아비가 된 양 하루 만에 벌써 때 묻고 초라해진 아들 녀석의 등을 심청이 아비처럼 두들겨주었다. 잘 자거라 허이구 내 새끼야.

나는 늘 꿈속에서 딸아이의 인사말을 듣는다. 그 목소리는 늘 머리맡에 쏴아 — 찬물을 퍼붓고 사라지는 북청물장수처럼 멀리 사라진다. 잠과 꿈속 경계에 서서 나는 딸아이가 책가방을 달깍달깍거리며 뛰어가는 것을 지켜본다.

지난달 나의 딸 다혜가 초등학교에 들어갔다. 드디어 내가 학부형이 된 것이다.

지난겨울부터 아내는 걱정이 태산이었다. 초등학교 입학날이 가까워져 올수록 아내는 남보다 몸이 약한 다혜가 한 반에 구십 명이 득실거리며 오전 오후반으로 나뉘어 있는 초등학교에 들어갔다간 제대로 적응도 못하고 낙오될 게 아니냐고 걱정이었다. 나는 천성 게으른 편이어서 다 그렇게 크는 게 아이들이니 걱정하지 말라는 강 건너 불구경식의 핑계만 남발하고 있었다.

아내는 이왕이면 사립초등학교든 국립초등학교든 들어가면 얼마나 좋겠느냐고 소원을 말했지만 나는 그 학교 들어가기가 얼마나 어려운가를 잘 알고 있었다. 우리 동네엔 국립초등학교가 딱 하나 있다.

교육대학 부속초등학교인데 워낙 지역이 넓은데다 지원

자들은 많고 학교는 하나밖에 없어서 제비 뽑아 들어가기가 바늘구멍으로 낙타 들어가는 것만큼 어렵다는 이야기를 나는 들었었다. 내 아내는 선배의 아이가 그 학교에 들어갔는데 만날 때마다 그 선배는 자기 아이가 서울대학교에 톱으로 들어간 만큼이나 자랑을 하고 다닌다고 했다. 어쨌든 지원이나 하고 보자고 아내는 교대부초에 입학원서를 들이밀었다. 나중에 보니 경쟁률이 10대 1이나 되는 치열한 경쟁이었다.

나는 지금까지 어디 요행으로 되어본 적이 한 번도 없었다. 하다못해 어릴 때 구멍가게에서 사탕을 뽑아도 '꽝'이었다. 대학교시절 쌍쌍파티에 제비를 뽑으면 제일 못생긴 여드름투성이의 여인이 내 짝이 되곤 했었다. 갓 결혼하고 무주택증명서 떼어 개봉동 임대 아파트에 잔뜩 기대를 하고 갔었는데도 '꽝'이었다.

아내 역시 마찬가지여서 공짜로는 양잿물도 생기지 않는 운명을 타고난 여인이었다. 콩 심은 데 콩 나고 팥 심은 데 팥 나니 이런 두 부부의 사이에서 난 아이라고 하늘이 주시는 복을 탈 리가 없다고 아예 나는 체념하고 있었다. 10대 1의 경쟁을 우리 다혜가 어떻게 이길 수 있겠는가.

그런데 결과는 의외였다. 다혜는 영예롭게도 제비에 뽑

힌 것이다.

"됐어요."

전화로 중간보고를 하는 아내의 목소리는 울먹이고 있었다.

"다혜가 뽑혔어요."

딸아이는 덩달아 울먹이고 있었다.

"아빠 나 합격했어. 아빠아……."

호사다마好事多魔라고 덜컥 아이는 간염에 걸려 입원했었다. 아무렴 그렇지. 우리 부부에게 공짜로 복을 주실 수 있겠느냐고 아내는 노오랗게 물든 딸아이를 간호하느라고 보름간이나 이를 악물고 있었다. 별수 없이 보름 뒤에야 아이는 입학식을 치르지 못하고 뒤늦게 지각 입학할 수밖에 없었다.

제일 작은 꼬마가 번호를 받지 못해 제일 뒷좌석에 앉아서 딴 아이들은 보름 동안 벌써 학교생활에 익숙해져 있었는데도 다혜는 바보처럼 대답소리 하나 못 내고 있더라고 아내는 첫날 학교에 데리고 갔다 오더니 말했다.

"저 애가 딴 아이들을 따라갈 수 있을까요?"

나는 부아가 치밀었다.

무슨 소리냐. 최가의 곱슬머리 이 애비의 핏줄을 타고난 내 새끼를 어떻게 취급하는 것이냐. 이래봬도 이 애비는 초등학교 입학할 때 신동이라고 2학년으로 월반한 천재(?)가 아니냐. 고등학교 때는 평균 육십 점, 대학교 때에는 낙제생이었지만, 적어도 초등학교 때만큼은 우등상장 도맡아 탔었다. 좋다. 딸아이가 나를 닮지 않고 나보다 좀 모자란 지 에미 닮았다고 치자. 그러면 어때. 공부야 지 에미 닮아서 좀 못한다고 하더라도 밝고 심성이 고우면 그만이다.

"두고 봐. 두고 보라구. 곧 나온다구. 실력이 나온다구."

며칠 뒤 나는 시간이 남아 딸아이의 교실도 구경할 겸 학교에 가보았다. 1학년 4반 교실 밖에는 어머니들이 옹기종기 모여서 수업이 끝나기를 기다리고 있었다.

복도 벽에는 대충 이런 동시가 붙여져 있었다.

"…낙엽이 바람에 떨어집니다.

낙엽은 어디로 날아갈까요."

나는 팔짱을 끼고 다혜의 선배 언니들이 정성껏 그린 그림들, 일기들, 동시들을 잔뜩 붙인 복도 게시판을 쳐다보았다.

아아.

내게도 있었다. 초등학교 1학년 때가. 선생님 질문에 저요, 저요, 저요, 소리 지르고 예예—예예—예예— 소리 지르던 초등학교 1학년 때가. 구구단을 외우던 어린 시절이.

이이는 사. 사오는 이십. 오륙은 삼십. 태극기가 바람에 펄럭입니다. 태극기는 우리나라 깃발입니다. 어머니 다녀왔습니다. 어머니 안녕히 주무셨어요. 영희야 나와 놀자.

나는 유리창 너머로 교실 안을 훑어보았다. 다혜가 맨 뒤에 앉아 있었다. 저렇게 작은 의자와 걸상이 있었던가.

엉덩이를 의자에 붙이고 앉아 선생님이 말할 때마다 네에— 소리 지르는 딸아이를 본 순간 나는 격렬한 감동에 몸을 떨었다.

"아빠!"

수업이 파하길 기다려 우리 부녀는 봄 햇살이 가득 찬 교정을 걸어 나왔다.

"나 상 탔다."

아이는 책가방에서 공책을 내밀었다. 다섯 개의 빨간 줄이 그어진 백 점짜리 성적표.

또박또박 눌러쓴 글씨로 딸아이는 이렇게 썼었다.

'나 너 우리 우리나라'

이제야 너는 인간으로서 책임을 배우고, 타인을 사랑하고, 충고하고, 삼각형의 넓이를 배우고, 개구리를 관찰하고, 싸우고, 화해하고 그러한 인간의 규제 속에 뛰어들었다.

그 머나먼 길을 향해 이제야 겨우 한 발자국 내어밀었다.

네가 걸어가는 길은 언제나 비 오고 눈 오고 바람이 불 것이다. 그것은 이 애비로서는 어쩌지 못한다. 네가 홀로 떠날 수 있을 때까지만 이 애비는 겨우 우산을 씌워줄 뿐. 우산으로 가릴 수 있는 비바람은 아주 조그만 부분일 뿐. 나머지는 너의 몫이다.

아침에 시간 맞춰 아이를 깨우면 아이는 돌아누우며 말한다.

"엄마, 조금만 더 잘게. 오 분만 응. 오 분만 더 잘게."

나는 그 소리를 꿈속에서 고통스럽게 듣는다.

어디 잠뿐이랴. 네가 원하는 것들을 구속하는 덫이.

"아빠, 다녀오겠습니다."

나는 늘 꿈속에서 딸아이의 인사말을 듣는다. 선생님이 그리하도록 가르쳐주었을 것이다. 그 목소리는 늘 머리맡에 쏴아— 찬물을 퍼붓고 사라지는 북청물장수처럼 멀리 사라진다. 잠과 꿈속 경계에 서서 나는 딸아이가 책가방을 달깍달깍거리며 뛰어가는 것을 지켜본다. 딸아이는 햇볕이 꽉 찬 층계를 열심히 뛰어간다. 거리 모퉁이를 돌아간다. 그래도 보인다. 늦지 않으려고 달려간다. 다혜가. 나는 소리 지른다.

"서두르지 말아라. 넘어진다."

초등학교 일 학년 아이들이 마당 구석에서 뜀뛰기를 시작한다. 우리 다혜는 백군이었다. 게시판을 보니 백군이 지고 있다. 온 부형이 자기 아이들 편에 서서 백군과 청군으로 갈리어진다. 나도 엄연한 백군의 아빠다. 그러므로 나는 백군이다.

지난달 말께 다혜의 학교에서 운동회가 있었다. 바쁜 일이 있더라도 아빠들도 꼭 참석해달라는 학교 측의 전달문이 있었다. 아빠들 때문에 일부러 일요일을 골라 운동회를 한다고 아내가 내게 신신당부를 하였다. 운동회가 거의 끝날 무렵에 아이들과 함께 아빠가 나가서 음악에 맞춰 춤을 추어야 한다는 것이었다. 미리 학교에 가서 스텝을 배워 온 아내가 내게 그 스텝을 가르쳐주기 위해서 야단을 부렸다. 춤이라면 젬병인 나는 은근히 겁이 나서 운동회 날 아침 학교 가기 싫어 꾀병 부리는 막내둥이처럼 배탈이 났다고 거짓말을 할까도 생각해보았었다. 그러나 용약勇躍 찬성하기로 했었다.

나는 카메라를 메고 김밥 도시락을 싸든 아내와 공연히 기대에 부풀어 있는 도단이 녀석을 데리고 시간에 맞춰 학교로 나갔다.

학교 길목으로 들어서는 골목 어귀는 벌써 사람들로 들끓고 있었다. 가득가득한 차량들. 솜사탕을 파는 장사치. 풍선 파는 장사꾼들. 적삼 하나 입고 나선 할머니들. 와와— 하는 고함소리. 몰려나온 인근 주민들. 푸른 하늘 아래 얼기설기 엮은 만국기들. 여기저기 펼쳐진 천막들. 백군 이겨라 청군 이겨라 외치는 고함소리. 운동장에 그어진 횟가루. 흰 모자를 쓴 백군의 아이들과 모자를 뒤집어써서 푸른빛이 나오게 한 청군의 아이들. 호루라기 소리. 아, 아, 마이크 시험 중, 마이크 시험 중, 마이크 소리. 모처럼 스웨터 차림으로 카메라를 들고 어슬렁거리는 아빠들. 어디선가 누군가에 무슨 일이 생기나 짱가짱가 짱가, 마이크에서 흘러나오는 TV연속만화극의 주제가. 운동장 양옆에 피어난 코스모스. 다혜가 어디 있나 찾아보세요, 아내의 고함소리. 찰칵찰칵 엿장수 고함소리. 배달 가다가 자전거 위에 올라타서 구경하는 중국집 배달부. 떼 지어 구경 나온 동네 꼬맹이들.

드디어 운동회가 시작된다.

음악소리가 터져 흐르더니 아이들이 줄지어 마당으로 나온다. 하낫 둘 구령에 맞춰 보건체조 하더니 합창을 하며 매스게임을 한다. 나는 다혜를 찾기 위해 사람들을 헤치며 뛰어간다. 앞에서 넷째다. 제 부모를 닮아 키 작은 다혜는 요즘 한창 유행하는 노래에 맞춰 디스코풍의 춤을 추고 있다.

야아, 요 녀석 봐라.

나는 카메라를 들이댈 생각 없이 절로 감탄이 나온다. 다른 아이들보다 한 달이나 지각 입학했던 약한 우리 다혜가 음악에 맞춰 춤을 춘다. 몸을 간들간들 흔들며.

하기야 내 어렸을 때도 운동회가 있었다. 딱 한 번. 덕수초등학교에 다니던 나는 학생 수는 많고 운동장은 좁아, 4학년 때 딱 한 번 운동회를 했었다. 색종이 바른 곤봉을 들고 음악에 맞춰 춤도 췄고 기마전도 하고 뜀박질도 했었다. 뜀박질에선 여섯 명쯤 뛰어서 일등을 했기 때문에 문화연필 한 자루 받았던 기억이 있다. 그때 우리 집에서는 아무도 나오지 않았었다. 백군이어서 흰 모자를 눌러쓰고 운동회에 나오는 내게 어머니는 달랑 김칫국물이 흐른 도시락을 내어밀어 주던 기억이 선명히 남아 있다.

점심시간이 되어 나는 제 부모들과 정답게 식사하는 무리에서 떨어져나와 학교 뒤켠 외따로운 공지에 앉아서 꾸역꾸역 밥을 입안에 꾸겨 처넣던 기억이 있다. 쓸쓸하던 우리들 어린 날의 운동회를 보상하기 위해서라도 이 왜소하고 허약한 가장들은 이를 악물고 빚내어 사둔 카메라를 들고 전속기념 사진사들처럼 아이들 곁을 기웃거린다. 웃어라, 웃어봐라. 찰칵. 찰칵. 하지만 운동회는 즐거웠다.

육 학년 언니들이 이를 악물고 트랙을 돈다. 비대한 아이들은 언제나 뒤켠에 처진다. 그러다 한 아이가 털썩 쓰러진다. 저런, 저런. 치약거품을 물 듯 웃음을 한입 가득 베어 문 부형들이 혀를 찬다. 쓰러졌던 아이는 일어선다. 모자가 벗겨졌는데도 달려간다. 명예를 위해. 백군의 명예를 위해. 아아아아― 응원단의 소리가 커져간다. 이 세상에 백군 없으면 무슨 재미로, 달이 떠도 백군, 해가 떠도 백군, 백군이 최고야. 아냐. 아냐. 청군이 최고야.

아이들과 어머니들의 릴레이. 아이들의 명예를 위해 순이 엄마, 철이 엄마가 뛰어간다. 엇샤엇샤. 힘내세요. 순이 엄마. 마음은 급하고 몸은 말을 안 들어 발만 동동 구른다. 풍선 사줘 아빠. 도단이가 두 개의 풍선을 사줬는데도 또 조른다. 나는 사준다.

나는 공연히 눈물이 찔끔찔끔 고인다. 나는 슬픈 장면 같은 데에선 눈물커녕 콧물도 흘리지 않는다. 나는 이상하게도 국군기념행사 같은 데에서 수많은 군인들이 발맞춰 걸어가는 것을 보면 찔끔찔끔 눈물이 고이는 소아병 기질이 있다. 만국깃발, 응원소리, 이기기 위해 뛰어가는 아이들의 표정. 그런 것을 보노라면 나는 공연히 눈시울이 뜨거워진다.

초등학교 일 학년 아이들이 마당 구석에서 뜀뛰기를 시작한다. 우리 다혜는 백군이었다. 게시판을 보니 백군이 지고 있다. 온 부형이 자기 아이들 편에 서서 백군과 청군으로 갈리어진다. 나도 엄연한 백군의 아빠다. 그러므로 나는 백군이다. 어른들은 배워야 할 것이다. 요즈음 정치하는 어른들은 겸허한 마음으로 아이들 운동장에 나와 페어플레이 하는 것을 배워야 할 것이다. 이긴 자는 만세 부르고 진 아이는 박수 친다. 싸울 때는 젖 먹던 힘을 다해 싸우지만 승패가 갈라지면 깨끗이 승복한다. 이것이다. 이것을 배우기 위해서 너희들은 운동회를 하는 것이다. 나이가 들수록 제발 때가 묻지는 말아라. 이긴 자는 겸허하고 진 자는 비굴하지 말라.

백군 이겨라.

나는 소리 지른다. 도단이도 소리 지른다.

백군 이겨라. 아내가 흐물흐물 웃는다.

청군 이겨라. 내 옆에 앉은 아빠가 깡통맥주에 얼굴이 벌개져서 소리 지른다. 참 아니꼽게도 생겼다. 하지만 할 수 없지 않은가. 제 자식이 청군이니 그도 청군일 수밖에.

자기 순서를 기다리고 앉아 있던 다혜가 나를 보더니 겸연쩍게 웃는다.

“아빠.”

딸아이가 말한다.

“창피해. 보지 말어. 보지 말라구.”

“왜?”

“난 뜀박질 못해. 난 꼴찌야.”

“괜찮다. 힘껏 뛰어라.”

마침내 딸아이 차례가 되었다. 일곱 명인가 스타트라인에 섰다. 선생님이 깃발을 든다. 내리면 출발이다. 딸아이의 얼굴이 진지해진다. 성급한 아이가 깃발을 내리기 전에 몇 발자국 앞으로 뛰어 나간다. 다시 돌아와서야 깃발이 떨어진다. 뛴다. 우리 딸아이가 뛰어간다. 가는 다리가 필사적으로 쳇바퀴 돈다.

다혜는 맹렬히 뛴다. 나도 같이 뛴다.

뛰어라. 나는 소리 지른다.

꼴찌에서 두 번째. 그나마 두 아이는 앞서거니 뒤서거니다. 간신히 꼴찌는 면했다.

“헷헤헤.”

autant, en tout cas d'une façon presque aussi visible que la
honte des ouvriers dans la « lutte des classes » telle qu'ils la con-
creusement, la profondeur du fossé qui coupa désormais la
deux camps montre la gravité de la catastrophe de juin 48, —
ve de son histoire intérieure au XIXe siècle. Du point de vue
eurs, elle ruina non seulement l'action, mais l'existence même
e élite admirable formée par vingt années de labeur et de cou-
remit en question beaucoup des données qui paraissaient alors
de la pensée auvrière.

catastophe même allait faire ressortir celles qui l'étaient déjà dé-
ent ; elle allait aussi préparer une orientation nouvelle des idées
ntiments des ouvriers. La conscience de classe avait jailli spon-
du mouvement [illegible] issu de la Révolution plus encore que
ingences techniques. La conscience [illegible] cette que les ouvriers ve-
de prendre de leurs intérêts collectifs mettait en cause à la fois,
ordre économique, la vie politique et la structure de la société.
sque tous les points, la critique intellectuelle du système capita-
ite par d'autres ou par eux-mêmes, était assimilée par l'élite des
s, avant que cette économie [illegible] — le capitalisme ne
e définitivement en France que sous le second Empire — : et,
oint de vue, l'accord ne sera plus possible entre les ouvriers « con-
» et les classes possédantes fidèles au libéralisme. D'autre part, l'in-
e, le vide qui suivent l'[illegible] de la [illegible] laisseront le champ
x théoriciens, en particulier à Bakounine et à Marx et à leurs di-
ceux-ci apporteront aux âmes déçues — plus tard exaspérées par
ssion de la Commune — une prédication d'un accent plus âpre, à
surtout sous l'influence de Proudhon, l'[illegible]lisme foncier, l'hu-
litique et le sens de la mesure des ouvriers français opposeront
ps une résistance d[illegible] caractère [illegible]tionnel.

E. Coornaert
[illegible]seur au Collège de France

comme les autres, édifier une société pleinement fraternelle dans l'e
cement de toute frontière de classe.

Un rêve, oui, sans doute. Mais comment n'y auraient-ils pas cr
Ils étaient sûrs, à juste titre, de suivre la ligne de l'histoire, des événeme
auxquels ils assistaient et prenaient part. Avant 1848, ils reprenaient l
programme, leur système en de longues et patientes méditations ; ils
escomptaient l'application avec une foi juvénile dans la malléabilité
l'économie et de la société, une foi juvénile aussi dans leurs forces et l
action solidaire sur leurs frères de classe, sur les privilégiés qu'ils r
saient de considérer comme des ennemis. Rêve dont pourtant un pro
avenir allait tragiquement briser l'illusion. Malgré ses déficiences, sa p
d'« utopie », rêve grandiose : le culte, l'exaltation de la dignité huma
fondée essentiellement, à leurs yeux, sur la liberté, restent les mote
principaux de leur pensée, de tout l'idéalisme « quarante-huitard », d
nos sourires peuvent souligner les aspects démodés, mais dont notre
pect salue toujours l'incontestable noblesse.

IV

Leur idéalisme même les portait bien en avant de la foule de le
camarades de classe, bien au-dessus de l'ensemble d'une société i
tentive à leurs problèmes, fermée à ces nouveautés. Il devait cepend
attirer les esprits généreux, parmi les premiers et parmi les bourg
eux-mêmes, mais en même temps, en ces premières années, limiter
audience.

Beaucoup d'ouvriers, sur qui pesait le poids des habitudes suiva
[illegible] leur travail et de leur vie dans une passivité qui ne c
quait même pas la [illegible] de la résignation. La plupart ne sava
encore ni lire ni écrire ; beaucoup ne se posaient pas de question, m
sur leur propre sort. Nous avons vu la réaction provoquée dans certa
usines de Picardie par la propagande des novateurs.

Mais ailleurs des groupes de plus en plus nombreux s'éveillaient
critiq[illegible] journaux, brochures, s'élevaient à une vie plus act
[illegible] raconte comment, dans les dortoirs et chambrées
[illegible] du bâtiment, sur les chantiers, s'instauraient
[illegible] idées d'émancipation, de réforme
[illegible] rs de Paris et de Lyon d'
[illegible] des sociétés secrètes ont [illegible]
[illegible] nombre de ceux qui prêtèrent l'oreille, qui donnèrent
adhésion aux journaux, aux groupes plus ou moins [illegible]
autour d'eux. Le nombre des abonnés de ces publications [illegible]
avec laquelle des milliers d'ouvriers parisiens pouvaient [illegible]

도착지점에 갔더니 다혜가 혓바닥을 쏘옥 내밀고 헐떡거리며 오고 있다.

"보지 말라구 했잖아. 창피하게."

"그래두 꼴찌는 면했잖니."

"헷헤헤."

몸을 배배 꼬며 다혜가 웃는다.

괜찮다. 나는 생각한다. 최선을 다했으면 됐다. 나는 네가 공부를 잘하는 아이보다 뜀박질을 일등 하는 아이보다 밝고 명랑한 아이가 되어주길 바란다. 맹세한다. 예수, 석가모니, 마호메트에게. 산수 시험에 두 개 틀렸다고 네 머리통을 쥐어박지는 않겠다. 다만 창조적인 아이가 되어라.

점심시간 때 우리 가족은 숲 사이로 들어섰다. 아내가 짐보따리를 풀었다. 김밥을 먹었다.

운동회 만세. 우리들의 사랑스런 아이들과 그 아이를 이만큼 키워주신 목쉰 선생님들 만세.

나는 아내에게 딸아이의 빠진 두 개의 이빨을 어떻게 했느냐고 물었다. 아내는 치과에서 쓰레기통에 버렸다고 대수롭지 않게 대답하였다. 나는 순간 화가 나서 당장 찾아오라고 소리 질렀지만 그건 역시 투정인 셈이었다.

대학시절 유난히 공부를 못했던 나는 오죽하면 볼썽사납게 일 년 낙제를 했을 정도였지만 아직도 잊히지 않는 과목이 있다. 다른 과목들은 지지리도 듣기 싫어 대부분 출석미달로 F학점을 맞곤 했었는데 단 한 과목만은 지금도 즐거운 추억으로 남아 있다.

느지막이 오후 3시경 문과대학 강의실 한구석 쪽방(우리들은 그 방을 자장면 방이라고 불렀다)에서 강의하던 이균철 교수님의 '현대 에세이'란 수필 강독 시간이었다.

오후 3시경이면 점심밥도 소화가 돼서 은근히 허기가 질 때고 졸음마저 슬금슬금 오는 시간이었고, 다른 학우들은 대부분 학교를 빠져나간 후라 교정은 텅 빈 시간이었다. 뉘엿뉘엿 기우는 햇살이 지하 창문으로 한 뼘 가량 기웃거리고, 담쟁이넝쿨이 미풍에 사각사각 경련하고 있을 때였다.

나는 기지에 넘치는 영국과 미국의 현대수필을 해석하면서 얼마나 즐겁고 유쾌했던지. 그중에서도 A. A. 밀른이 쓴 〈아카시아 길〉이란 주옥같은 수필은 잊지 못하고 있다. 그 수필은 교외 변두리에 사는 소시민의 즐거움을 담담하고 수채화식으로 맑게 그려간 작품이었다.

시내에서 퇴근하는 남편을 기다렸다가 아내는 맛있는 저녁을 준비하면서 오늘 있었던 일들을 이야기한다. 지난봄에 뿌렸던 씨앗이 오늘에야 비로소 꽃이 피었다느니, 어린 아이가 오늘 이빨이 빠지고 새 이빨이 조금 돋아났다느니 하는 일상사를 보고하는 소시민의 행복이 아카시아가 무성히 핀 교외에 사는 기쁨으로 충만되어 있었다.

내가 왜 서두에 장황히 십 년도 훨씬 전의 대학시절을 회상하느냐 하면 어제 오후에 우리 딸아이가 최초로 젖니를 뽑았다는 이야기를 하고 싶어서이다.

딸아이의 앞니 두 개가 나란히 흔들흔들거리더니 마침내 이빨 뒤쪽에서 인동忍冬처럼 질긴 새 이빨의 싹이 돋아나고 있었다.

벌써 그런 나이가 되었던가. 나는 아이의 입을 아 벌리게 하고 앞니 두 개를 가만히 흔들거려보았다. 내게도 그런 기억이 있었다. 초등학교 들어갈 무렵 내 이빨은 갑자기 흔들

흔들거리더니 아프기도 하고, 겁나기도 하고, 앞뒤로 밀어 보면 이상한 쾌감도 잇몸에서 근질거렸다. 지금은 돌아가신 외할머니가 이빨을 뽑아주신 것으로 기억된다.

어른들이 만지면 겁에 질려 바락바락 우는 나를 달래어 할머니는 내 이빨 밑뿌리에 질긴 무명실을 칭칭 감아주셨었다. 나는 할머니가 무엇을 하시는가 무서움도 잊어버리고 지켜보았었다. 할머니는 실 끝을 길게 늘여 방 문고리에 매어다시더니 호호호 재미난다는 듯 새색시처럼 웃으셨다. 그 순간 할머니는 돌연 문을 쾅 닫아버리셨다. 나는 할머니의 행동을 이해할 수 없었다.

내가 어리둥절한 얼굴로 할머니만 쳐다보고 있노라니 할머니는 어느 틈에 빼어진 이빨을 가리키며 말씀하셨다.

"빠졌다, 호호호호. 이빨이 빠졌구나, 감쪽같이. 아프지도 않쟈?"

나는 그제야 으앙 울었는데 그건 아파서 울었던 것이 아니라 속은 것이 분하고 억울해서 울었을 것이다.

그날 밤, 할머니는 내 이빨을 지붕 위에 버리셨다. 지붕 위엔 박꽃이 하얗게 피고 있었고, 서리가 일찍 내려 흰 달빛에 유리조각처럼 반짝이고 있었다.

내 이빨을 지붕 위에 버리시며 할머니는 이런 노래를 부르셨었다.

“헌 이빨은 가지시고 새 이빨을 주옵소서. 비나이다. 비나이다. 신령님께 비나이다.”

꼭 할머니가 비셨던 기도 때문이 아니라 나는 새 이빨을 가진 어른이 되었으며 이제는 그 중 몇 개도 낡고 썩은 이가 되었다.

나는 딸아이의 흔들거리는 이빨을 보며 얼핏 대학시절에 배운 〈아카시아 길〉이란 수필을 떠올렸다. 자기가 낳은 아이의 빠진 이빨을 보며 즐거워하던 런던 교외의 평범한 주부의 마음을 비로소 알 것 같았다. 그렇다. 신의 섭리는 어김없이 거두실 때는 거두시고 뿌리실 땐 뿌리신다. 보라. 지금은 돌아가셔서 이 지상에서는 살아계시지 않는 할머니가 이빨을 빼주셨던 나 역시 딸아이의 흔들거리는 앞니를 빼려 한다.

언젠가는 내 딸아이가 또 자기의 딸아이의 이빨을 빼게 될 것이다.

나는 딸아이의 이빨을 빼기 위해 할머니처럼 딸아이의 이빨뿌리에 무명실을 감을 것인가. 그러나 나는 마음이 약해 포기하기로 하였다. 아내 역시 강심장은 아니라서 무자비하게 이빨을 뽑는 게슈타포식 고문을 자행하지는 못하였다.

별수 없이 가까운 치과에 가서 이빨 두 개를 한꺼번에 뽑기로 했다. 병원에 다녀오는 다혜의 앞니는 나란히 두 개가 빠져 있었다. 당장 시옷(ㅅ) 발음을 못 해 딸아이는 내게 이렇게 말하였다.

"아빠, 무쩌워쩌 혼났쩌."

나는 아내에게 빠진 두 개의 이빨을 어떻게 했느냐고 물었다. 아내는 치과에서 쓰레기통에 버렸다고 대수롭지 않게 대답하였다. 나는 순간 화가 나서 당장 찾아오라고 소리 질렀지만 그건 역시 투정인 셈이었다.

나는 섭섭하고 섭섭했다. 빠진 이빨을 가져왔다면 나는 밤이 되기를 기다려 뜨락에 나가 지붕 위에 그것들을 던졌을 것이다. 그 옛날 할머니가 노래 부르셨던 것처럼 나는 노래를 불렀을 것이다.

"헌 이빨을 가지시고 새 이빨을 주옵소서. 비나이다. 비나이다. 신령님께 비나이다."

물론 내가 그런 기괴한 신들린 무당 짓을 하지 않아도 새 이빨은 돋아날 것이다. 그러나 나는 절호의 찬스를 놓친 것만 같아 기분이 언짢았다. 그 대신 나는 즐거운 동요를 상기해냈다.

"앞니 빠진 새강구
우물 곁에 가지 마라."

나는 철부지 아이처럼 딸아이를 놀리기 시작했다. 그러자 도단이 녀석도 신이 나서 노래를 부르기 시작했다.

"앞니 빠진 새강구
우물 곁에 가지 마라."

딸아이가 으앙 울기 시작했다. 그러나 나는 즐겁고 유쾌해서 쉽사리 물러서지를 않았다. 나는 딱장대처럼 아이를 집요하게 놀리는 짓을 계속하였다.

이제 곧 묵은해는 저물어간다. 두터웠던 달력도 얇아지더니 마지막 달력 한 장이 벽에 붙어 있다. 바람에 떨어질까 두려워하는 폐렴환자처럼 나는 이 '마지막 잎새'를 지켜보고 있다.

그러나 나는 알고 있다. 때가 되면 이 '마지막 잎새'도 떨어져버릴 것을.

그러나 인정해도 좋을 것은 또다시 새해가 와서 우리에게 흰 이빨을 드러내면서 '안녕' 하고 첫인사를 드릴 것이라는 것이다.

흔들거리는 이빨이 뽑혀지면 어김없이 새 이빨이 돋아나듯이 이제는 어떠한 저작詛嚼에도 상하지 않는 강인한 이빨이 돋아날 것이다.

나는 제야의 밤이 오면 뜨락에 나서서 묵은 이빨 대신에 어두웠던 지난날의 묵은 기억들을 지붕 위에 송두리째 던져버리면서 그 옛날 할머니가 노래 부르시듯 큰소리로 노랠 부를 것이다.

"헌 과거를 거두시고 새 과거를 주옵소서. 비나이다. 비나이다. 신령님께 비나이다."

아내가 딸아이를 차에 태우고 학교에까지 가는 짧은 시간에도 못다 한 공부를 달달 시키는 것을 보고, 또 그것을 한마디 불평하지 않고 따라가는 딸아이를 보고 나는 돈 안 주고 가정교사 한 명 고용한 것 같은 수전노처럼 싱글벙글거리기만 했었다.

아무래도 아이들이 건강하게만 자라주면 더 이상 바랄 게 없다는 부모들의 입버릇도 따지고 보면 거짓말인 것 같다.

딸아이가 초등학교에 들어갔을 때, 나는 그저 꼴등이나 면하고 딴 아이들한테 뒤떨어지지 않을 만큼만 따라가 준다면 더 이상 바랄 게 없다고 말하곤 했었다. 워낙 몸이 약한 딸아이라 지진아나 미숙아처럼 열등생이나 되지 않고 따라만 준다면 더 이상 소원이 없겠다고 아내 역시 말하곤 했었다.

위태위태하게 다혜는 늦게 입학한 학교생활을 용케도 따라가더니 제법 학교생활에 익숙해지는 모양인지, 서너 달 지난 뒤부터는 일곱 시 반이면 누가 깨우지 않아도 번쩍 눈 뜨고 일어나고 이 닦고 책가방 챙겨서 학교 가곤 해서 내심 기특하다고 느끼곤 있었는데 2학기 들어가고부터는 양상이 달려졌다.

공부가 내가 봐도 너무하다 싶을 정도로 어려워진 것이다. 내 자신 지난 세월을 돌이켜봐도 초등학교 삼, 사 학년 때나 배웠을 내용의 어려운 학과목을 이제 불과 일 학년 아이들이 배우고 있는 것이다. 숙제도 늘어 딸아이는 학교에 갔다 오면 서너 시간 숙제에 매달려 있다. 측은하긴 하지만 그런 일상생활에서 의무와 책임을 배워나가는 교육의 연장이고 보면 함부로 도와줄 수도 없는 것이다.

나는 은근히 집에 돌아올 때면 딸아이의 시험성적이 궁금해지는 것이다.

"시험지 꺼내봐라."

나는 시험성적이 별로 중요하지 않다고 늘 떠들고 다니고 있긴 했지만 막상 딸아이의 시험지를 펼쳐들었을 때 두 개, 세 개가 틀린 것을 확인하면 은근히 부아가 치밀어 오르곤 했었다.

솔직히 말해 애비인 나는 초등학교 일 학년 때 백 점 이하를 맞아본 적이 없었다. 천지신명께 말하건대 이는 틀림없는 사실이다. 백이십 점이 만점이었다면 나는 항상 백이십 점을 맞았을 것이다. 참으로 불행하게도 백 점이 만점이므로 언제나 백 점으로 만족할 수밖에 없었던 빛나는 과거를 가진 나로서는 시험지마다 두 개 혹은 한 개, 많을 땐 세

개, 네 개, 운이 좋아야 백점 맞는 딸아이의 점수가 못내 못마땅하기만 했었다.

처음엔 참고 내색을 하지 않기는 했었다. 해놓은 말도 있으니 이 정도면 어디냐 그저 고맙고 다행이지 하고 자위를 하곤 했지만, 한 번 두 번 반복하다 보니 나도 모르게 심사가 뒤틀리기 시작한 것이었다.

나는 딸아이의 그런 성적이 나를 닮지 않고 지 어머니의 나쁜(?) 머리를 닮았기 때문이라고 단정을 내렸다. 사실 아내가 머리 나쁘다는 뚜렷한 증거는 없다. 다만 아내는 노력형이고 나는 하나만 가르쳐주면 열을 아는 천재형(?)인데 딸아이가 나를 닮았다면 치사하게 하나, 둘 정도 틀리는 시험지를 받지도 않을 거라는 울분 같은 것이 들었기 때문이었다.

"다혜는 당신 닮았다구."

"어머머, 생사람 잡겠네."

아내 역시 기분이 석연치 않은 모양이었다.

"이러지 말아욧. 당신처럼 아이들 교육에 무관심한 사람은 없다구요. 영이(이 아이는 아내 친구의 딸로 항상 백 점을 맞는다고 그런다)네는요, 백 점을 맞으면 아빠가 선물을 사준대요. 그리고 누구네는요, 하나 틀리면 한 대, 두 개 틀리면 두 대, 세 개 틀리면 세 대, 다섯 개 틀리면 다섯 대를 때린대요."

뭐라구. 나는 화가 치밀었다. 백 점이 무슨 장원급제라고 맞을 때마다 선물을 사온다더냐. 그렇다고 치사하게 종아리를 때려. 아서라, 관둬라. 하지만 우리같이 왜소한 아버지들은 다가올 미래에는 얼마나 더욱 심한 생존경쟁이 처절하게 벌어질 것인가를 잘 알고 있는데 그렇다고 남에게 지는 것을 잘한다고 모른 체할 수는 없는 게 아닌가.

나는 다혜를 불러 조용히 타일렀다.

"다혜야. 이 애빈 니 나이 때 늘 백 점만 맞았다. 그런데 이게 뭐냐. 넌 언제나 두, 서너 개 틀리지 않니. 난 막 화가 난다. 화가 나서 이빨이 갈린다."

집에서 기르는 강아지가 밖에 나가 동네 개에게 싸움 한 번 제대로 못하고 머리를 감춰도 기분 나쁜 법인데, 하물며 아이들은 콩 심은 데 콩 나고 팥 심은 데 팥 나는 애비의 품질을 보존하는 견본見本이 아닌가.

그 일이 있은 뒤부터 아내와 다혜는 아침마다 전쟁을 벌였다. 아내는 잔인한 가정교사 노릇을 시작한 것이었다. 한 달에 한 번씩 보는 학력평가 시험철이 오면 아내와 딸아이는 밤 열한 시까지 노트를 달달 외우고 암기하는 것이었다. 아내의 스파르타식 교육에 한마디 불평하지 않고, 꾸벅꾸벅 졸면서도 외우고, 암기하고 복습하는 딸아이의 창백한 얼굴을 보며 나는 아아, 이것이 바로 전쟁이로구나, 이것이 바로 생존경쟁이라는 것이로구나, 모른 체 지켜볼 수밖에 없었다.

어느 날은 시간이 모자라 아내가 딸아이를 차에 태우고 학교에까지 가는 짧은 시간에도 못다 한 공부를 달달 시키는 것을 보고, 또 그것을 한마디 불평하지 않고 따라가는 딸아이를 보고 나는 돈 안 주고 가정교사 한 명 고용한 것 같은 수전노처럼 싱글벙글거리기만 했었다.

마침내 다혜는 방학 전 학력평가고사에서 두 개만 틀리고 모조리 백 점 맞는 경이적인 성적을 올렸다.

"아빠. 나 백 점 맞았다아—."

뛰어들어오는 딸아이의 손에 시험지가 자랑스레 나풀거리고 있었다. 마치 챔피언을 꺾고 새로 챔피언이 된 홍수환 선수가 제 어머니에게 고함지르듯.

나는 대한민국 만세다라는 말 대신 우리 다혜 만세다라며 아이를 얼싸안았는데 그날 밤 아내는 아이들을 먼저 잠재우고 나서 손톱에 묻은 매니큐어를 지우고 있다가 불쑥 내게 말을 꺼냈다.

"왜 다혜의 시험공부에 대해 악착같이 덤벼들었는지 알아요?"

하기야 나는 그 점을 불가사의하게 생각하고 있었다. 아내는 왜 갑자기 무서운 가정교사 노릇을 시작했던 것일까. 마침내는 학교 가는 차 속에까지 따라가면서 왜 극성을 부리기 시작했던 것일까.

"이런 기억이 떠올랐기 때문이에요. 내 나이 여섯 살 때 아니면 일곱 살 때였겠죠. 피난시절이었으니까 우린 철도관사에 살고 있었어요. 역에 차가 설 때마다 사람들은 물을 갖고 나가서 팔았지요. 물 사세요. 물 사요. 그땐 물이 귀했으니까 오래 기차를 타다 보면 물을 사먹곤 했거든요. 기차가 설 때마다 동리사람들은 양동이의 물을 들고 기차 창가로 뛰어갔지요. 물 좀 사세요 하고 외치면서. 지금도 생생하게 기억나요. 누가 시키지도 않았는데 물을 한 그릇 들고 기차 옆으로 걸어갔지요. 그리고 그저 앉아만 있었어요. 물 사세요 하고 외치지도 못하고. 그때 웬 큰 남자가 내 옆으로 다가와서 내게 물었어요. 얘 꼬마야 너 그 물을 팔 거냐, 네, 하고 내가 대답했지요. 그랬더니 그 사람은 웃으며 주머니에서 돈을 꺼내 내 손에 쥐어주곤 그 물을 단숨에 들이켰어요. 그리고는 내 머리를 쓰다듬었지요. 맛있었다 아가야. 네 물은 이 세상에서 제일 맛있는 물이었다."

아내는 길게 한숨을 쉬었다.

"갑자기 그 생각이 났어요."

"이봐."

나는 웃으며 물었다.

"그 기억하구 다혜 공부시킨 것 하구 무슨 상관이야?"

"모르겠어요. 그때 나이랑 지금 다혜 나이랑 비슷하구 갑자기 그 애가 맏딸이라는 생각이 들어서……."

나는 지금도 아내의 그 말이 무슨 말인지 자세히 모른다. 다만 동시대를 보낸 나이로서 어렴풋이 헤아려 짐작이 될 뿐이다.

머리를 빗고 촘촘히 땋는 것이 얼마나 어려운 일인가. 그 어렵고 힘든 일을 오직 예뻐져야겠다는 일념으로 눈물을 찔끔찔끔 참으며 인내하는 딸아이의 얼굴을 볼 때면 나는 참으로 불가사의한 느낌을 받게 되는 것이다.

어쩌다 가끔 아침에 학교에 가기 위해서 부산을 떠는 딸아이의 아침준비를 지켜볼 때가 있다. 언제나 늦잠을 자는 나는 대부분 아이들이 학교간 뒤 늦게 일어나곤 하는데 간혹 일찌감치 일어나면 전쟁준비와 같은 부산스러운 준비를 보면서 나름대로 느끼는 것이 많이 있다.

초등학교 5학년이 된 뒤부터 부쩍 옷차림에 신경을 쓰고 조금이라도 남보다 예쁘게 보이려고 매무새에 까다롭게 신경을 쓰는 딸년의 아침은 무슨 옷을 입느냐는 투정부터 시작되곤 한다. 외국 옷을 절대 입어서는 안 된다는 학교당국의 엄명이 있고 나서 딸아이는 미국에 살고 있는 고모들이 보내준 옷을 절대로 입지 않는 국산품 애용론자가 되고 말았다. 그러니 옷이 몇 벌 있을 리가 없다. 기껏해야 서너 벌이 고작인 것이다. 제 사촌들에게 물려받은 옷들도 하루가 다르게 키가 껑충껑충 크는 판이니 일 년 한철 제대로 입으면 족할 뿐, 2년 내리 입는 것은 아무래도 무리처럼 보인다. 그렇다고 그 비싼 옷들을 닥치는 대로 해주고 요일마다 바꿔 입힐 만큼 재벌도 아니니 바지 두 벌, 블라우스 두 벌 가지고 여름 한철 보내는 것은 당연한 일인 것이다. 그런데도 다혜는 그것이 못마땅한 모양이다.

"아빠. 난 말이야, 내 얼굴을 거울로 봐도 정말 이쁘다구. 이뻐 미치겠다구."

언젠가 거울 앞에 서서 제 어미가 오래전에 쓰던 가발을 뒤집어쓰고 한참을 들여다보던 딸아이가 이윽고 내게 그런 괴상한 말을 자랑삼아 꺼내어서 나는 요놈의 계집애가 어느새 벌써 미쳐버린 것이 아닌가, 정신이 있나 없나 정색을 하고 쳐다보았는데, 한술 더 떠서 며칠 전 학교 아이들 모두 공주 근처의 어느 왕릉 고분을 견학하러 가는 버스 속에서 인기투표를 했을 때 자기가 남자들이 뽑은 인기 있는 여학생 중에서 두 번째로 뽑혔다는 것이었다. 이 무렵 자기 딸이 남자들에게 인기가 있다는 것을 기분 나빠할 애비는 없겠지만, 이제 겨우 초등학교 5학년 계집아이 입에서 요따위 말이 나오는 판이니 아연실색할 노릇이었다.

아마도 딸아이는 두 번째로 인기 있는 여학생이 되고 싶지 않고 첫 번째로 인기 있는 계집아이가 되고 싶은 모양인지 요즈음에 부쩍 옷 타령, 머리 타령, 신발 타령인 것이다. 식탁에 앉으면 아내는 다혜의 머리를 빗겨주고 한 갈래 두 갈래 땋아주는데, 나는 딸아이의 머리를 땋는 것을 볼 때면 어째서 한국의 아이들은 그토록 참을성이 많은가 이유를 알 것 같다. 머리를 빗고 촘촘히 땋는 것이 얼마나 어려운 일인가. 그 어렵고 힘든 일을 오직 예뻐져야겠다는 일념으로 눈물을 찔끔찔끔 참으며 인내하는 딸아이의 얼굴을 볼 때면 나는 참으로 불가사의한 느낌을 받게 되는 것이다.

솔직히 말해서 딸아이의 바느질 솜씨는 엉망진창이다. 실과시간에 주머니 만들어오라고 숙제 내준 것을 밤 열한 시가 넘도록 낑낑대고 있는 것이 안쓰러워 내가 대신 바느질을 해준 적이 있는데 다음 주 실과평가에 나온 성적을 보니 십 점 만점에 팔 점이 나와 있었다. 내가 바느질을 대신 해주었기에 망정이지 딸아이가 했다면 육 점이나 맞았을까. 딸아이는 딴 애들은 엄마들이 대신 해주어 다 좋은 성적을 받았는데 우리 엄마는 숙제도 대신 안 해주고 잠만 쿨쿨 잤다고 투덜대었지만 어쨌거나 바느질 솜씨에서는 싹수가 노란 아이가 벌써부터 옷 타령에 헤어스타일 타령이니 참으로 한심하기 짝이 없는 일인 것이다.

그러던 딸아이에게 죽으나 사나 새 옷을 사주어야 할 사

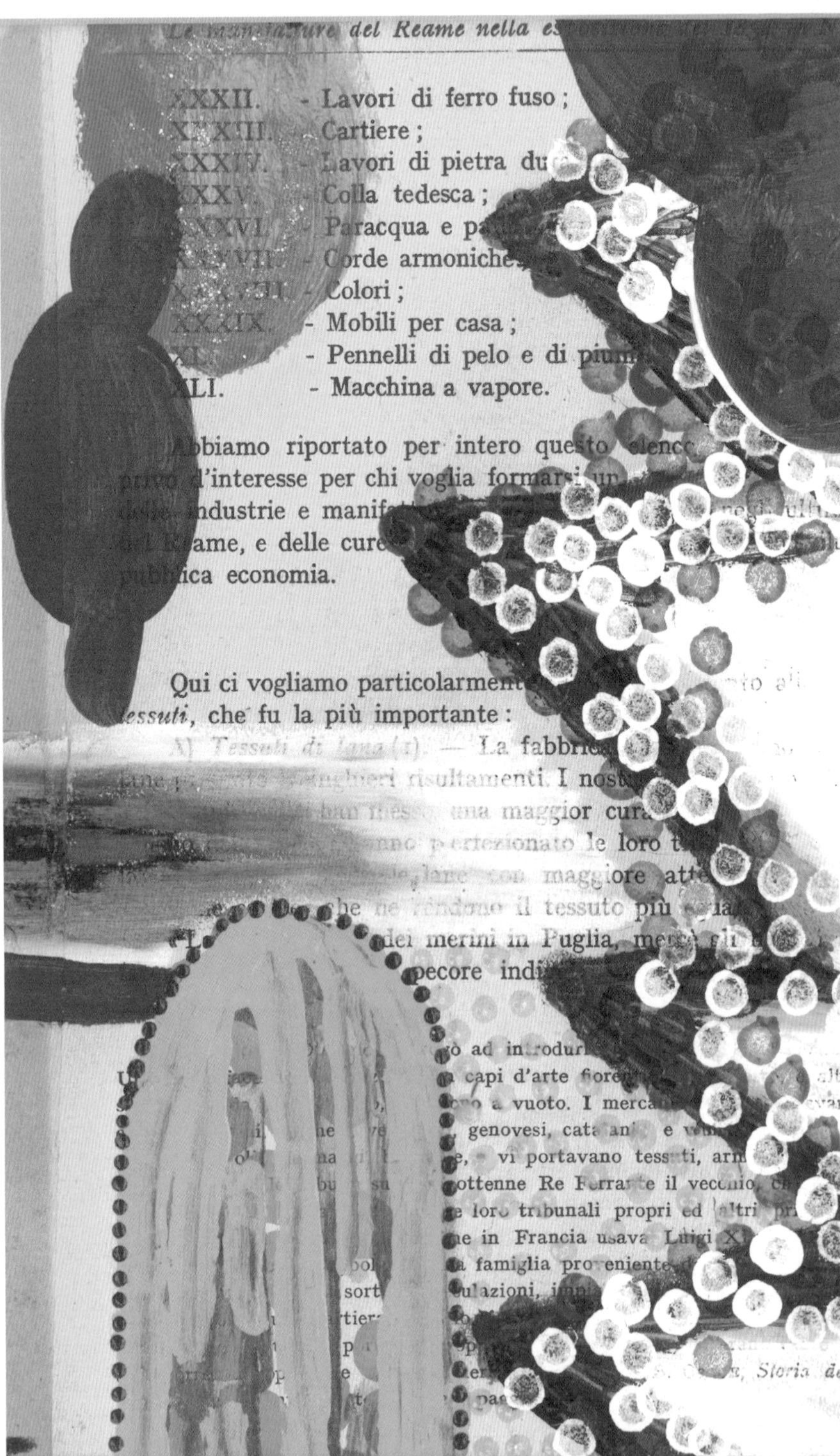
del Reame nella
XXXII. - Lavori di ferro fuso;
Cartiere;
Lavori di pietra du
Colla tedesca;
Paracqua e pa
Corde armoniche
Colori;
XXXIX. - Mobili per casa;
- Pennelli di pelo e di piu
XLI. - Macchina a vapore.
Abbiamo riportato per intero questo elenc
d'interesse per chi voglia formarsi un
industrie e manif
ame, e delle cure
ica economia.
Qui ci vogliamo particolarmen
tessuti, che fu la più importante:
La fabbric
risultamenti. I nost
una maggior cura
le loro
maggiore
il tessuto più
dei merini in Puglia,
pecore indi
ad introdur
capi d'arte fiore
vuoto. I merca
genovesi, cata ani e
vi portavano tessuti, arm
ottenne Re Ferrante il vecchio,
loro tribunali propri ed altri
e in Francia usava Luigi X
famiglia proveniente
Storia

건이 생겨버린 것이다.

어느 날 학교에 다녀온 다혜는 신이 나서 깡충깡충 뛰고 있었다. 사연인즉 이틀 뒤 월요일 이북에서 귀순해 온 신중철 씨가 딸아이가 다니는 학교를 방문하는데 TV 보도 프로그램으로 촬영하게 되어 있고 마침 다혜가 그 사람에게 질문을 하는 학생대표로 뽑히게 되었다는 소식이었다. 솔직히 나는 딸아이가 왜 저처럼 기뻐하는지 이해가 가지 않았다. 이 애비는 지금까지 TV에 수차례 나갔었고 오히려 건방진 이야기지만 나와달라는 청탁이 반갑지도 않은데, 딱 한마디만 질문하고 사라지는 프로그램에 출연한다고 해서 저처럼 기쁜가. 아아 어른은 물론 아이들까지 매스컴에 사진이 나고 출연하는 것을 좋아하는 자기현시 욕망을 갖고 있는 것이로구나 하며 새삼스러운 사실을 깨닫고 있었는데 한술 더 뜬 것은 아내였다.

아내는 당장 딸아이를 데리고 나가더니 백화점에 가서 그토록 사달라고 졸라도 안 사주던 원피스를 덜컥 사주는 것이 아닌가.

"여보. TV 화면에 이 옷이 잘 받을까요, TV 색상에 잘 맞을까요?"

어쨌거나 다음 주 월요일 딸아이는 생전 처음 매스컴에

데뷔한다는 기쁨(딸아이는 모를 것이다, 〈별들의 고향〉 영화에 내가 그네를 타면서 자기를 안고 잠깐 한 장면 나온 것을. 딸아이는 세 살 때 영화에 데뷔했던 화려한 아역 배우다)으로 의기양양하게 학교에 나갔었다.

그러나 그날 저녁 집으로 돌아온 딸아이는 풀이 죽어 있었다. 질문자가 많고 시간이 짧아 자신은 질문자에서 빠졌다는 것이었다. 그 대신 신중철 아저씨 뒤에 줄곧 서 있었으니 비록 말은 한마디 하지 못했지만 TV 화면엔 제 얼굴이 다음 주 월요일 나올 것이니 기대하시라 하고 꿩 대신 닭 식의 나발을 불고 있었다. 딸아이로서는 섭섭한 일이지만 어쨌든 새 옷은 생긴 셈이고 어설픈 주역보다는 개성 있는 조역이 낫다는 제 어미의 말로 위안을 얻어 상처 받은 마음을 달랜 셈이었다.

일주일 뒤 오후 여덟 시쯤 딸아이가 나오는 TV 프로그램이 방영되었다. 나는 그날 저녁 친구와 술을 먹을 약속이 있었지만 외출이 허락되지 않았다. 숨 막히는 긴장과 초조 그리고 서스펜스였다. 마침내 신중철 씨가 나오고 딸아이의 학교가 나오더니 딸아이의 반이 소개되었다.

"있다!"

TV를 보던 아들 녀석이 고함을 질렀다. 신중철 씨 바로 뒤에 제 어미가 사준 새 원피스를 입은 딸아이가 다소곳이 서 있었다. 딸뿐 아니었다. 모든 학급 아이들이 주위에 주욱 둘러서 있었다. 다혜는 어떻게든 예쁘게 보이려고 신중철 씨가 말을 할 때마다 고개를 끄덕끄덕거리고 일부러 흘러내린 머리카락을 남의 눈에 잘 띄라고 쓸어올리곤 했었다는 것이다.

"이봐. 지금 말이야, 채널 9좀 틀어볼래. 거기에 말이야, 우리 다혜가 말이야……."

"엄마야. 다혜가 말이야, TV에 나온다고. 빨리 틀어……."

"얘, 뭐하니. TV 보구 있니. 몇 번? 11번? 9번으로 돌려봐라."

딸아이의 TV 출연은 순식간에 끝났다. 질문자로 뽑히지 못한 다혜는 솔직히 엑스트라에 불과했다. 그토록 별렀던 아내는 친구와 장모님에게 전화 거느라고 한 장면도 못 보았고, 갈 길 바쁜 신중철 씨는 다른 장소로 벌써 이동해버리고 말았다.

"어디 있니. 어디 있어!"

"벌써 지나가버렸다구."

"뭐가 그래. 뭐가 그리도 짧아?"

"어때. 아빠?"

다혜가 배시시 겸연쩍게 웃으며 나를 쳐다보았다.

"내가 어땠어. 아빠. 예쁘게 나왔어?"

"그럼. 우리 다혜가 제일 이쁘게 나왔지."

"하지만 한마디도 얘기하지 못했는데 뭘……."

순간 나는 생각했다. 하기야 영화계에 선배, 친구들이 많이 있다. 그토록 소원이라면 아예 이럴 바엔 아역 배우로 정식 데뷔시켜버릴까. 〈별들의 고향〉이 영화로 굉장한 성공을 거두고 난 뒤, 그 영화의 제작자였던 화천공사의 박종찬 사장님이 이렇게 말했었다.

"최 형 따님이 재수가 있는 모양입니다."

흥행에 미신적 신념을 갖고 있는 제작자들을 유혹해서 딸아이를 아예 당당하게 대사하고 연기하는 배우로 만들어버릴까. 이 기회에 소설이고 뭐고 때려치우고 매니저로 나서서 딸아이 덕이나 볼까.

아서라. 나는 순간적으로 머리를 흔들고 나서 소리 질렀다.

"텔레비전 꺼! 야. 너 학기말시험 며칠 남았니?"

"얼마 안 남았어요……."

다혜가 마지못해서 대답했다.

"공부해. 요 녀석아."

나는 딸아이의 머리통을 쥐어박으며 결론을 내렸다.

"딴 생각일랑 말어. 예배당의 종 치듯 귀싸대기를 쳐버리기 전에. 알갔니?"

그렇다. 나는 이제껏 초등학교조차 졸업하지 못하고 있었다. 아아, 딸아이의 졸업식에서 비로소 초등학교를 졸업하는구나. 어른들은, 때 묻은 영혼을 아이들의 졸업식장에서 씻어버리고 있구나.

지난달 중순, 딸아이는 초등학교를 졸업했다. 마침 일본에서 소설을 쓸 자료 수집에 열중하고 있는 내게 직접 딸아이가 국제전화를 걸어왔다. 전화의 내용인즉, 내일 모레가 졸업식인데 아빠가 참석할 수 있느냐는 딸아이의 질문이었다.

나는 즉시 대답했다.

그래, 가고말고. 물론 졸업식에 참석하고말고.

아직 취재해야 할 내용은 많이 남아 있었다. 그러나 나는 다음날 오후 출발하는 비행기 편을 전화로 예약해두었다.

나는 무리를 해서라도 딸아이의 졸업식에 참석해야 한다고 생각했기 때문이었다.

거의 삼십 년 전쯤 나는 초등학교를 졸업했었다. 내가 졸업한 초등학교는 덕수초등학교였는데, 당시 이 학교는 초등학교임에도 불구하고 일류 중의 일류였다. 특히 학부모님들의 치맛바람이 매우 극성스럽던 학교였다.

매일 교실 뒷자리에는 극성맞은 학부모들이 의자를 갖다 놓고 선생님에게 드릴 스웨터를 짜고 있는가 하면 점심시간에 때맞춰 뜨거운 도시락을 배달해오는 어머니들이 수도 없이 많았다. 나는 이러한 극성스런 부모님들의 치맛바람을 어린 나이에도 몹시 혐오하고 있었다.

명색이 부반장이었던 나임에도 어머니는 졸업할 때까지 선생님을 만나러 학교에 오신 적이 한 번도 없었을 정도였다. 어머니는 아들 때문에 담임선생님을 만나 인사를 드리러 오기에는 너무 먹고 살기에 바쁘셨다.

당시 우리는 방이면 방마다 세를 주고 하숙을 치고 있었는데 매끼 그 하숙생들의 밥을 짓느라고 어머니는 한시도 부엌을 비울 수가 없었던 것이다. 하숙생들의 밥 속에 혹 머리카락이 들어갈까 봐 어머니는 식사 때마다 머리에 세수수건을 질끈 동여매고 있었고, 투정 많은 하숙생들은 일주일에 한 번은 달걀부침을 주고 고깃국을 끓여달라고 집단농성을 부리기도 했었다.

하숙은 우리 집 생계의 큰 수입원이었으므로 어머니는 아들의 졸업식보다 하숙생들의 밥이 더 소중하셨었다.

졸업식 날 나는 마치 극장 구경이나 가듯이 "그럼 다녀

올게요" 하고 소리치고 집을 나섰지만 막상 학교까지 가는 발길은 즐겁지가 않았다. 나는 흰 칼라가 달린 청색 학생복을 입고 있었는데 단추는 노란빛이 감도는 양철로 만든 금(?)단추였으므로 잔뜩 멋을 부리고는 있었지만 마음은 천근처럼 무겁고 왠지 쓸쓸하기만 했었다.

졸업식에 아무도 오지 않는다. 내가 우등상 타는 것을 아무도 보지 못하는 것이다. 이미 무슨 날 무슨 날에 어머니는 물론 집안 식구 그 누구도 참석하지 않는 무신경에 이골이 날 대로 나 있었지만 그래도 오늘은 평생에 한 번 있는 졸업식이 아닌가. 아무리 혼자 졸업식 끝내고 자장면 사 먹으라고 준 용돈이 주머니에 있어도 나는 왠지 분하고 억울했다.

당시 우리는 경기여고 강당을 빌려서 그 속에서 졸업식을 거행하곤 했었는데, 과연 졸업식장은 부모들의 극성답게 무슨 잔칫날처럼 흥청이고 붐비고 있었다. 졸업장을 담을 통과 꽃다발을 파는 행상들로 운동장은 대만원이었고, 졸업하는 아들딸들을 축하해주기 위해서 부모님들은 돈을 아끼지 않고 꽃을 사고 선물용 앨범을 들고 있었다.

내겐 아무도 선물하지 않을 것이다. 아무도 내게 꽃도 주지 않을 것이며, 졸업장을 담을 통도 선물하지 않을 것이다. 나는 그저 졸업장을 둘둘 말아 들고 졸업식장을 나서게 될 것이다. 여기저기서 사진을 찍고, 웃고 떠드는 친구들의 부모 곁을 떠나 자장면을 사 먹기 위해서 나는 중국집에 들어가 졸업식을 기념하는 자장면을 혼자서 먹을 것이다. 곱빼기로 시켜서 천천히 먹을 것이다.

졸업식이 끝날 무렵, 답사와 송사가 있고 졸업식 노래가 시작되자 여자 졸업생 좌석 여기저기에서는 일제히 훌쩍훌쩍 울음소리가 들려오기 시작했다. 마음 약한 남자아이들도 눈시울이 붉어져서 마지막으로 부르는 교가 끝부분에서 그만 목이 메어 끝까지 따라 부르지 못하였는데 나는 그런 슬픔 따위는 전혀 느끼지 않았다.

나는 솔직히 졸업하는 학교에 대한 미련보다는 다가오는 새 학교, 미래에 대한 희망으로 낡은 과거에 대한 미련 같은 것은 전혀 느껴볼 겨를조차 없었다.

졸업식을 끝내고 교실로 돌아왔을 때 나는 정말 깜짝 놀랐다. 어머니가 교실 복도 앞에서 격에 어울리지 않게 졸업장을 넣을 통을 선물로 사 들고 쥐색 한복을 입고 서 계셨다.

뿐인가.

형은 고등학교 2학년이었는데, 남동생의 쓸쓸한 졸업을

축하해주고 기를 올려주기 위해서 자신의 친구들을 서너 명 끌고 카네이션 두 송이를 들고 있었고, 우리 집의 대부 큰누이는 토끼털 코트를 입고 복도에 석가여래 부처님처럼 서 있었다.

내가 울었던 것은 바로 그 순간이었는데, 내 눈물을 이해하지 못했던 형은 내 머리통을 쥐어박으면서 이렇게 말했었다.

"울지 마라. 사내 녀석이 졸업식이 뭐가 슬퍼서 울어. 이 자식아."

형은 내가 졸업식이 슬퍼서 우는 것이 아니라, 전혀 기대치 않았던 온 가족의 환영부대에 대해서 감격했었다는 것을 전혀 눈치 채지 못했던 것이다.

그날 밤 나는 태어나서 최대의 대접을 받았었다. 자장면은커녕 생전 처음 나이프와 포크를 쓰는 돈가스를 먹었고, 유명한 케이크 집에서 빵도 먹었다. 그때 그 빵집 스피커에서 팻 분이 부른 〈아 윌 비 홈〉이란 달콤한 노래가 흘러나왔던 것도 나는 생생히 기억하고 있다.

그날 졸업식 축하의 하이라이트는 사진관에서 '펑—' 하고 마그네슘을 터뜨리는 기념사진을 찍은 것이었다. 나는 형과 형 친구들을 양옆에 거느리고 가운데 앉아서 졸업장을 앞에 놓고 사진을 찍었다.

그때 찍은 사진이 내 앨범에 꽂혀 있다. 나는 가끔 그 사진을 들여다보며 그때의 그 행복했던 소년의 반짝이는 눈동자를 혼자 헤아려보면서 슬며시 미소 짓곤 한다.

내가 딸아이의 전화를 받는 순간 남은 며칠간의 일정을 단축하고 졸업식에 참석해야겠다고 결심했던 마음의 동기는 바로 내 자신의 어린 날의 기억 때문이었다.

지금 다혜는 내가 굳이 졸업식에 참석치 않았더라도 외로움을 느끼지는 않을 것이다. 내가 없더라도 아내가 대신 참석할 것이며, 아내는 딸아이에게 빛나는 꽃다발과 선물도 준비해줄 것이다.

그러나 나는 내 자신의 옛 추억 때문에라도 참석해야 한다고 마음을 굳히고 미련 없이 일정을 단축했던 것이다.

졸업식 날 나는 조금 늦게 졸업식장에 나갔다. 이미 졸업식은 시작된 지 오래여서 송사와 답사가 진행될 무렵이었다. 보내는 5학년 대표 여학생의 피 토하는 듯한 눈물겨운 송사가 끝나자 6학년 대표 남학생이 감동 어린 답사를 했고, 이윽고 졸업식 노래가 시작되었다.

"빛나는 졸업장을 타신 언니께

꽃다발을 한 아름 선사합니다.
물려받은 책으로 공부를 하며
우리는 언니 뒤를 따르렵니다."

5학년 학생들의 노래에 이어서 6학년 언니들의 노래가 시작되었다.

"잘 있거라 아우들아 정든 교실아
선생님 저희들은 물러갑니다.
부지런히 배우고 얼른 자라서
새 나라 새 일꾼이 되겠습니다."

6학년의 노랫소리에는 애절한 눈물의 가락이 섞여들고 있었고, 드디어 전 학년의 합창이 시작되었다.

"앞에서 끌어주고 뒤에서 밀며
우리나라 짊어지고 나갈 우리들
냇물이 바다에서 서로 만나듯
우리들도 이다음에 다시 만나세."

문득 졸업식 노래를 듣고 내 눈에서는 눈물이 흘러내리기 시작했다. 정작 삼십 년 전의 오늘에는 눈물조차 흘리지 않았던 나는 그 노랫말이 단순한 노랫말이 아니라 인생철학을 담고 있다는 새로운 사실을 느낀 때문이었다.

사람은 만나면 헤어진다. 이제 '빛나는 졸업장을 타신 언니께' 노래를 부른 동생들도 내년에는 '잘 있거라 아우들아 정든 교실아' 하고 노래 부르겠지. 그래, 그것이 인생이란다. 물러갈 때는 물러가고, 사라질 때는 사라진다. 그 빈자리를 새 사람 새 물결이 새로 메우고 있다.

6학년의 졸업식에서 불려지는 이 졸업식 노래의 의미를 어른들인 우리가 다시 새길 수만 있다면. 삼십 년 전 우리도 분명히 불렀던 이 노래의 그 색동저고리 입던 어린 날의 순수한 눈물과 그 순수한 마음으로 돌아갈 수만 있다면.

그렇다. 나는 이제껏 초등학교조차 졸업하지 못하고 있었다. 아아, 딸아이의 졸업식에서 비로소 초등학교를 졸업하는구나. 어른들은, 때 묻은 영혼을 아이들의 졸업식장에서 씻어버리고 있구나.

그날 저녁 우리는 사진관에 찾아갔다. 나는 의자에 앉고 아내는 섰다. 딸아이는 앉고 아들 녀석은 가운데에 서서 함박꽃처럼 웃고서 있었다. '펑—' 마그네슘이 터진 대신 '찰칵' 현대식 카메라의 셔터 소리가 물매미처럼 울었다.

그 사진이 우리 집 거실에 걸려 있다. 나는 빈 시간 그 사진을 들여다보면서 혼잣말처럼 노래를 부르곤 한다.

"잘 있거라 아우들아 정든 교실아
선생님 저희들은 물러갑니다…
냇물이 바다에서 서로 만나듯
우리들도 이다음에 다시 만나세."

너는 이제 빛나는 꿈의 계절 속에 잠겨 있다. 무지개 계절 속에 잠겨 있다. 일 년에서 가장 찬란하고 아름다운 이 계절에 홍역처럼 아플 것은 아프고, 독처럼 마실 것은 마셔서 배추벌레 속에서 나비가 솟아나듯 아름다운 낭자로 태어나거라.

해외여행을 하고 돌아왔더니 한 달 만에 만난 다혜가 내게 말을 했다.

"아빠, 나 중학교 추첨 받았다."

"어느 중학교니?"

"경원중학교."

나는 딸아이가 일러주는 학교 이름을 되받아 중얼거렸다. 경원중학교, 경원중학교라.

전에는 들어보지 못했던 이름이었다.

"경원중학교가 어디에 있는데?"

아내의 대답인즉, 집에서 가까운 신반포 아파트단지 사이에 있는 학교인데 생긴 지 삼사 년밖에 안 된 학교라는 것이었다. 남녀공학으로 한 학년이 20반 정도로 천이삼백 명이 한 학년이라는 것이었다.

나는 까마득히 오래전의 내 한 시절을 생각해보았었다.

그땐 중학교 들어가자마자 머리를 박박 깎았었다. 그래서 중학생이 되느니보다는 동승童僧이 되는 느낌이 들었다. 교복과 교모를 사러 갔는데 어머니는 너무나 큰 교복을 사주셔서 바지는 두 겹쯤 걷어 입고 다녀야만 했었다. 어머니의 말인즉 아이들은 빨리 크니까 좀 넉넉한 옷을 사줘야 한다는 것인데 교복은 넉넉하다 못해 헐렁헐렁거려서 무슨 밀가루 부대를 입은 느낌이었다. 게다가 모자는 왜 그리 컸던지, 쓰면 모자챙에 눈이 가려 앞이 보이지 않을 정도였다.

그래도 좋기만 했다.

중학교 1학년 때 3번이었던가. 백 명에 가까운 아이들 중 세 번째로 키가 작은 땅꼬마였던 나는 밤마다 신이 나서 이렇게 외우곤 했었지.

아엠어 보이.

유알어 거얼.

디스 이즈 어 데스크.

뎃드 이즈 어 북.

엠아이 어 보이?

영어는 얼마나 신기한 말이었던가. 언젠가 한번은 전차를 타고 화신백화점 앞에 갔었다. 창경원 담 너머로 벚꽃이 만발하던 조춘早春의 오후. 우연히 거니는 미군을 조르르 따라가면서 나는 이렇게 물었었다.

"헬로, 엠아이 어 보이?"

지나가던 미군은 눈이 둥그래져서 나를 내려다보았다. 나는 다시 한 번 물어보았다.

"헬로, 엠아이 어 보이?"

그러자 미군은 낄낄 웃으면서 대답했다.

"슈어. 유 · 알 · 어 · 보이."

그러자 나는 신이 났다. 그래서 학교에서 배운 영어로 또 한 번 물어보기 시작했다.

"후 · 아 · 유?"

"아엠 깁슨, 앤드 유?"

"아엠 최."

그렇다.

그때 백화점 옆으로는 냉냉냉냉거리면서 전차가 달려가고 있었다. 이따금 전차가 속력을 올릴 때마다 파란 불꽃이 튀어 오르곤 했었다.

내 딸아이가 중학교에 들어간다. 우리 다혜는 이 아버지 때처럼 머리를 깎거나 교복은 입지 않을 것이다. 이 아버지처럼 이제 곧 영어를 배우면서 에이 비 시 디 이 에프 쥐 에

moment entre le maître et l'ouvrier » (1) ; « les maîtres, il est clai
leur intérêt est directement opposé à celui des o…
y aura d… et des ouvriers, on pour…
légale e… is enfin il y aura to…
pas ce… ulent pas l'exaspé…
tent. … xpressement que l'émancipati…
doit … travailleurs eux-mêmes…

… ns veulent-ils la méthode ? Le te…
pour t… sans classes. Quant à la méthode, …
sauf u… mmunistes, sont d'accord : ils la …
Ils vou… rmer la société « par le concours …
ties intér… ouvoir, les maîtres et les ouvriers … p
bation de la situation des personnes et des choses » (3) … sse
de « dénoncer les abus pour les faire cesser, s'il est possib… on
riter les diverses classes de la société pour les diviser » (4) … uh
de « fonder le nouvel ordre de choses … secousses … vol
sans même toucher au droit de propriété » (5). « Nous … ons
… guerre ni aux personnes, ni aux propriétés ; nous … s al
… nt aucune existence, ni aucun droit bien ou mal ac…). C
… mpterait pas les conseils de « sagesse », de « modération » … ils
… nt et les communistes de la *Fraternité* … condamn…
… mises au cours des grèves. Tous … fermement …
… erselle » dans la vie économique comme dans la …

Est-ce cette « modération » « utopique » … a fait … p
… aigüe qu'avait dès cette époque l'élite ouvrière … s
… ce de classe » ? Ce n'est plus, en tout …
… n de leur en retirer le mérite. C'est simpl…
… eur de leur vue claire des faits, de leur vo…
… des conceptions, dans des réalisations nouvelles.

***

Par quels moyens comptent-ils mettre fin à cette lu…
… ent, qui contredit à toutes leurs aspirations ?

(1) *L'Atelier*, août 1841.

(2) *Ibid.*, … 1841.

(3) *Ibid.*, juillet 1842.

(4) Adolphe … *Prospectus de son livre : De l'état des ouvriers et de … ion par l'…*

(5) … *d'un ouvrier rouennais.*

(6) … 1840 ; *L'Atelier*, novembre 1840.

(7) … 1840.

이춰 아이… 그리고는 곧 사춘기가 찾아올 것이다.

아아, 생각난다.

중학교 2학년 봄 아카시아가 필 무렵이었다. 같은 반의 악동 하나가 나를 눈부신 아카시아 꽃잎이 날리는 숲속으로 데리고 가더니 그만 자기의 바지를 내리고 자신의 그곳을 보여주었다. 그곳엔 새봄에 순이 움트듯 거뭇거뭇한 체모體毛가 돋아 있었다.

"봐라."

그곳을 보여준 악동은 내게 자랑스럽게 말했었다.

"나는 이제 어른이 되었다."

그 이후로 나는 학교가 끝나면 숲속으로 홀로 들어가 바지를 내려보곤 했었다.

아이들은 목이 쉬고, 여드름이 나고 수염꼬리도 달려가고, 몇몇 아이들은 체육시간에 젖멍울이 서서(남자도 사춘기 때는 젖멍울이 선다) 아프다고 울상인데 나만은 여전히 어린애였다. 나는 그것이 부끄러웠다. 나는 영원히 나만은 어른이 되지 못할 것이라고 생각했었다.

나는 키가 크지 않고 목소리도 변치 않고 영원히 아이로 머물러 있을 것이다. 그리고 겨드랑이에 날개가 돋아나고 하늘을 나는 새가 될 것이다.

2학년이 거의 지날 무렵, 나는 목이 쉬었다. 합창반에서 언제나 소프라노의 음성을 내던 나는 마침 예술제가 가까워왔으므로 합창반 선생님에게 말했었다.

"선생님 감기가 걸렸어요. 곧 나을 겁니다."

그러나 선생님은 머리를 흔들었다.

"이제 네 목소리는 틀렸다. 너는 이제 틀렸어."

"아니에요."

나는 머리를 흔들었다.

"난 목이 쉬었을 뿐이에요. 감기가 나으면 될 거예요."

"네 감기는 영원히 낫지 않을 것이다. 네 목소리는 영원히 돌아오지 못할 것이다."

선생님의 말대로 내 목소리는 영원히 돌아오지 못했다.

바로 그날부터 나는 목이 쉬었으며 겨드랑이에 털이 나기 시작했던 것이다.

그렇다.

중학교시절은 새순이 돋아나는 시절. 인생으로 보면 이때야말로 초봄이 아닌가.

학교에 다녀온 딸아이는 자기가 반에서 5번이라고 자랑스럽게 말했다. 딸아이보다 키가 작은 아이가 4명이나 되는 모양이다. 아빠를 닮아서 늦된 우리 딸아이는 아직도 세상물정을 갓난아이만큼이나 몰라 걱정이다.

학교에 다녀오더니 딸아이는 가슴 위에 배지를 달고 다닌다. 딸아이의 가슴에 달린 배지를 본 순간 나는 그 배지야말로 중학생임을 보증하는 청춘의 문양紋様인 것 같은 느낌을 받았다.

그렇다.

우리 딸아이는 중학생이다. 이젠 초등학교 어린아이가 아니다. 가운데 중中, 중학생이다. 아가야, 사랑하는 나의 딸아, 네가 살아갈 그 중학교 3년이야말로 네 인생에서 가장 중요한 시간이다.

이때야말로 신체로는 어른이 되며, 키는 대[竹]나무처럼 쑥쑥 자라난다. 때로는 애비도 보기 싫은 그런 때도 올 것이다. 에미한테 덤벼드는 때도 오겠지. 공연히 열등의식에 잠길 때도 있으리라. 어떤 때는 자살하고 싶다는 허무주의에도 빠지겠지. 공부 때문에 시간이야 없겠지만 한창 〈테스〉를 읽고 〈에반젤린〉을 읽을 나이가 아니냐. 누구와는 이런 약속을 하겠지. 난 평생 시집가지 않을래. 이다음에 수녀가 될래. 토끼풀이 우거진 교정에 앉아서 네잎 클로버를 찾으면서 아름다운 봄노래도 부르겠지.

다혜야.

사랑하는 내 딸아, 너는 지금 이름 모를 항구에 있다. 그곳에서 배를 타고 있다. 돌아온 4월처럼 네 인생은 이제 생명의 등불을 밝혀 들고 있다. 그렇다. 다혜야. 너는 이제 빛나는 꿈의 계절 속에 잠겨 있다. 무지개 계절 속에 잠겨 있다. 일 년에서 가장 찬란하고 아름다운 이 계절에 홍역처럼 아플 것은 아프고, 독毒처럼 마실 것은 마셔서 배추벌레 속에서 나비가 솟아나듯 아름다운 낭자로 태어나거라.

며칠 전 나는 한밤중에 차를 몰고 딸아이가 다니는 학교에 가보았다. 한옆은 아직도 엉망진창의 진흙길이었다. 밤이 깊었으므로 교내에는 불이 모두 꺼져 있었다.

나는 그 담벼락 밑에 차를 세우고 간절히 소망을 드렸다.

'하느님, 저 학교는 우리나라에서 제일 좋은 학교입니다. 왜냐하면 내 딸아이가 다니는 학교이니까요. 우리 딸아이가 이 학교에 다니는 3년 동안 그저 꽃 본 듯이 예뻐해주시고 그저 떡 본 듯이 사랑해주십시오. 하루의 내일을 모르는 우리들이지만 그저 나날이 고맙고 감사하는 날이 되도록 이끌어주십시오.'

경기여중이나 이화여중이 좋다는 것은 삼십 년 전의 이야기다. 우리나라에서 제일 좋은 중학교는 경원중학교이다.

바라옵건대 신이시여, 짓궂은 바람 건듯 불게 하지 마옵시고 못된 벌레 아예 멀게 하옵시고 그저 부드러운 햇볕과 따뜻한 봄비를 때맞추어 주옵소서. 그리하여 눈부신 신록을 딸아이의 몸과 마음에 가득가득 피어나게 하옵소서.

지난봄의 일이니까 벌써 오래전의 일처럼 느껴진다. 우리 집 작은 뜨락에도 꽃나무들은 제법 있어 해마다 봄이 오면 늘 목련꽃부터 피기 시작하는데, 나는 이놈의 목련이 필 무렵이면 이상한 느낌을 받곤 한다.

목련꽃은 아름답기는 하지만 왠지 귀기鬼氣가 어려 있다. 한밤중에 목련꽃을 보면 왠지 마음이 섬뜩해진다. 무슨 상복을 입은 여인 같기도 하고, 종이로 만든 조화 같기도 하고, 승무를 추는 여인의 머리에 쓴 고깔 같기도 하고, 잘 빨아 널어 말린 버선짝 같이 느껴지기도 한다.

해마다 그런 느낌을 받곤 하다가 올 봄에 나는 왜 목련꽃이 섬뜩한 느낌으로 내게 다가오는가 그 이유를 알 수 있었다.

그것은 목련꽃이 만발하지만 나무엔 푸른 이파리가 전혀 없다는 사실을 깨달았기 때문이다.

무릇 꽃이란 푸른 잎과 어울려야 빛나고 아름다운데, 잎은 전혀 없고 앙상한 가지에 솜사탕 같은 풍성한 꽃들만 주렁주렁 매달려 있으니 꽃 같지 않고 종이로 만든 조화로 느껴지는 것은 당연한 일이었다.

'아아, 그것 참. 왜 목련에는 잎이 없을까.'

나는 혼잣말로 중얼거렸는데 마침 영화감독을 하는 배창호가 옆에 있다가 그것도 모르냐는 듯 내게 그 이유를 가르쳐주었다.

"형, 봄에 피는 꽃은 잎을 무성하게 자라게 하는 역할을 하니까요."

"어째서?"

나는 쉽게 이해가 가지 않았다. 그러자 옆에 있던 곽지균이 설명을 해주었다.

"봄에 피는 꽃들은 모두 이파리보다 꽃이 먼저 핀다구요. 개나리, 진달래, 목련, 벚꽃 모두 보세요. 꽃이 활짝 폈다가 지고 나야만 잎이 무성하게 자라나잖아요."

나는 그때서야 번득이는 영감을 받았다.

아아, 그렇구나. 봄꽃은 잎을 무성하게 자라나게 하기 위해서 피어나는 전야제의 꽃이다. 그렇다면 여름의 꽃은 무엇인가. 그것은 열매를 맺기 위해서 피어나는 꽃이 아닌가.

그렇다면 또 가을에 피는 꽃들은 무엇인가. 그것은 씨앗을 보존하기 위해서 피어나는 꽃이다.

그렇다. 나무마다 피어나는 꽃들도 다 제각기 나름대로의 의무와 책임이 있는 것이다. 향기로운 꽃가루와 달콤한 꿀로써 벌과 나비를 유혹하는 것도 나름대로의 몫이 있기 때문이다.

그러므로 봄에 피는 꽃이 성급히 열매를 맺으려 하면 그 나무는 스스로 시들어갈 것이요, 봄에 피는 꽃이 느닷없이 씨앗을 남기려 한다면 스스로 잎이 마르고 죽어가게 될 것이다. 같은 태양도 봄의 따뜻함은 잎을 무성하게 자라게 하는 햇볕이며, 여름의 뜨거움은 과일을 무르익게 하는 태양이며, 가을의 선선함은 튼튼한 종자와 과일 속에 들어 있는 씨앗을 영글게 하기 위한 햇볕이 아닌가.

모든 꽃에도 각기 나름의 역할과 의미가 있으며, 계절에 순응하는 자연의 질서와 조화가 있지 않은가.

내가 꽃이라면 나는 어느 계절에 속한 꽃이겠는가. 잎을 무성히 싹트게 하기 위한 봄꽃은 아니겠고 열매를 맺기 위한 여름꽃도 이미 지난 것처럼 느껴진다. 일 년의 열두 달을 내 나이에 비유한다면 9월 중순의 초가을에 접어들었다고 할까. 이젠 서서히 낙엽의 의미를 알고 씨앗의 포자胞子

를 예비하고 있다가 겨울이 오면 기를 쓰고 바둥바둥 나뭇가지에 매달려 있기보다는 때를 알아 옷도 벗고 앙상한 천둥벌거숭이로 눈매도 맞고 바람에 종아리도 맞는 그런 나목裸木으로 미련 없이 변하는 자연의 순리를 배울 때가 다가온 것이다.

나는 요즈음 딸아이를 볼 때마다 그 목련꽃을 느끼곤 한다. 다혜는 계절로 치면 4월의 초봄에 접어들었다고나 할까. 이를테면 사춘기의 소녀가 되고 있다.

뭔가 딸아이의 몸속에서, 마음속에서 심상치 않은 음모와 격정과 광기와 자아로서의 분노가 서서히 활화산의 분화처럼 지각을 뚫고 분출하는 것 같은 불길한 예감을 느끼곤 한다.

차츰 부모에 대한 불만이 많아지더니, 특히 제 어머니에 대한 불만이 커지고 있다. 전에는 안 그러더니 제 어머니가 뭐라고 꾸중을 하면 꼬박꼬박 말대꾸를 하고 덤벼들고 어떤 때는 울면서 제 방의 문을 걸어 잠그고 소리를 지르면서 울기도 한다. 전에 없이 고집을 부리고 떼를 쓰고 신경질을 부린다. 이른바 사춘기적 증상이 만발하기 시작한 것이다.

이 요사스런 봄꽃이 만발하고 난 뒤, 그리고 어느 순간 일순에 끝나버린 연극의 막처럼 봄꽃이 하염없이 지고 나면 다음에는 청춘의 신록들이 눈부시게 무성히 자라나게 될 것이다.

그러므로 다혜의 사춘기적 증상은, 신경질은, 말대꾸는, 불만은, 분노는 신록을 무성하게 하기 위한 예고편이라고 할 수 있을 것이다.

아아, 그 꽃잎이 피었다가 지기까지 본인은 얼마나 고통스러울 것이며, 제 어머니는 얼마나 전전긍긍 쩔쩔매게 될 것인가.

아내는 이제 겨우 봉오리에 불과한 딸아이의 히스테리 증상에도 쩔쩔매고 있다. 학교 갈 때마다 아내는 마치 딸아이의 하녀처럼 비굴하게 눈치를 보고 비위를 맞추고 있다.

그뿐이랴. 나는 도저히 이해할 수 없다. 중·고등학교 학생을 자녀로 가진 부모들의 고통스러운 하소연을 여기저기 신문·잡지에서 보고 들은 것은 많지만, 막상 내 딸아이가 중학교 1학년이 되고 나니 이 나라 교육제도가 왜 이런가 도저히 이해가 가지 않는다.

나는 이렇게 무서운 지옥을 본 적이 없다. 이것은 바로 생지옥이다. 시험 때면 12시에 잠들고 4시에 일어난다. 온 집안이 딸아이의 시험 준비에 신경이 곤두세워진다. TV가 무엇이랴. 화장실에서 소변을 보고 나서도 물을 버리지 못한다. 그렇게 공부하고 나서도 좋은 석차가 못 되는 모양이다. 평균 90점에 가까운데도 열 손가락 안에도 제대로 들지 못하는 모양이다. 이건 정말 해괴하고 이상한 일이다. 명색이 일류 중학교에 다녔던 나는 평균 85점 이상의 학생들은 당시만 해도 우등생 중의 우등생이었음을 분명히 기억하고 있다. 이제는 그때처럼 피나는 경쟁 끝에 선택된 중학생도 아니다. 평준화 덕분에 너나할 것 없이 컴퓨터로 막 골라잡아 들어간 학교다. 시험문제도 이처럼 어려울 수 없다. 수학은 내가 봐도 솔직히 말해서 50점도 못 맞을 것이다. 글깨나 쓴다는 작가인 나도 국어시험은 80점 이상을 도저히 못 넘을 것이다.

그렇게 어려운 문제를 90점 이상 맞는 학생이 반에서 열 명 이상 있다면 이것은 기적이다. 내 아는 시인의 아들 녀석은 아파트에 살고 있는데 시험 때면 맞은편 아파트에 사는 친구 녀석의 공부방에 불이 꺼져야만 자기도 잠자리에 든다는 것이었다.

아내는 가끔 내게 말한다.

"너나 할 것 없이 과외공부 한대요. 교장 선생님 자식도 다 하는 판인데."

아내 말이야 답답해서 하는 것이겠지만 어쨌든 나는 대

학교 다닌 남동생이 어째서 없는가. 이제라도 똑똑한 놈 골라서 의형제를 맺을까 궁리 중이다. 작은아버지가 한집에서 자고 먹으며, 공부를 가르쳐주면 과외공부가 아니라던가.

문제는 이 생지옥이 앞으로 6년간 계속된다는 것이다. 아아, 이 6년 동안 아내와 나는 폭삭 늙겠구나. 부부싸움도 제대로 못하겠구나. TV도 못 보겠구나. 아니다. 아들녀석까지 함부로 화장실에서 오줌도 못 누겠구나. 문도 소리 내어 여닫지 못하고 집 안을 생쥐처럼 살금살금 기어 다니겠구나.

아아, 그렇다. 우리 다혜가 이제 봄나무가 되었다. 사춘기의 광기 어린 꽃봉오리가 툭툭 소리를 내면서 벌어지고 있다. 이 꽃이 만발하고 났다가 속절없이 지고 나면 다음엔 청춘의 신록이 우거질 것이다. 그러나 그 꽃이 만발했다 질 때까지의 긴 세월 동안 이 죄 없는 애비와 에미는 얼마나 속을 태우고 늙어갈 것인가.

바라옵건대 신이시여, 짓궂은 바람 건듯 불게 하지 마옵시고 못된 벌레 아예 멀게 하옵시고 그저 부드러운 햇볕과 따뜻한 봄비를 때맞추어 주옵시고 때가 만발하게 피었다가 경우 바른 손님처럼 미련 없이 훨훨 옷깃 떨쳐버리고 가옵시게 두루 보살펴주옵소서. 그리하여 눈부신 신록을 딸 아이의 몸과 마음에 가득가득 피어나게 하옵소서.

서재의 창문은 스탠드에 불을 밝혔으므로 환히 들여다보인다. 주위는 캄캄한 칠흑 같은 어둠의 바다인데 딸아이는 단정히 책상에 앉아서 조용히 책을 보고 있다. 밤이 이렇게 깊었는데. 밤 세 시인데. 밤에는 쥐들도 잠을 자는데…

내가 아주 어렸을 때 이런 동시를 읽은 적이 있다.

돌 돌 돌 돌. 재봉틀 돌리는 어머니 곁에서 잠든 소년 아이가 꿈속에서도, 돌돌돌돌 밤새워 재봉틀을 돌리시는 어머니의 재봉틀 소리를 듣는다는 눈물겨운 동시였었다. 그 동시를 읽을 때 나는 몹시 가슴이 뭉클했었다. 어떻게든 한 푼이라도 더 벌기 위해 재봉 일을 하는 어머니 곁에서 잠든 꼬마 소년의 모습이 공연히 눈에 선명히 떠오르고 그것이 내 눈시울을 뜨겁게 적셨기 때문이었다.

가사는 정확히 기억나지 않지만 어렸을 때 양지바른 돌담에서 계집아이들이 고무줄놀이를 하면서 이런 노래를 불렀던 기억을 갖고 있다.

"착한 아기 잠 잘 자는 베갯머리에
어머니가 홀로 앉아 꿰매는 바지.

꿰매어도 꿰매어도 밤은 안 깊어."

지금 생각하면 참으로 궁상맞은 노래였는데 따지고 보면 어쩌면 이렇게 슬프고 애처로울 수 있는가. 어린아이 잠 잘 자는 머리맡에 앉아서 얼마나 낡고 헤어졌으면, 꿰매어도 꿰매어도 끝없는 바지를 열심히 꿰매고 있는 어머니의 모습. 나는 어릴 때 그 노래를 부르면서 고무줄놀이를 하는 같은 나이 또래의 계집아이를 보면 그 어린 나이의 계집애 얼굴에서 먼 미래의 가엾고 슬픈 어머니상을 보는 것만 같아서 몹시 마음이 아프곤 했었다.

내가 왜 이런 옛 기억을 떠올리느냐 하면 나도 요 며칠 밤새도록 꿈속에서 무엇인가 속삭이는 소리를 들으며 잠을 자고 있기 때문이다. 그 소리는 재봉틀 소리도 아니고 바지를 꿰매는 어머니의 조용한 바느질 소리도 아니다. 그것은 우리 집 딸아이가 밤새워 공부하는 소리인 것이다.

요즈음이 마침 시험 때이어선지 모르나 딸아이는 밤을 꼬박꼬박 새우고 있다. 얼굴이 노오래져서 마치 색소로 물들인 단무지의 형상이다.

나는 책을 읽을 때나 시험공부를 할 때나 그저 입을 다물고 침묵으로 읽고 눈으로만 외우고 그랬는데, 딸아이는 별

종이어서 꼭꼭 소리를 내어서 외우고 소리를 내서 읽으며 암기하고 있는 모양이다.

주로 내 서재에서 공부하는데 밤이 깊으면 바늘 하나 떨어져도 선명히 들려올 만큼 사위가 조용해져서 속삭이듯 국어책을 읽고 사회책을 읽는 딸아이의 목소리가 밤새워 내 귓가를 울리고 있는 것이다.

그 소리가 줄곧 잠든 내 의식을 뒤흔들고 있어서 딸아이 시험 때면 나도 잠을 잔 것인지 밤새 불면으로 뒤척인 것인지 머리가 어수선하고 혼잡하다.

아아.

깊은 밤 잠시 짧은 잠이 들었다 싶었다 문득 정신이 들면 먼 서재에서 속삭이면서 중얼거리는 딸아이의 목소리가 들려온다.

'데얼 아 매니 스튜덴트 인 마이 스쿨. 아우워 스쿨 이즈 어 라아지……. 우리 학교에는 학생이 많이 있습니다. 우리 학교에는 학생이 많이 있습니다…….'

공연히 죄를 짓는가 싶어 머리맡의 시계를 보면 새벽 세 시. 어쩌다 꿈꿨던 잠을 이으면 꿈속에 큰 학교가 나타나고 수많은 학생들이 보인다. 다시 잠이 들었다 깜짝 놀라 깨면 또다시 귀를 기울인다. 귀를 기울였을 때 뭐라고 웅얼거리는 딸아이의 목소리가 들려오면 그래도 안심되지만 어떤 소리도 들려오지 않으면 공연히 불안해진다. 저 애가 깜박 잠을 못 이겨 그새 잠들어버린 게 아닐까. 그렇게 되면 큰일인데. 시험 범위를 모두 마치지 못하고 그만 잠이 들어버린 게 아닐까.

언젠가 한번 그만 자기도 모르게 잠이 들었다 화닥닥 아침에 일어나 발을 동동 구르면서 울고불고 난리치지 않았던가. 나는 재삼재사 귀를 기울여본다. 그러다가 끊겼던 속삭임 소리가 다시 이어지면 마음이 놓이지만 아무래도 소리가 들려오지 않으면 가슴이 뛴다.

그러면 나는 아직 잠이 덜 깨인 눈으로 비틀거리면서 일어나 방문을 열고 마치 몰래 잠입하여 적정을 살피는 스파이처럼 서재로 다가가보는 것이다.

서재의 창문은 스탠드에 불을 밝혔으므로 환히 들여다보인다. 주위는 캄캄한 칠흑 같은 어둠의 바다인데 딸아이는 단정히 책상에 앉아서 조용히 책을 보고 있다. 밤이 이렇게 깊었는데. 밤 세 시인데. 독일 작가의 단편 제목처럼 '밤에는 쥐들도 잠을 자는데.'

나는 넋을 잃고 딸애를 몰래 훔쳐본다. 책을 읽다 말고 딸아이는 물끄러미 자신의 손톱을 들여다보고 있다. 머리카락은 산발로 풀어헤쳐져 있고, 딸아이는 마치 넋이 나간 유령처럼 보인다. 그러다가 딸아이는 후딱 정신이 들어온 듯 손톱을 책상 아래로 내려뜨리고 다시 책을 읽기 시작한다.

"오, 철수. 하와유.

아임 화인 땡큐. 앤드 유.

아임 화인 투우—.

철수야 안녕.

나는 잘 있었어. 고마워. 너는 어떠냐.

나도 잘 있었어……."

그럴 때면 나는 왠지 눈시울이 뜨거워지고 만다. 워낙 눈물이 많아서 눈물이 헤픈 편이지만 저 아이의 저 무서운 집중력이 무엇을 의미하는가. 나는 그만 안쓰럽고 그 아이가 불쌍하고 저렇게 어린 아이를 밤새우도록 만드는 이 사회가 불쌍하고, 모든 학생들이 불쌍해져서 나는 숨죽여서 눈물을 흘리게 되는 것이다.

언젠가 딸아이가 내게 울면서 말을 한 적이 있었다.

"아빠 난 중학교에 들어가서 텔레비전 한 번 못 보았다구요. 엉엉 책도 못 읽구요. 엉엉 어쩌다가요, 밤새워 시험공부하다가요, 나 혼자 잠도 못 자고 이렇게 앉아서 공부하고 있구나 하는 것을 생각하면요, 화가 난다구요. 아빠 엉엉.

gilée moralement, trop tenue à l'écart de sa vie intellectuelle, de vie — laissée trop seule de coeur et de pensée. Pauline, une habitu... Chère ... Michelet ... où elle s'intégrait au ... ce modeste intérieur bourgeois ... petit conquis ... par un homme dont ... l'enfance avait ... moins la pauvreté, et les perpétuels déménagements ... quartier à quartier ... les logis sans feu ... les ... nant Pauline repose au Père-Lachaise, dans la tombe ... tion intime que Michelet avait composée pour elle — ... place où, sous le nom de son mari, la seconde femme ... fera de s'élever à elle-même un fastueux tombeau.

Des semaines de trouble, d'énervement, de médiocres ... contacts sans gloire. Et puis une passion, brusquement surgie ... de l'historien. Voilà qu'il avait connu Madame Dumesnil ... ait enchanté d'une communauté de pensée et de sentiment (qu... gérait d'ailleurs, dans son premier élan) avec cette femme ... sensible et digne de lui ; voilà qu'après une mort sentimentale ... nouvelle, *una vita nuova*, refleurissait dans son coeur. *Mors ...* le mystique Michelet, les deux termes étaient liés, indissol... par un lien nécessaire — la vie sortant de la mort, la mort ouvran... à de nouvelles vies (1). Naissance, mort, Renaissance : triade ... à l'historien. Comme lui était familière l'allitération : « né, re-... emploie si souvent (2). — De par son nouvel amour, il re-naissait ... Il portait en lui un sentiment profond, exultant de renaissance ... il rencontrait sous sa plume, ou sous la plume d'un de ses con... ce petit mot à minuscule qui ... (... résurrection) — servait à désigner, sans plus, une transform... tres et des arts au seuil des temps modernes — il s'arrêtait ... qui lui souriait, il le ... pour de plus hauts de...

---

(1) V. la belle lettre de Michelet à ... Alfred Dumesnil ... naissance de son fils du second lit, qui ne vécut point. « Il s'appelle Laz... veut une résurrection, beau mot, ... Ressusciter, naît... c'est je crois la même chose ». 3 juillet 1850. (PAUL SIRVEN, *Jules Michelet ... à Alfred Dumesnil et à Eugène Noël*, 1841-71, Paris, Presses Universitaires, 1924).

(2) « Après maintes ... que j'ai contées ailleurs, ... mort et rené je ... naissance » (*Histoire de France*, Préface de 1869).

(3) Voir dans le livre de Gabriel Monod (I, 54, n. 1) une note très précise ... indiquant que son cours de 1840 sur la Renaissance fut le résultat, à la fois ... point que lui causa la mort de Pauline, et de la « renaissance » (le mot y est en to... que fit naître en lui sa rencontre avec Madame Dumesnil.

ltent. Ils condamnent tous formellement l'individualisme et le libéra-ne dans le domaine de la production. A cette époque, les trade-unio-tes ne discutent plus les principes qui sont à la base de l'organisation ustrielle du temps: de même que les patrons, ils... leur travail mme une marchandise soumise aux fluctuations ... Tous les ivains-ouvriers français refusent de la façon la plus formelle ... ilation. Tous auraient fait leur la formule ... : « E... ivre et le riche, c'est la liberté qui opprime ... franc... ils étendent leur opposition à tout le système fondé ... rté ue des producteurs. Ils critiquent avec beaucoup ... la l'offre et de la demande, la concurrence, le profit ... t en-e « la rente ». Ils entrevoient déjà les risques ... n, ils noncent la théorie qui préconise la multiplication ... chat, prédisent la « misère dans l'abondance ». Il ... tion naine, et révolutionnaire, de la propriété ... ette nière des limites plus ou moins étroites. Ces ... pas ites originales et l'intérêt qui s'attache à leur ... ous s auteurs est surtout de nous montrer quel ... tré ni l'élite ouvrière, de nous faire entrevoir ... pa-nde leur assure parmi les masses. Œuvre d'e... uvre éducation, qui fait table rase des idées alors ... ues ur construire à leur place un système non seulement ... ais ial, propre aux ouvriers, en particulier à ceux ... m-e leurs chefs.

* *

... fait documentaire nouvelle alors, ... et, illeurs l'histoire de l'humanité : c'est ... la emière fois du ... et de la ... ers. sque là, depuis des ... qui comma... éco-miques ... de ce... le ca-e professionnel ... ge, toujou... défense droits de ses m... étroite... limites aque métier. Les ... qui entrent dans ... voie arquent par là même ... emen... des organisations autrefois. Les travailleurs ... nt conscience de leur ... ne sera désormais en rapport avec cette conscience qu... urs relations dans le monde du travail, dans toute la société.

(1) Le mot socialisme est employé co... mais n'a encore aucun sens préci. *Atelier* écrit encore en juillet 1849 : Le socialisme « n'est pas une doctrine », c'est « un in-nct, un sentiment, un besoin ».

난 정말 공부하기 싫어요. 엉엉. 앙앙. 옹옹."

얼마나 스트레스가 심하면 저럴까 싶어 울면 우는 대로 토닥토닥 달래주고 있었는데, 정말 딸아이의 말은 정확하다. 이제 겨우 열다섯 살밖에 안 된 우리의 어린것들이 어째서 이렇게 될 수밖에 없는가. 그 보고 싶은 텔레비전도 못 보고 잠도 제대로 못 자면서…….

딸아이는 가끔 공부하는 자기 곁에 에미가 누워 있기를 간절히 소망하고 있다. 공부하다가 문득문득 드는 외로움을 달래보려는지 책상 옆에서 자기 동생이나 아내가 잠들어 있기를 바라는데, 아들 녀석도 아내도 공부하는 딸아이 옆에서 잠자기를 은근히 꺼리고 있다. 왜냐하면 누가 불 환히 켜진 딸아이 곁에서 마치 눈칫밥을 얻어먹듯 황송하고 송구스러운 토끼잠을, 그것도 밤새도록 중얼거리는 속삭임의 홍수 속에서 태연히 잠들 수 있단 말인가.

그러니 딸아이는 한밤중에 천애고아가 되고 마는 것이다. 반에서 10등 정도 하는 딸아이가 저 모양이니 나머지 아이들은 정말 어떻게 밤을 새우고 있는 것일까.

지난겨울 딸아이를 대학에 보낸 작가 유현종 씨는 한숨을 쉬며 내게 이렇게 말했었다.

"일 년 동안 매일 밤 세 시면 부스스 일어나서 딸아이를 독서실에서 차를 태워 돌아오곤 했었어. 밤마다 딸아이는 내게 울면서 이렇게 말했어. 아빠, 잠자려고 누우면 창문으로 유령이 나타나곤 해요."

한꺼번에 열 과목씩 시험을 보는 중간고사가 끝날 무렵 딸아이는 울면서 내게 말을 했었다.

"아빠, 잠자는 법을 잊어버렸어. 어떻게 해야 잠을 자지."

나는 요즈음 일주일째 불면의 밤을 보내고 있다. 어릴 때 읽었던 가엾은 동시처럼, 어머니의 재봉틀 소리나 어머니의 바느질 소리를 듣는 것이 아니라 가엾은 우리 딸아이의 피투성이 소리를 들으면서, 가슴이 미어지듯 아프면서 불면의 밤을 보내고 있다.

나는 알고 있다.

이 중간고사가 끝나면 얼마간 숙면의 밤을 보낼 수 있을지 모르나 이젠 영원히 딸아이는 그 밤새워 공부하고, 싸우고, 외로워하고 슬퍼하고, 고독해하는 큰 인생의 강물을 마주하고 있음을.

나는 밤마다 서재의 창문 너머로 딸아이의 고독한 모습을 훔쳐보면서 가슴 아파한다. 나는 감히 문을 열고 들어가 딸아이의 충혈된 눈을 마주 보고 그 아이의 혼자의 세계를 방해할 수 없을 것 같다.

"하느님."

나는 밤마다 서재의 창문 너머에서 소리를 내어 중얼거리곤 한다.

"이제 딸아이는 큰 인생의 강 앞에 마주하고 서있나이다. 나는 그 강에 다리를 놓아줄 수도 없나이다. 대신 헤엄쳐 줄 수도 없나이다. 그저 바라옵건대 하느님, 저 어린 딸아이에게 언제나 절망치 않는 큰 용기와 인내를 주어서 그 강을 무사히, 그리고 끝까지 건너가게 해주옵소서. 하느님의 이름으로 기도하옵나이다."

하늘이시여. 딸아이의 콧등을 제발 솟아오르게 하옵소서. 그리하여 콧방울의 부피를 줄여주옵시고 딸아이의 착각대로 자신의 얼굴을 백 점짜리 미인으로 만들어주옵소서.

사춘기 소년시절부터 나는 내 얼굴이나, 생김새, 체격에 대해 몹시 심한 열등감을 갖고 있었다. 지금이야 덜하지만 중·고등학교시절에는 한창 자신의 용모에 대해서 심각한 관심이 있을 때가 아닌가.

나는 체중 50Kg도 채 못 되는 빼빼 마른 빈약한 체격을 갖고 있었고 키 역시 165cm를 채 웃돌지 못하였다. 반에서는 언제나 다섯 번째를 넘나드는 땅꼬마였고, 그 작은 키에도 균형이 잡히지 못한 괴상한 몸매를 갖고 있었다. 엉덩이는 쳐져 있었고 상반신에 비해 다리가 짧아 무슨 옷을 입어도 폼이 나지 않았다.

그뿐이랴.

내 자신의 용모에 대한 열등감은 얼굴에 이르러서는 절정에 이르곤 했었다. 거울을 들여다볼 때마다 나는 한숨이 나와서 염세주의에 빠질 정도였다. 턱은 무채처럼 길어 말상이었고 피부 빛깔은 거무틱틱하였다. 눈은 단춧구멍처럼 작았으며, 얼굴에는 나이답지 않은 주름살이 가득해서 마치 잔나비와 같아 보였었다. 그 못생긴 용모 중에서 으뜸은 단연 코였다.

함부로 반죽하여 주무르다가 한 줌 뚝 떼어 던져버려 굳어버린 것과 같은 괴상하고 멋대가리 없이 크기만 한 코가 얼굴 한복판을 무단 점령하고 있었기 때문이었다.

무지무지하게 큰 코는 내게 큰 고민이었다. 그것은 마치 빈약한 계곡에 느닷없이 솟아난 태산이 버티고 선 꼬락서니였었다.

일본의 천재 작가 아쿠다가와芥川의 소설에 코 큰 관리의 슬픔을 희극적으로 그린 단편이 있는데 그 소설을 읽다 말고 나는 그 소설이 나 자신의 이야기인 것만 같아서 절로 한숨이 나온 적도 있었다. 남보다 큰 코를 가진 사람의 비극은 그 소설에만 그치지 않는다. 시라노 드 베르주라크의 비극도 그 남달리 큰 코에서 비롯되지 않았던가.

얼굴에 비해서 코가 큰 모습은 나 혼자만의 돌연변이가 아니고 유전적인 형질인 듯 우리 집 형제들의 코들은 한결같이 크고, 높고, 뭉툭하고 우람하다. 그중에서도 특히 내 코는 더욱 커서 어떨 때는 얼굴 위에 난데없는 금관악기가 하나 덜렁 매어달린 꼬락서니처럼 느껴지는 것이다.

간혹 감기에 걸려 코를 팽팽 풀 때가 있는데 그럴 때면 주위의 사람들은 깔깔거리면서 웃는다. 워낙에 큰 코에서 흘러나오는 비음이라 마치 우렁찬 트럼펫소리처럼 느껴지는 모양이다.

그런데 이상하게도 내 아내 역시 남보다 높고 큰 코를 갖고 있는데 한때 아내의 얼굴을 보고 시인 고은 씨는 이런 관상평을 내린 적이 있었다.

"코가 높고 커서 고집이 세고, 쓸데없는 자존심이 강하겠다."

불혹의 나이에 접어들어 사춘기 소년시절처럼 용모에 대해 비상한 관심도 다 사라져버린 이즈음, 이제 와서 새삼스레 남보다 못생긴 코에 대해서 이러쿵저러쿵 이야기하는 것은 다름 아닌 내 딸 때문이다.

다혜는 올해로 열여섯 살. 중학교 3학년에 올라간다. 지난해에 갑자기 키가 커서 제 어미만큼 키가 자라고 날씬하고 예쁘게 자랐는데 이 아이가 요즈음 자신의 용모에 대해서 관심이 많다. 될수록 예쁜 옷을 입고 학교에 가려고 하고 머리를 길게 늘어뜨려 멋을 부리려 한다. 딸아이는 자기가 남보다 예쁘다고 자부하고 있는 모양으로 가끔 내가 지나가는 말로 '아이구 예쁘다 우리 다혜' 하고 소리 지르면 딸아이는 덤덤한 표정으로 이렇게 말하곤 한다.

"당연하지."

예쁜 자신의 모습을 보고 예쁘다고 말하는 것은 당연하다는 딸아이의 말투인데 그래서 내가 '그럼 넌 네가 예쁘다고 생각하니' 하고 정색을 하고 물으면 딸아이는 역시 당당한 표정으로 대답하곤 한다.

"물론 당연하지."

딸아이는 자기가 아주 예쁘고 잘생겼다고 생각하는 모양이다. 미련한 곰도 자기 자식만큼은 예쁘다고 생각하기 마련이라는데 애비인 내 눈으로 봐서 점수를 후하게 주어도 딸아이의 모습은 80점 정도로 평균점일 뿐인데도 정작 딸아이는 자신의 모습이 100점 정도는 된다고 생각하고 있는 모양이다.

세상은 모두 제 잘난 맛에 사는 법이니 딸아이의 나르시시즘을 내가 굳이 꼬집어 깨뜨려줄 필요는 없을 것이다.

딸아이는 가끔 제 어미와 나들이 나갔다가 사람들을 만나면 입이 퉁퉁 부어서 돌아오곤 한다. 내가 왜 골이 났느냐고 물으면 딸아이는 이렇게 대답하곤 한다.

"사람들이 다 나보고 엄마는 하나도 안 닮고 아빠를 다

닮았대."

"그게 뭐 기분 나빠. 내 새끼니까 날 닮은 거지."

"기분 나쁘지 뭐. 엄마는 잘생겼지만 아빠는 못생겼다구. 그런데 나보고 아빠를 닮았다면 내 얼굴이 못생겼다는 말이거든."

"뭐라구."

듣다 듣다 내가 은근히 불쾌해진다.

"아빠가 뭐라구. 아빠가 못생겼다구."

"그럼 아빠가 못생겼지. 그럼 잘생겼어?"

딸아이는 순진해서 아직 거짓말을 잘 못한다. 딸아이는 아들 녀석과 달라서 남의 비위를 맞추거나 마음을 헤아리는 따뜻한 말은 잘 못한다. 곧이곧대로 느끼면 느끼는 대로 말하는 것이 딸아이의 버릇이니 딸아이는 이 애비를 추남으로 생각하고 있는 것이 틀림없다.

"아빠가 어디 못생겼어. 말해 봐."

은근히 부아가 나서 내가 말꼬리를 잡는다.

"그럼 아빠가 잘생겼다구. 웃기시네. 아빠는 키도 작구 옷도 못입구. 큰아빠 작은아빠들은 다 잘생겼는데 아빠 형제 중에 아빠가 제일로 못생겼다구. 나보고 아빠를 닮았다구 말하는 것은, 그것은 내 코가 아빠를 닮아서 못생겼기 때문이라구. 아이구 내 코야. 내 코."

딸아이는 거울 앞으로 달려가 코를 보면서 소리 지른다.

"내 코 좀 봐, 아빠. 아빠를 닮아서 돼지코라구. 내 코만 잘생겼다면 난 브룩쉴즈도 저리가라 할 만큼 잘생겼다구. 그런데 이게 뭐야. 이게 무슨 코야. 이건 코가 아니고 널빤지야."

딸아이의 말은 사실이다.

갓 태어난 갓난아기일 때부터 딸아이의 코는 유난히 컸다. 이상하게도 콧등은 주저앉고 그 부피가 콧방울로 모두 번져나갔는지 영락없는 돼지코였었다. 나이가 들수록 다행히 콧등은 조금씩 조금씩 살아나고 있었지만 얼굴에 비해 큰 코는 여전히 급성장을 계속하고 있었다. 자기 자신의 용모에 대해서 지나치리만큼 자기애에 빠져있는 딸아이도 그 돼지코에 대해서만큼은 열등의식을 갖고 있는 모양이었다.

"코는 니 엄마도 커. 코 큰 아빠와 코 큰 엄마 사이에서 태어났으니 니가 코가 큰 것은 당연하잖니."

"하지만 엄마 코는 크지만 균형이 잡혀 있구, 아빤 멋대로 생겨서 대포 같다니까. 사람들이 나보고 아빠를 닮았다는 것은 바로 그 못난 코를 닮았다는 이야기를 은근히 암시

하는 거라구. 난 몰라. 난 몰라. 아빠. 이 코를 책임져. 어떻게 하지."

"빨래집게로 집어서 코를 높이고 잠을 자라구."

〈작은 아씨들〉이란 영화를 본 적이 있는 아들 녀석이 영화에 나오는 엘리자베스 테일러가 코를 높이기 위해서 빨래집게로 코를 집고는 잠을 자는 모습을 기억해두었다가 두고두고 써먹고 있는 것이다.

"뭐라구."

딸아이는 분풀이를 만만한 동생 녀석에게 퍼부어댄다.

"너 까불지 마. 너 날 놀리고 있는 거지."

"헤헤헤. 돼지코는 복코라는데 뭐. 가수 이은하도 누나 코처럼 돼지코인데 복코라잖아. 헤헤헤."

딸아이는 최근 자신의 코에 대해서 더욱 심각한 고민에 빠져 있다. 그 옛날 어린 시절 아빠인 내가 그러했듯이. 딸아이는 코만 잘생기면 자신의 얼굴이 완벽한 미녀 얼굴이라고 자부심을 갖고 있는 모양이다. 그래서 나는 늘 딸아이에게 미안하다. 하필이면 가장 버리고 싶은 유산을 하필이면 딸아이에게, 하필이면 고스란히 물려주어 하필이면 딸아이의 미모에, 하필이면 치명적인 타격을 가했으므로 그저 미안하고 죄송하다.

"그럼 이렇게 하자. 다혜야."

나는 밤마다 딸아이에게 속삭이면서 말한다.

"이다음에 고등학교 졸업하면 내가 유명한 의사한테 데리고 가서 코를 성형시켜줄게. 그러면 되지 않니. 이 아빠가 꼭 약속 지켜줄게."

"괜찮아."

딸아이는 덤덤하게 말한다.

"솔직히 말해서 아빠가 그 못생긴 얼굴로 사진을 찍으면 그나마 잘 나오는 것은 그 코 때문이거든. 그러니까 나도 뭐 이다음에 사진 찍으면 사진이 잘 나올 거야. 그러니까 괜찮아."

하늘이시여.

딸아이의 콧등을 제발 솟아오르게 하옵소서. 그리하여 콧방울의 부피를 줄여주옵시고 딸아이의 착각대로 자신의 얼굴을 백 점짜리 미인으로 만들어주옵소서. 그리하여 딸아이가 아내와 나들이를 나가면 사람들로 하여금 '아이구 넌 엄마를 똑 빼어 닮았느냐'는 칭찬의 말을 듣게 해주옵소서.

딸아이는 요즈음 사춘기의 절정에 있다. 지금은 내 큰 옷을 입고 다니고, 콘서트에 가서 소리 지르고 박수를 치지만 내일은 어떻게 변해버릴지 나는 시한폭탄을 하나 갖고 있는 것처럼 늘 불안하고 조심스럽다.

딸아이가 이제 완전히 사춘기의 절정에 이르러 있다. 키는 이제 지 에미와 똑같아 언제부터인가 아내의 옷을 꺼내 입고 학교에 가더니 몇 달 전부터는 이 애비의 옷까지 무단 차용하고 있다.

어쩐지 밥 먹는 식탁에서 자기 친구는 글쎄 아버지의 옷을 입고 학교에 온다고 흉을 보더니 며칠 뒤부터 내 옷은 딸아이의 옷이 되고 말았던 것이다.

나한테도 큰 스웨터와 티셔츠들은 모두 딸아이 것이 되고 말았다. 원래 정장보다 가벼운 스웨터 차림의 옷을 좋아하는 나는 그래서 신사복은 두어 벌밖에 없어도 스웨터는 제법 많이 있는 편인데 이 모든 옷들이 딸아이의 것이 되고 말았다.

"아니 어떻게 내 옷을 입고 다닌단 말야. 나한테두 큰 겨울스웨터 옷을……."

한번은 붉은 원색의 스웨터를 입으려고 옷장을 뒤지다 뒤지다 발견치 못해서 아내에게 물었더니 아내는 그 스웨터를 딸아이가 학교에 입고 갔다고 대답해주었다.

나는 도저히 이해할 수 없었다.

내 어깨는 제법 넓어서 같은 남자의 표준 체격보다도 훨씬 넓고 크다. 그런데도 그 붉은 스웨터는 내게 큰 특대 사이즈의 크기였다. 이따금 겨울날 야외로 운동을 나갈 때면 추위를 막으리라 생각해서 좀 품이 넉넉한 두터운 스웨터를 사두었던 것이었다.

그 스웨터를 딸아이가 입고 학교에 가다니.

그러자 아내는 내게 대답해주었다.

요즈음엔 몸에 딱 달라붙거나 타이트한 옷보다는 크고 헐렁헐렁하고 긴 옷들을 걸어 올리고, 늘어뜨리고 다니는 것이 유행이라는 것이었다.

그날 저녁 학교에서 돌아온 딸년을 몰래 훔쳐보았더니 과연 내 스웨터를 입고 있었다.

그런데 놀라운 것은 나한테도 큰 스웨터가 딸아이에게는 최신 유행의 스웨터로 둔갑해 있다는 사실이었다. 놀랍게도 내 스웨터가 딸아이에게 기가 막히게 어울리고 있었던 것이었다.

이제는 아내와 내 모든 옷들이 딸아이의 옷이 되어버렸으며 학교에 갈 때면 다혜는 으레 안방에 들어와 내 옷장을 이리저리 뒤져서 옷을 한 벌 꺼내 입고 학교에 가곤 한다.

딸아이는 가끔 이런 자랑을 하곤 한다.

“반 아이들이 뭐라고 하는지 알아. 나보고 넌 무슨 옷이 그렇게 많니 하고 부러워한다구. 헤헤헤. 엄마 옷하구 아빠 옷하구 함께 입고 다니는 것을 모르는 모양이지.”

어쨌거나 딸아이는 요즈음 거울 앞에 서는 시간이 늘어만 가고 있다. 거울 앞에 서는 시간이 늘어만 갈수록 딸아이의 얼굴에는 여드름이 함께 늘어가고 있는 것을 보면 딸아이의 사춘기는 이제 그 절정에 와 있음에 틀림이 없다.

며칠 전에는 이런 일도 있었다.

외국의 유명한 가수인 ‘죠이’라는 그룹 사운드가 우리나라에 내한공연 온 바가 있었다. 딸아이가 마침 시험도 끝난 무렵이어서 갈 테면 가라고 선선히 응해주었더니 딸아이와 아들 녀석 둘이서 평소에 저축했던 벙어리저금통을 털어 입장권을 사두었던 모양이었다. 며칠 전부터 딸아이는 몹시 흥분하고 있었다. 딸아이는 그 콘서트에 입고 갈 옷을 미리 정해두었고 누가 보는 것도 아닌데 신고 갈 운동화까지 미리 빨아 깨끗이 말려두었다. 나는 은근히 걱정이 되어

tous sens,
attirer des fourmis
en quête de nourriture.
Il examina attentivement un à
que endroit avec une grande patience.
Parce qu'il venait d'être frappé par l'idée
que, s'il bloquait et jetait toute la nourriture
qu'elles cherchaient, elles persisteraient
peut-être pendant quelques jours à aller et
venir pour la trouver, mais qu'ensuite elles
admettraient que c'était une terre inculte,
sans rien à manger, et partiraient pour un
autre endroit.
Il fouilla partout à la recherche de toutes
les choses qu'elles aimaient.
En obturant minutieusement les boîtes
de sucre et de café et aussi de crème en
poudre, il pensa aussi à balayer avec minu-
tie toutes les miettes de nourriture qu'il
aurait pu faire tomber.
Il avait réellement vu un jour une troupe
de fourmis foncer avec férocité vers l'urine
d'un diabétique. C'était
tour à la
campagne. L'urine
en un
instant dans les brins
de
la chaleur de la
fourmis
s'étaient précipitées
résidu sucré
et s'étaient vautrées dedans.
façon, qui sait si le
partout dans
viendra
composants
sucre.
Quand il était jeune, son
biologie le lui avait
Le sucre n'existe pas
sous for-
me de cristaux, il est aussi
tes les choses. Au bout de notre langue
forment des récepteurs qui
sucre. Tout est sucré. C'est exact. Il y
dans tous les médicaments
tous
Il y a probablement
cre même dans les produits de
Le sucre contenu dans
ravage nos dents et affaiblit
mastication. Le sucre
de digestion et dissout le
Il décida de tester le
tration et de destruction des
Pour le protéger, il
cer un verre à l'envers
sucrier, afin de
à l'intérieur du
qu'il pensait
ce sucre,

서 이렇게 물어보았었다.

"다혜야. 너 이번 콘서트에 가서 일어나서 박수 치고 꺅꺅 소리 지르고 그러는 것은 아니겠지?"

평소 텔레비전을 보다가 조용필이 나오면 방청석에서 으악으악 소리 지르는 청소년 아이들을 볼 때마다 딸아이는 이렇게 말하곤 했었다.

"아이구 저질. 미친 계집애들."

너무 심하게 욕하는 것 같아 내가 은근히 이렇게 놀려대었다.

"너 지금은 욕하지만 너도 막상 저 자리에 앉으면 박수 치고 이렇게 소리 지를 걸. 용필 오빠. 사랑해요—요옹. 용필 오빠아—."

"안 그래. 절대루."

딸아이는 천만의 말씀이라는 듯 잘라 말했었다. 그런데 이번에는 심상치가 않았다. 공연 이틀 전부터 흥분하기 시작하더니 공연 전날에는 잠까지 설치고 개막 공연이 여섯 시부터인데도 열두 시쯤 잠실체육관으로 가야 한다고 떼를 쓰기 시작하였다. 자기 친구들과 도단이 친구들 도합 너덧 명이 떼를 지어 함께 가게 되어 있는데도 다혜는 먼저 가서 자리를 잡고 있겠다, 망원경을 가지고 가서 얼굴을 잘

보겠다고 야단법석이었다.

그날 밤 딸아이와 아들 녀석은 늦게 집으로 돌아왔다. 아들 녀석은 돌아오자마자 잠바를 벗어던지고 이렇게 소리부터 질렀다.

"누난 미쳤어. 챙피해. 난 이제 누나하고 다시는 콘서트에 가지 않을 거야."

그러자 다혜가 이렇게 말을 받았다.

"나두 너하곤 절대로 함께 안 갈 거야."

두 아이의 말을 종합해보니 사건의 전말은 다음과 같았다. 죠이인가 뭔가 하는 가수가 나와서 노래를 부르고 귀를 찢는 듯한 사운드가 흘러나오자 갑자기 누나가 신들린 무당처럼 천천히 박수 치고 조금씩 일어서더니 그래도 처음에는 주위의 눈치도 보고 조금은 쑥스러워하고 창피해 하는 눈치더니 조금 있다가는 에라 모르겠다 의자 위에 올라서서는 박수 치고 춤추고 으악으악 끼약끼약 소리 지르고 죠이 오빠 죠이 오빠 하고 비명 지르고 머리카락을 쥐어뜯고 미친 발광을 시작했다는 것이 아들의 고자질이었고, 내가 언제 그랬어? 일어서서 박수 치고 춤추기는 했지만 내가 언제 끼약끼약 소리 지르고 죠이 오빠 죠이 오빠 하고 비명 질렀어? 남들이 다 그렇게 신이 나 있는데 넌 뭐니, 꼼짝도 없이 의자에 앉아서 한심하다는 듯이 나를 쳐다보고 비웃고 니가 뭐야! 니가 무슨 할아버지니, 니가 그러니까 내가 더 이상 신나게 놀지 못했다구, 딸아이가 소리를 지르면서 함께 말싸움을 하고 있었다.

아들 녀석의 말이 사실인지 딸아이의 목소리는 이미 잔뜩 쉬어 있었다.

나는 어느 쪽이 옳다고 어느 편에도 편을 들지는 않았지만 딸아이의 말을 듣고 보면 딸아이의 말이 옳기도 하고 아들 녀석의 말을 들으니 아들 녀석의 말이 옳기도 해서 점잖게 모른 체하고 중립을 지킬 수밖에 없었던 것이었다.

그러나 한 가지 분명한 것은 딸아이가 평소에 자기가 욕하던 대로 그런 저질의 행동을 스스로 해버렸다는 점이었다. 평소에 텔레비전을 보면서 '용필이 오빠 영록이 오빠' 하고 소리 지르는 소녀들을 비웃던 딸아이가 막상 귀를 찢는 음악소리와 황홀한 조명, 현란한 무대장치, 레코드를 통해서만 들을 수 있었던 가수의 생음악을 듣는 순간 자신도 모르게 신명이 오르고, 숨겨졌던 본능이 폭발해버린 모양이었다.

아내는 딸아이의 그런 행동을 심히 못마땅하게 생각했던 모양이었다. 아내는 솔직히 내색하지는 않았지만 딸아이의 그런 천한(?) 것에 대한 호기심과 관심이 이 애비의 천한 속기를 닮았기 때문이라고 평소에 은근히 빗대어 흉을 보고 있던 참에 이 기회를 모른 체 그냥 흘려보낼 수 없었던 모양이었다. 그래서 엄정 중립을 지키고 있던 나하고는 달리 아내는 명백히 아들의 노선을 지지표명하고 나섬으로써 싸움은 아내와 딸의 새 국면으로 접어들었던 것이다.

아내는 그런 콘서트에 가서 꺅꺅 소리 지르는 것은 천하고, 유치하고, 저질이고, 저속한 짓이라고 꾸중하고 나섰고 딸아이는 엉엉 울면서 그것이 뭐 나쁘냐고 대들더니 마침내 제 방에 들어가 문을 잠그는 것으로써 막을 내렸다.

그날 밤늦게 나는 딸아이의 방에 들어가 보았다.

딸아이는 아직 눈물이 마르지 않은 목멘 소리로 내게 물었다.

"난 정말 박수를 치고 춤을 추려고 하지 않았어. 그런데 어쩔 수 없었다구. 신이 나구 나도 모르게 벌떡 일어나게 되더라구. 그게 뭐 나빠. 아빠두 나쁘게 생각해?"

"아니."

나는 분명히 대답했다.

"이 아빠두 말이야, 고등학교 1학년 땐가 어느 음악회에 나아가서 말이야, 친구하구 무대 위에 뛰어올라 당시 유행하던 트위스트를 신나게 추었어. 다 그런 거야. 너희 때는 다 그런 거야. 너희 엄마두 말이야, 잘난 척하지만 말이야, 몇 년 전에 말이야, 아다모란 가수가 오니까 말이야, 제일로 이쁜 옷을 입더니 콘서트에 가서 너처럼 박수를 치고 소리를 지르지는 않았지만 넋을 잃고 오더니 한 사흘간 밥도 안 먹고 오는 길에 아다모의 레코드판을 하나 사오더라구. 그리고 사흘 동안 내내 그 레코드판만 듣고 있더라구. 밤에 자다가 아다모의 이름을 잠꼬대로 부르기까지 하더라니까."

딸아이는 요즈음 사춘기의 절정에 있다.

지금은 내 큰 옷을 입고 다니고, 콘서트에 가서 소리 지르고 박수를 치지만 내일은 어떻게 변해버릴지 나는 시한폭탄을 하나 갖고 있는 것처럼 늘 불안하고 조심스럽다. 바라건대 맑고 명랑하게 사춘기를 보내어 원만한 성격을 가진 '보통여자'로 성장해주기만을 나는 간절히 바랄 뿐이다.

딸아이는 가슴속에 많은 비밀의 엽서들을 홀로 간직하고 홀로 묻어두고 때로는 침대 위에서 울고 슬퍼하고 있을 것이다. 어찌 키뿐이겠는가. 딸아이를 고민케 하고 슬프게 하는 혼자만의 비밀이 어찌 키뿐이겠는가.

며칠 전 나는 별로 하는 일도 없이 집에서 한가로이 소일하다가 딸아이의 방에 들어간 적이 있었다. 딸아이의 방이랬자 따로 있는 것도 아니고 한때 내가 사용하던 게딱지만한 서재인데 조그마한 침대와 책상을 빼놓으면 쓰레기통 하나 놓을 수 없을 만큼 작은 방이다. 이 방은 한겨울에 불을 때도 전혀 온기가 돌지 않는 냉방인데 딸아이는 용케도 이 추운 침대에서 한겨울을 이겨냈었다.

딸아이는 새로 이사를 가서 버젓한 자기 방 하나를 갖는 것을 소원으로 하고 있다. 딸아이는 자기 방을 가지면 그 안에 거울도 달고 자기만의 인형도 내걸고 꽃병도 놓아 아름답게 방을 꾸미겠다고 입버릇처럼 말하고 있다. 자기 방이 아닌, 내 작은 서재를 셋방살이로 삼아 더부살이를 하고 있으니 주인의식이 없어서일까. 딸아이의 방은 언제나 난장판이다.

침대 위엔 학교 가느라고 바쁜 시간에 서둘러 보던 손거울과 머리빗이 내팽개쳐져 있고 머리에 매는 리본과 스타킹이 함부로 바닥에 던져져 있었다. 책상 위에는 휴지가 어지럽고, 보던 책과 참고서 들도 여기저기에 내버려져 있었다. 입던 잠옷도 구겨져 있었고 여러 가지 잡동사니 물건들이 뒤섞여져 있었다.

딸아이의 이런 나쁜 버릇을 언제나 아내는 한탄하고 있다.

"다혜야, 제발제발 물건 좀 치워라. 책상 좀 정리해라. 썼던 물건은 제자리에 가지런히 놓아라……."

엄마의 충고를 듣기 싫은 잔소리쯤으로만 가볍게 생각하고 있는지 딸아이의 방은 언제나 난장판이다.

나는 한숨을 쉬면서 딸아이의 방을 내려다보다가 결심을 하고 방을 정리해주기 시작하였다.

참고서는 참고서대로 책장에 꽂아두고 책은 책대로 따로 모으고 어지러운 책상 위를 말끔히 치우기 시작하였다. 쓰지 못할 휴지들은 과감히 버리고 딸아이의 옷들은 차례차례 개켜서 한곳에 쌓아두었다. 헌 잡지책들은 지하실의 헌 신문 쌓아두는 창고에 집어 처넣고 함부로 던져져 있던 머리핀과 리본도 주워다가 한곳에 모아두었다.

무엇이든 주워 모을 줄만 알았지 정리하고 버릴 줄은 모르는 딸아이의 책상서랍 속은 쓸데없는 물건들의 고물상이었다. 초등학교 때 친구들의 편지, 오래된 크리스마스카드, 시험지, 못 쓰는 극장표, 아무짝에도 쓸데없는 배우들의 사진.

그 잡동사니들을 뒤지다가 나는 그림엽서 한 장을 우연히 발견해내었다. 그 우편엽서의 내용을 보니 딸아이가 직접 쓴 편지였다. 나는 방을 정리하다가 말고 딸아이가 쓴 엽서의 내용을 읽어보기 시작하였다.

"안녕하세요?

저는 얼마 안 있어 고등학교에 진학하는 여학생이랍니다. 제가 편지를 쓴 것은 한 가지 궁금한 사실이 있어서입니다. 저는 날씬한 편입니다만 키가 작습니다. 제 키는 155cm밖에 되지 않습니다. 저희 부모님들은 두 분 다 키가 작습니다. 부모님들이 키가 작은 것이 저에게도 유전이 되는지요? 그리고 언제까지 키가 클 수 있는지요? 키가 크려면 무엇을 먹고 운동을 해야 하는지요? 자세히 알려주시기 바랍니다."

딸아이의 필체임이 분명한 편지임에도 편지 말미에는 다음과 같은 익명의 이름이 씌어져 있었다.

'논현동에서 J가'

나는 조심스럽게 딸아이가 보내려 한 수신인의 주소를 살펴보았다. 그 수신인은 〈여학생〉이라는, 여학생을 상대로 한 잡지사의 이름이었다.

아마도 딸아이는 하이틴을 상대로 한 잡지를 보다가 잡지 뒤에 실리는 '무엇이든 물어보세요'라는 고정란에 자신의 이름을 감추고 고민스런 질문을, 엽서를 통해 보내려 했던 모양이었다. 쓴 내용으로 보아 작년 가을쯤 쓴 편지로 우편엽서가 생긴 김에 혼자서 고민하던 내용을 써두었다가 차마 부치지 못하고 차일피일 미루다가 그만 책상 서랍 속에 넣어둔 모양이었다. '논현동에서 J'라고 쓴 것은 어쩌면 여학생들 간에 유행인 'J에게'란 노랫말 가사에서 딴 이름으로 자신의 이름을 감추려 했던 것인지도 모른다.

나는 정리를 하다 말고 딸아이의 편지 내용을 읽고 또 읽어보았다. 딸아이가 우리가 모르는 사이에 그렇게 키 때문에 고민하고 있었단 말인가. 땅꼬마 같은 아빠 · 엄마의 작은 키 때문에 어쩌면 그 작은 키가 유전될지도 모른다고 걱정되어 그 고민을 혼자서 가슴속에 묻어두었다가 잡지사에 보내어 자문을 구하려 했던 것일까.

이대로 키가 더 이상 자라지 못하고 제자리에 주저앉는

다면 어쩔까. 키가 큰다면 몇 학년 때까지 크는 것일까. 키가 작으면 요즘 학생들 간에는 사람 축에도 끼지 못한다고 하던데, 키가 160cm도 넘지 못하고 난쟁이가 되어버리는 것은 아닐까.

웬만한 고민은 아빠와 엄마에게 모두 다 털어놓을 것이라고 굳게 믿고 있던 나는 비로소 딸아이가 홀로 가슴속에 묻고 있던 비밀의 내용을 엿본 느낌이었다.

그렇다.

어찌 이런 엽서뿐이겠는가.

딸아이는 가슴속에 많은 비밀의 엽서들을 홀로 간직하고 홀로 묻어두고 때로는 침대 위에서 울고 슬퍼하고 있을 것이다. 어찌 키뿐이겠는가. 딸아이를 고민케 하고 슬프게 하는 혼자만의 비밀이 어찌 키뿐이겠는가.

아빠 · 엄마에게도 말하지 못할 비밀들이 이제부터 하나씩 둘씩 암세포처럼 자라고 싹틀 것이다. 때로는 짝사랑도 할 것이다. 때로는 친구와 싸워 자존심에 상처를 입을 것이다. 때로는 믿었던 친구에게서 절교의 편지를 받을지도 모른다. 때로는 돌아오는 지하철 속에서 펑펑 울지도 모른다. 엄마를 미워할지도 모르고 아빠가 싫어질지도 모른다. 나는 왜 태어났는가를 후회할지도 모른다. 때로는 죽고 싶다고 생각할지도 모른다. 외롭고 쓸쓸하고 고독해서 모르는 사람에게 편지를 쓰고 싶어질지도 모른다. 고등학교 1학년. 하나의 성인으로 자라기 위해서 알에서 껍질을 깨고 태어나는 시기.

그날 밤 딸아이는 늦게 학교에서 돌아왔다. 이 아빠가 깨끗이 정리해준 방을 보는 둥 마는 둥 하더니 학교의 숙제로 밤거리의 풍경을 스케치해야 한다며 딸아이는 돌아온 즉시 스케치북과 미술 연필을 들고 밤거리의 로터리로 나갔다. 피로하다고 짜증을 내면서, 신경질을 부리면서.

밤이 깊어 그렇지 않아도 위험한 우범지대의 밤거리로 딸아이가 홀로 스케치북을 들고 나갔다는 말을 듣고 나는 걱정스러워 딸아이를 찾아서 로터리로 나가보았다. 신사동 네거리를 샅샅이 뒤지고 돌아다니다가 나는 딸아이가 포장마차집 앞 빈터 가로수에 몸을 기대고 서서 밤의 주막酒幕을 스케치하고 있는 모습을 발견하였다.

딸아이는 밤 풍경을 그리라는 학교의 미술 숙제를 하느라고 정신없이 몰두하고 있었다. 꽤 가까운 곳까지 내가 다가갔지만 딸아이는 나를 발견하지 못하고 알전구 불빛을 밝힌 포장마차와 그 목판의자에 앉아 있는 밤의 취객들, 손님들에게 술과 안주를 팔고 있는 술집 주인, 그런 밤의 풍경들을 스케치북 위에 그려놓고 있었다.

딸아이의 얼굴에는 네거리의 네온 불빛이 번득이고 있었고 생의 현장을 살펴보려고 엿보는 딸아이의 얼굴에는 생생한 기쁨이 솟아오르고 있었다.

나는 다가서려다 말고 가로수 뒤에 몸을 숨기고 한참 동안 딸아이의 모습을 훔쳐보았다. 밤의 거리에서 만난 딸의 모습은 이제까지 내가 생각해오던 어린 딸의 모습이 아니었다. 다혜는 자기의 목소리와 자기만의 시선을 가진 완전한 타인他人의 얼굴을 갖고 있었다. 나는 주머니에 손을 찌르고 오랫동안 딸아이의 모습을 지켜보았다. 그러고 나서 나는 다음과 같은 답장을 쓰기 시작하였다.

"논현동에 사시는 J양에게.

J양의 편지를 잘 받아보았습니다. J양의 고민은 충분히 이해가 갑니다. 부모가 두 분 다 작으시다면 키는 유전될 가능성이 높으니까 키가 클 가능성은 그만큼 적을 것입니다. 그러나 J양은 이제 겨우 고등학교 1학년. 얼마만큼 키가 크시길 소원하시는지는 모르겠지만 앞으로도 많이 크실 겁니다. 또한 이제 J양은 155cm라고 하시지 않았습니까. 그 키는 J양의 어머니 나이 때는 평균키 정도는 되는 것입니다. J양. J양이

스스로 날씬하다고 표현하셨듯, J양은 분명히 키가 더 자라서 예쁘고 날씬해질 것입니다.

그러나 J양.

이 아저씨가 바라는 것은 키뿐 아니라 J양이 가진 마음이 더 많이 자랐으면 하는 것입니다. 참으로 큰사람은 키가 큰 사람이 아니라 마음이 온유하고 마음이 가난한 사람일 겁니다. 참으로 날씬하고 예쁜 사람은 얼굴이 예쁜 사람이 아니라 마음이 깨끗한 사람일 것입니다.

J양.

방 안을 잘 정리하십시오.

자기 방을 깨끗이 정리할 수 있는 사람만이 마음을 깨끗하게 할 수 있는 사람입니다. 소용이 없는 것은 버리십시오. 많이 버리는 사람만이 마음이 깨끗해질 수 있을 겁니다. 가장 아름다운 방은 비어 있는 방이며 가장 아름다운 손은 빈손이며 가장 아름다운 발은 맨발인 것입니다.

나는 J양이 비어 있는 방과 빈손을 가진 깨끗한 여인으로 자라주시기를 하느님께 소망합니다. 그러면 J양, 안녕히 계십시오.

- 논현동에서 다혜 아빠가"

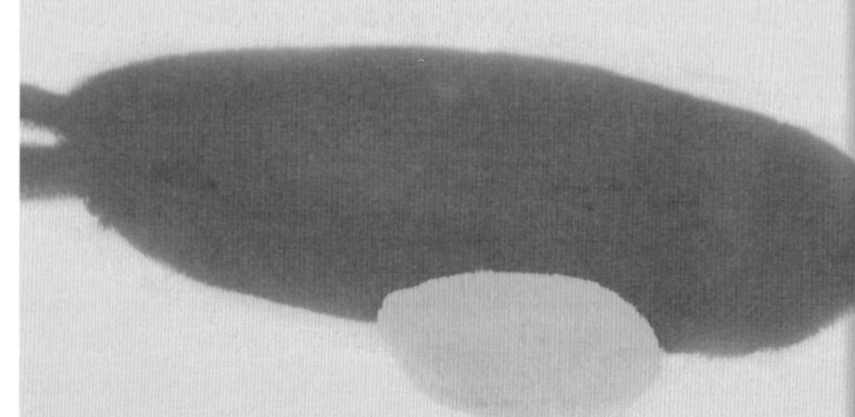

낯익은 타인들의 도시

1판 1쇄 발행 2011년 5월 23일
1판 3쇄 발행 2011년 6월 1일

지 은 이 | 최인호
펴 낸 이 | 김성봉 경현
주 간 | 함명춘
총괄기획 | 김미선 배호진 이윤희 주상욱
편집팀장 | 서대경
디 자 인 | 신유민

펴 낸 곳 | (주)여백미디어
등 록 | 1998년 12월 4일 제 03-01419호

주 소 | 서울시 용산구 독서당로 132 (한남동)
전 화 | 02-798-2296
팩 스 | 02-798-2297
이 메 일 | iyeo100@hanmail.net

낯익은

최인호 장편소설

내가 아는 딸아이의 평소 모습이 아니었다. 어제까지만 해도 입시준비에 매달려 스웨터에 점퍼에 청바지 차림으로 코를 흘리면서 다니던 철부지 소녀가 아니었던가. 그러던 아이가 하루아침에 처녀로 눈부시게 탈바꿈하여버렸다.

다혜가 대학교에 입학하였다.

세월이 쏜살처럼 빠르고, 살아가는 것이 한바탕 꿈이라는 옛말이 한갓 거짓말이 아니라는 것이 실감되는 요즘이다.

대학에 합격하자마자 제 어미를 따라가 미장원에 가서 귀에 구멍을 뚫겠다던 딸아이는 다행스럽게도 구멍은 뚫지 않고 그냥 귀걸이를 달고 다닌다. 대학에 입학할 스무살의 나이가 되었으면서도 늘 아이 같기만 하던 딸아이가 이제 완전히 처녀가 되어버렸다. 며칠 전 밤에는 졸업식 때 입을 옷을 미리 입고 뾰족구두까지 신은 정장 차림으로 나한테 와서 '아빠, 어때?' 하고 패션쇼에 나오는 모델처럼 한바퀴 빙글 도는데 나는 눈이 휘둥그레질 정도였다.

완전히 처녀였다. 내가 아는 딸아이의 평소 모습이 아니었다. 어제까지만 해도 입시준비에 매달려 스웨터에 점퍼에 청바지 차림으로 코를 흘리면서 다니던 철부지 소녀가 아니었던가. 그러던 아이가 하루아침에 처녀로 눈부시게 탈바꿈하여버렸다.

고슴도치도 제 새끼만큼은 예쁘다고 느낀다지만 눈부시게 탈바꿈한 딸아이가 분명히 내가 낳은 자식인가, 저 아이가 네 살 때 〈나는 피리 부는 사나이〉를 부르던 그 아이인가. 못내 믿기지 않아 어리둥절할 정도였다.

그뿐인가. 며칠 전에는 자기 고등학교 동창 아이들 너덧 명과 짝지어 소위 남녀학생들끼리 그룹미팅을 하고 돌아왔다. 딸아이의 첫 미팅이라, 아내와 나는 결과가 궁금해서 밤 아홉 시가 넘어 늦게 돌아온 딸아이를 눈이 빠지라고 기다리고 있었는데 집에 돌아온 딸아이는 자기 짝으로 걸린 사내가 마음에 안 들었는지 집에 들어오는 순간부터 불평불만이었다.

제일 못생겨서 제발 나한테는 걸리지 말라고 다들 따돌리던 미운오리새끼가 하필이면 자기 파트너로 걸리게 되었다는 것이었다. 그래서 피자 한 조각씩 나눠 먹고 나중에 다시 만나자는 애프터 약속도 없이 그냥 서로 냉정하게 헤어져왔다는 것이었다.

생전 처음의 미팅에 큰 기대를 잔뜩 걸었던 딸아이는 무척 실망하고 무척 섭섭했던 모양이었다. 다혜의 이야기를 듣는 순간 나도 이십여 년 전의 것들이 떠오르는 것을 느꼈다.

대학에 갓 입학하였을 때 나도 서너 번 소위 그룹미팅이라는 것을 해본 적이 있었다. 다방 하나를 빌려서 미리 회비를 내고 회원권의 번호 쪽지를 받아들고 내 딴에는 멋을 낸다고 형이 입던 구제품 신사복에다가 넥타이 동여맨 우스꽝스러운 차림으로 단성사 근처의 무슨 다방으로 올라갔었다. 도라지 위스키 한 잔씩 돌아가고 별사탕에 크림빵 나눠주는 탁자 위에 내 짝의 번호를 가진 여자가 미리 앉아 있었는데 그 여자는 얼굴에 멍게와 같은 여드름이 주렁주렁 열려 있었지. 경상도 사투리를 썼던가. 밤 아홉 시도 안 되었는데 누가 함께 밤을 새우자고나 할까 봐 기숙사의 마감시간이 밤 아홉 시니 그냥 들어가야 한다고 해서 별사탕 나눠 먹고 무슨 색깔 좋아하세요, 영화배우 누구를 좋아하세요 하는 쓸데없는 여론조사 한참 하다가 팥빵 하나씩 더 나눠 먹고 그냥 서로 헤어졌었지. '나중에 또 봐요' 하고 버스 정류장에서 인사말을 나누었지만 우리는 서로 그 말이 상대방의 자존심을 세워주기 위한 거짓말에 지나지 않는다는 것을 잘 알고 있었다. 그 여자도 내가 연락할까 봐 두려운 표정이었고 나도 그 여자가 나를 좋아해서 내 얼굴을 기억하고 있을까 그게 겁이 났었지. 우리는 처음 만나자마자 다시는 만나지 않을 사람들이라는 것을 너무나 잘 알고 있었으니까.

서너 번 했던 미팅이 모두 그 모양이었지.

미팅을 주선하던 과대표에게 백양 담배 한 갑 뇌물 주고 특별히 예쁜 아가씨 부탁한다고 이화여대 무슨 미술과 학생들과 미팅할 때는 정말 가슴이 두근두근하였었다. 그런데도 미팅에 나가보니 유관순 누나처럼 씩씩한 독립투사가 의자에 앉아 있었지. 처음 만나는 나에게 악수를 청하는데 마주잡은 내 손이 아플 정도였지. 춤을 추려고 일어서보니 내 키가 그녀의 어깨에 간신히 닿을 만큼 전봇대 같았는데 경품에서 받은 무슨 레코드판 한 장을 나에게 양보하고는 이렇게 말했었지.

"난 유치한 가요 따위는 좋아하지 않아요."

그 여자는 나를 유치한 가요 따위나 좋아하는 유치한 대학생으로 생각한 것이 분명했다. 그 여자들은 이제 무엇을 하고 있을까. 그 경상도 아가씨는 시집가서 아이를 낳고 그 멍게 같던 여드름은 완전히 사라져버렸을 거야. 유관순 누나 같던 그 파트너는 지금도 가요가 나오면 텔레비전 채널을 돌리고 있을까.

그 이후부터 나는 완전히 미팅과는 담쌓고 지냈었다. 미팅 같은 데서 근사한 '킹카'를 만나는 것은 영화 속이나 소설 속에서 볼 수 있는 상상 속의 일이라고 단정해놓고 있었으니까.

그래서 나는 첫 미팅에 나갔다가 실망해서 돌아온 딸아이의 마음을 위로해주기 위해서 다음과 같은 말을 하였다.

"실망하지 마라. 이 아빠도 대학교 1학년 때 미팅을 서너 번 했는데 모두 나갈 때마다 못생기고 한심하고 매력 없는 파트너뿐이었단다. 미팅에서 근사한 파트너를 만나기란 쉬운 일이 아니야."

위로 삼아 내가 그렇게 말을 하자 딸아이가 깔깔거리며 웃기 시작했다.

"그게 아니었겠지. 실망했던 것은 아빠 쪽이 아니라 아빠를 파트너로 맞은 그 여학생들이었겠지."

"아니 어째서. 이 아빠가 어째서."

나는 어이가 없어 말을 받았다.

"그럼 아빠는 아빠의 얼굴이 여학생들에게 인기가 있는 모습으로 생각하고 있었단 말이야."

"그럼, 그렇구말구."

"착각은 자유니까."

"그럼 너는 만일, 만약에 말이야. 미팅에 나갔을 때 이 아빠와 똑같은 파트너가 네 옆에 앉으면 어떻게 하겠니?"

"재수 더럽게 없는 최악의 날이 되겠지, 뭐."

딸아이의 말은 농담이 아니었다. 아주 정색을 한 얼굴이었다. 충격을 받은 쪽은 오히려 나였다. 나는 지금까지 미팅 같은 데 나갔을 때 언제나 못생긴 여학생을 만나게 되어 내 쪽에서 손해를 보았다고만 생각하고 있었을 뿐이었다. 그러나 딸아이의 말은 그게 아니질 않는가. 나를 파트너로 맞은 여학생 쪽들도 마음속으로 실망하고, 재수 없는 날이라고 생각하였을 것이라는 것이 딸아이의 결론이 아닌가.

그렇다. 딸아이의 말을 듣자, 나는 이십 년 만에 비로소 진실을 깨닫게 된 느낌이었다. 나는 이십 년 만에야 어째서 그 경상도 아가씨가 기숙사를 핑계 대고 아홉 시도 되기 전에 별사탕을 내게만 먹으라고 자꾸 권하고 일어섰는지, 또 유관순 누나 같던 그 여자애가 내게 레코드 경품을 굳이 선물로 주고 떠나갔는지 이해할 수 있을 것 같았다. 그 여자애들은 못생긴 내가 안쓰럽고 불쌍해서 마음속으로 위로를 하여준 것이었다.

이십 년 만에 새로운 사실을 알게 되었으니, 이십여 년 전에, 대학교 1학년 때 내가 위로해주었다고 일방적으로 생각했던 그 못생긴 여학생들은 실은 내게서 위로를 받은 것이 아니라 못생긴 나를 애써 위로해주었던 것이었다.

"아빠가 그렇게 못생겼니?"

"듣기 싫겠지만 솔직히 말해서 아빠는 못생겼지."

"아빠가 도대체 뭐가 못생겼는데."

"키도 작구, 체격도 나쁘구, 얼굴도 우거지상이구, 아빠 고등학교 때 별명이 걸레였다며."

"으핫하하."

옆에서 잠자코 치사하게 묵비권을 행사하고 있던 아내가 속 시원하다는 듯 크게 웃으며 말했다.

"내가 말이야, 대학교 다닐 때 니 아빠하고 연애 걸고 있었는데 말이야. 하루는 여학생 휴게실에 놀러갔었는데 말이야, 어떤 여학생이 오더니 나보고 '얘 너 인호하고 사귀니?' 하고 묻길래 내가 그렇다고 엉겁결에 고개를 끄덕끄덕했는데 그 여학생이 이러는 거야. '도대체 그 인호라는 아이 세수나 하고 다니니? 옷에서 시궁창 냄새라도 날 것 같더라 얘' 하는 거 있지, 으핫하하."

"그럼 그런 걸레 같은 남학생에게 왜 시집왔어? 이러지 말라구. 이래봬도 왕년에 나 좋아하던 여자들이 한 다스는 되었다구."

"불쌍해서 시집왔지 뭐, 아이구, 그게 아닌데. 얘 다혜야, 너 이다음에 절대로 불쌍하다구 남자한테 쓸데없이 마음 주지 마라. 절대로 남자에게 속지 마라."

"난 안 속아."

다혜가 유관순 누나처럼 소리 질렀다.

"난 이담에 아빠 같은 남자와 절대 결혼 안 한다구."

내가 머쓱해서 앉아 있으려니 그제야 아내가 내가 불쌍하게 보였는지 내 눈치를 슬슬 보면서 말을 이었다.

"너무 그러지 마라. 그래도 니 아빠 말이야, 매력이 있었단다."

"매력, 무슨 매력."

"걸레 매력, 으핫하하 하하하."

그날 밤 나는 까마득히 먼 옛 기억 하나를 떠올렸다. 결혼하기 전 중앙고등학교 연극반에서 연극 지도로 아르바이트를 하고 있을 때였다. 하루는 택시를 타고 계동 골목을 올라가고 있었는데 백미러로 아내와 나를 번갈아 보던 택시운전기사가 우리에게 다음과 같이 물었다.

"두 사람이 무슨 사이에요. 애인 사이에요?"

"그래요."

내가 시큰둥하게 대답하자 광화문에서부터 줄곧 백미러

로 우리를 살피던 그 운전기사가 이렇게 말을 했다.

"에이, 아가씨. 아가씨는 그렇게 예쁜데, 어디 고를 데 없어 저런 못생기고 형편없는 남잘 고르셨수. 지금이라도 당장 무르세요."

나는 기사 아저씨가 농담을 하는가 싶어 그저 싱글싱글 웃고 있었는데 그게 아니었다. 그 아저씨 무슨 영감靈感이라도 얻은 것처럼 자꾸 꼬치꼬치 참견해오는 것이었다.

"밑져도 한참 밑졌어요 아가씨. 당장 헤어지세요. 어디 남자 고를 게 없어서 저런 남자를 고르셨어요."

나는 화를 내자니 쩨쩨한 놈이 될 것 같고 화를 내지 말자니 분통이 터져서 울근불근 하고 있었는데 느닷없이 아내가 그 운전사를 향해 다음과 같이 소리를 질렀다.

"남이사 전봇대로 이빨을 쑤시든 말든 무슨 참견이에요. 아저씨는 운전이나 똑바로 하세욧!"

까마득히 잊고 있었던 그 일화가 떠오른다.

그렇다.

아내는 전봇대로 이빨을 쑤셨다. 그 전봇대가 바로 지금의 나인 것이다.

그래, 그것이 인생인 것이다. 이미 다혜는 내 자식이 아니라 자신만의 인격을 지닌 자유인인 것이다. 나는 다만 아버지로서 그녀가 우리의 곁을 떠날 때까지 잠시 맡아 기르는 전당포 주인에 불과한 것.

몇 년 전 소설가 Y씨로부터 재미있는 얘기를 들었다. Y씨에게는 대학 4학년 졸업반의 딸아이가 하나 있는데 어느 날 밤늦게 집으로 돌아오다가 골목길에서 자기의 딸과 어떤 남자 청년이 함께 걸어오는 모습을 발견하게 되었다는 것이다.

아마도 둘이서 데이트를 하다가 밤이 늦어서 남자친구가 자신의 딸을 집까지 바래다주게 되었는지 그 현장을 우연히 목격하게 되었다는 것이다.

그 순간 Y씨는 도둑질을 하다가 들킨 사람처럼 으슥한 골목의 어둠 속에 숨어서 자신의 딸을 몰래 지켜보고 있었는데 두 사람은 팔짱까지 끼고 다정스런 모습으로 대문 앞에 오더니 잠시 주위를 살핀 후 가벼운 입맞춤에 포옹까지 나누더라는 것이었다. 애인끼리의 깊은 키스도 아니고 가벼운 인사치레의 포옹이었는데도 Y씨는 순간 심장이 멎는 것 같은 충격과 분노를 함께 느꼈다는 것이었다.

딸아이가 집으로 들어가고, 남자친구가 사라져버린 후에도 Y씨는 자신의 집 담 앞에서 쭈그리고 앉아 두 근 반, 세 근 반 뛰는 놀란 심장을 달래기 위해서 애꿎은 담배만 서너 대 연달아 피웠다는 것이었다.

딸아이가 대학교 4학년이면 이제 다 큰 처녀이고 남자친구가 아닌 장래를 약속할 만한 애인이 생겨도 무방한 나이련만 막상 딸아이의 데이트 현장을 우연히 발견하게 된 아버지의 입장에서 보면 갑자기 하늘이 무너지는 것 같고 뭔가 심한 배신감에다 그 이후부터 그 딸아이가 갑자기 미워지기 시작하였는데 이를 어떻게 하면 좋겠냐는 게 Y씨의 하소연이었다.

그리고 또 덧붙이기를 이상하게도 딸아이들한테 전화가 오면 공연히 심통이 나서 "누구냐, 너는 전화를 할 땐 이름 먼저 밝히는 게 예의인 것을 모르느냐, 대학에 다니는 지성인이 그런 예의쯤 모르느냐" 하고 따져서 딸아이들 남자친구들에겐 "야, 너희 아버진 밤낮 집에서 봉투나 붙이면서 전화 당번이나 하고 있냐"는 악명 높은 좁쌀영감으로 소문이 나버렸다. 한편 아들에게 걸려오는 여학생들의 전화에는 지나치게 친절하고 싹싹하게 바꿔주곤 하여서 인기 만

점의 아버지로 소문이 나 있다는 것이었다.

그 이야기를 들을 때만 해도 나는 그저 대수롭지 않게 그 이야기를 흘려버렸었다. 왜냐하면 딸아이가 아직 고등학생이었고, 대학입시에 몰입하고 있을 때라 그런 불상사(?)는 아직 일어나지 않고 있었기 때문이었다.

그런데 딸아이가 대학에 들어가더니 Y씨의 하소연이 내게도 실감 있게 느껴지고 나 또한 같은 식의 고민을 하게 되었던 것이었다. 큰집의 조카 녀석이 딸아이보다 한해 먼저 대학에 입학하였는데 그 이후부터 전화를 걸면 밤 한 시건 두 시건 걸면 걸 때마다 통화 중이고, 때로는 '지금은 전화를 받는 사람이 없습니다. 그러니 전화를 걸고 싶으면 내일 낮에 전화를 걸어주십시오' 하는 자동응답기까지 설치하여서 내가 형에게 그 이유를 물었더니 대학에 들어간 조카 녀석 때문에 어쩔 수 없었다는 것이었다.

그 녀석은 집에만 들어오면 전화통을 이어폰처럼 귓구멍에 틀어넣고 사는 것이 보통이어서 그 꼬락서니를 차마 볼 수가 없어서 그렇게 비상조치를 취할 수밖에 없었다는 것이었다.

그때도 그냥 한귀로 흘려버렸었는데 딸아이가 대학에 들어가자마자 나도 곧바로 그런 고민에 휩싸이게 되었던 것이었다.

밤 열 시 이후 걸려오는 전화는 모두 딸아이의 전화였고, 딸아이의 전화는 밤 한 시간 두 시간 계속 이어져서 방금 만나고 온 친구들과도 무슨 이야기가 그리도 많은지 계속 히히, 헤헤, 호호 야단들이었다.

나는 원래 전화로 수다 떠는 일을 좋아하지 않는다. 아내가 친구들과 전화로 이야기하는 것도 싫어서 아내는 전화를 걸 때마다 내가 없는 빈방으로 도망쳐서 눈치 보면서 도둑전화를 하는 게 보통인데 밤이면 밤마다 걸려오는 딸아이의 전화에 정말 자존심이 상해서 견딜 수가 없을 지경이었다.

서클 선배라는 남자친구들도 전화를 걸 때면 "저는 누구입니다"라고 자신을 소개하는 인사부터 시작해야 하는데 대뜸 "다혜 바꿔주세요" 하고 용건부터 말하는 것이 보통이니 나는 자연 비위가 상하고 배알이 꼴리고 아니꼬워서 내가 뭔가, 전화 바꿔주는 교환수인가 하고 스스로 자신에게 묻곤 하였었다.

두고두고 보다가 한번 밤늦게 걸려온 전화를 받자마자 분통이 터져서 "야, 너는 최소한의 예의도 모르느냐, 너는 아비 어미도 없느냐, 나는 이 집의 아버지이자 가장이지 전화를 바꿔주는 교환수가 아니다" 하고 고래고래 소리를 질렀는데 그날 밤 나는 딸아이의 항의에 그야말로 묵사발이 되어버렸다.

아버지는 야만인이고 교양도 없는 독재자이며 이해심도 없는 옹고집에 전형적인 구세대의 낡은 유물이라는 것이었다.

딸아이의 전화를 이해하지 못하는 것은 나보다 아내가 더 심하였다. 아내는 딸아이가 전화를 걸어온 사람이면 상대편이 누구든 친절하게 받아주고, 끊임없이 얘기를 나누는 그 모습을 참다못해서 자신의 경험담까지 곁들여 이런 충고를 해주곤 하였었다.

"애, 여자란 비싸게 굴 수 있을 때 비싸게 팔아야 하는 법이다. 바겐세일이란 철이 지날 무렵에 파는 것이지 너같이 한창 제철의 여자들은 비싸게 굴고 제값을 받고 팔아야 한다구. 네 엄마는 네 나이 때 남자가 말을 걸어도 쳐다보지도 않았다구. 상대방을 가려라. 가려서 만나고 가려서 얘기하라구."

"그래서 고작 아빠 같은 남자를 고르셨냐구."

딸아이도 지지 않고 맞서다가 나중에 엄마는 나를 질투하고 있다느니, 내가 뭣 때문에 딸인 너에게 질투를 느끼냐, 서로 티격태격 말싸움을 하다가 나중에는 울고불고 한바탕 소동이 일어나곤 하였던 것이었다. 생각다 못해 우연히 만난 출판사의 K사장과 점심을 먹다가 그 고민을 털어놓았더니 K사장은 내게 대뜸 이렇게 말을 하는 것이었다.

"우리 집에서도 날이면 날마다 전화 전쟁이었어요. 최 선생도 아시다시피 우리 집에도 대학 다니는 딸아이가 두 명이나 되지 않습니까. 최 선생은 딸이 하나 있어서 망정이지 딸이 둘만 있어도 둘이서 날마다 벌이는 수화기 쟁탈 싸움에 하루도 편할 날이 없었어요. 하지만 지금은 달라졌습니다. 지금은 우리 집에 평화가 왔습니다."

"어떻게요?"

"전화를 한 대 더 놔주세요. 아이들 전용 전화를 놔주는 겁니다. 그래서 그 아이들이 전화통을 빵처럼 뜯어먹건, 라면처럼 삶아먹건, 밤이 새도록 주절대건 일체 상관하지 않는 겁니다."

그 얘기를 듣고 며칠 동안 나는 심각하게 고민하였다. 물론 밤 한 시나 두 시에 전화를 거는 일은 보기에도 좋은 일이 아니며 도리에도 어긋난 옳지 못한 일이다. 벌써 대학교 2학년에 올라가는 어엿한 성인成人이 아닌가. 딸아이에게도 그 아이만의 세계가 점점 펼쳐지고 있는 것이다. 친구의 범위도 넓어져가고 아는 사람의 범위도 점점 늘어만 갈 것이다. 우리 때에는 전화는 귀중품이어서 서로 전화로 대화를 나누기보다 편지를 쓰는 고전적인 방법이 유일한 통신수단이었다. 그러나 이제 전화는 통신수단이라기보다는 사람의 '입' 그 자체가 되어버린 것이 아닌가. 그러니 그 입을 어찌 강제로 막고 벙어리 행세하라고 강요할 수 있단 말인가. 그러나 그것이 과연 옳은 일인가. 한 가정에 두 대의 전화를 놓고 한 대는 아이들 전용으로 사용케 하는 방법이 과연 옳은 일인가. 그것이야말로 과소비이며 허영이며 아이들의 버릇을 타일러 고치기보다 적당한 선에서 타협하는 아비로서도 옳지 못한 교육방법이 아닐 것인가.

고민고민하다가 나는 드디어 결론을 내렸다.

딸아이에게 자신만의 전화기를 놓아주기로. 그것이야말로 딸아이의 전인격을 믿는 일이며 자신의 일을 자신이 책임지는, 보다 큰 어른스러운 선택임을.

딸아이의 전화번호를 나는 아직도 못 외우고 있다. 너무나 외우기 힘든 전화번호이기도 하지만 그 전화는 딸아이 전용의 개인 소유이므로.

며칠 전 여행을 떠나 해인사에 들러 진주에서 하룻밤 머무르게 되었을 때 나는 메모지에 적은 딸아이 전화번호를

ndo s'incont prima Barbieri ? N
o recano le , che de bass han dato G.
Sebastiano
, che i due si
Barbieri nelle
Firenze,
rzo di
veva a
nouveau
aussi ; c
it de sa
e : il de Salis
et lui porte une
ne il Barbieri fece a
: « L'affection que Sismondi
tait à ce prêtre italien était si vive, la présence de ce dernier exer
sur lui une action si bienfaisante, qu'il fut pendant
comme apaisé et rasséréné (2). Anche Henri de Ziegler, nel suo stu
su La vieillesse de Sismondi, confe Nous verrons en l'abbé Barbi
des meilleurs amis de se
ebbe inizio il
losophe. Paris,
(2) Il Sismondi era
(3) Nel volume Studi su G
protestante Sismondi e l'abate B
teria religiosa ? Non è nostro prop
Ruffini nell'opera : La vita religi
p. 341-347). È da notare, però
mo sotto gli occhi, cenni su
il Barbieri chiedeva notizie
19 agosto 1838 il Sismondi
di alcuni vescovi in
d'alcuni vescovi di
in onta al giudi
non cugino de
tera del 1º
del Necker.
stiche, talch
ecclesiastic
ndavano st
re a miglic
bunale, a

Luca de Samuele Ca ... lettura (1), ch
serita negli *Annali* ... Non meraviglia qui
il Sismondi, venen ... restandovi dal 18 feb
... aprile, non ... ponesse attenz
... dell'Ag ... prima volta, del
comp ... questa vol
mosso da ... a consi
cause di t ... del Barbieri, e p
capitoli su ... a ... *nomie p*
che è già ... d

Dopo ... ggiorn ... mentre il Barbie
a Napoli, ... ma nell' ... Da F
28 di magg ... 837, il Si ... repris
travail sur ... campagne ... allong ... plus qu
voudrais. ... il me sem ... se complet ... qu'il aura
teret ». E p ... dopo, il 13 d ... allo stesso : « Le moment a
où je devr ... cevoir les premières épreuv ... de mon 3e volume, c
mence par ... essais sur la campagne ... R ... e, et que je languis
soumettre »

Dopo, ... rteggio fra i due cont ... alla morte dello
Nel P ... Sismondiano ... giacc
prima, com ... biamo detto, del 19
1842, giunt ... Sismondi sul letto ... stava per chi
... (2). E ... amo noverare tra ... un componime
... *Di Ginevra e dei s*
...
vembr
casione delle nozze ... (Padova, 1843), a cura di

... Sismondi al Barbieri se ne conoscono fin
... el 1877, in occasione di nozze, ne d
... maggio 1837 al 25 dicembre 1

... *lia* qui me pa ... voir fournir ...
... *Epistolario*, ... II, p. 373). I
... no dei ca ... *principes d'éco*
... omess
..., *Eco* ...
... *Sag* ...

... C ... grini ... arano un v
qual ... posto le ... ei mag ... del Sism
le a ... dell'abate

돌려보았다.

"여보세요."

평소에 듣던 목소리와는 다른 의젓한 목소리로 딸아이가 전화를 받고 있었다.

"다혜 씨 계세요?"

나는 일부러 목소리를 바꿔서 말하였다.

"누구신데요."

"다혜 씨를 사랑하는 사람입니다."

"아, 아빠구나. 아빠지, 그렇지?"

"그렇다 이 웬수놈의 새끼야. 너 한 가지 명심해. 전화요금은 어디까지나 네가 내는 거야. 아버지가 네 전화요금까지 내줄 의무는 없으니까."

그러고 나서 나는 전화를 일방적으로 끊어버렸다. 마치 절교를 선언하는 변심한 애인처럼.

아아.

나에게도 언젠가는 소설가 Y씨처럼 어느 날 밤늦게 집으로 돌아오다가 어떤 우라지게 못생긴 녀석과 우라지게 팔짱까지 끼고 집까지 바래다준다고 다가와서는 으슥한 골목길에서 우라지게 포옹까지 하는 딸아이의 꼬락서니를 보게 될 때가 머지않아 곧 다가올 때가 된 것이다. 그러나 어쩔 수 없지 않은가. 이 아버지도 제 어머니를 처음으로 키스하던 곳이 어느 눈 오던 밤 아내가 살던 이문동 집까지 바래다준다고 함께 팔짱 끼고 걸어가던 골목길의 으슥한 어둠 속이었으니까. 그때 처녀인 아내의 몸에서는 향기로운 꽃 냄새가 나고 있었던가?

그래, 그것이 인생인 것이다.

이미 다혜는 내 자식이 아니라 자신만의 인격을 지닌 자유인인 것이다. 나는 다만 아버지로서 그녀가 우리의 곁을 떠날 때까지 잠시 맡아 기르는 전당포 주인에 불과한 것.

갑자기 딸의 나이를 헤아리는 순간 나는 정신이 퍼뜩 들었다. 그렇다. 아이는 이번 생일로 스물한 살, 우리나라 나이로는 벌써 스물두 살이 되는 것이다. '아, 벌써 다혜가 스물한 살이 되었다.'

지난 12월 7일은 딸 다혜의 생일이었다. 그날 아침 일어나 원고를 쓰고 난 후 식탁에 앉아 아침을 먹고 있는데, 아내가 불쑥 내게 말하였다.

"당신 오늘이 무슨 날인줄 아세요?"

난 잠시 생각해보았다.

"잘 모르겠는데……."

"오늘이 다혜 생일이에요. 오늘 들어올 때 생일 케이크나 하나 사다주세요."

깜박 잊을 뻔했던 딸의 생일을 상기시키는 아내에게 감사하면서, 그날 저녁 현대시장 앞에 들러서 아내의 말대로 작은 케이크를 하나 샀다.

"생일 케이크인가요?"

케이크를 상자에 넣어주면서 점원이 내게 물었다.

"네, 맞아요."

"몇 살인데요?"

순간 나는 '아, 그렇지. 생일케이크에는 나이에 맞춰 촛불을 켜게 되어 있지' 하면서 가만히 다혜의 나이를 따져 보았다. 다혜는 1972년생으로 이번 생일로 만 스물한 살이 되는 것이다.

스물한 살.

갑자기 딸의 나이를 헤아리는 순간 나는 정신이 퍼뜩 들었다. 그렇다. 아이는 이번 생일로 스물한 살, 우리나라 나이로는 벌써 스물두 살이 되는 것이다.

'아, 벌써 다혜가 스물한 살이 되었다.'

나는 큰 초 두 개와 작은 초 한 개를 받아들고 빵집을 나서면서 소리 내어 중얼거렸다. 다혜가 스물한 살이 되었다. 대학교 들어간 지가 어제 같은데 벌써 대학교 3학년이고 내년이면 대학 졸업반이 된다. 얼마 안 있으면 시집갈 나이인 것이다.

통속적인 이야기지만 딸아이의 기저귀를 갈아 채우고 우유 먹인 뒤 트림을 시키느라고 등을 쓸어주던 시절이 어제만 같은데, 다혜가 벌써 스물한 살의 숙녀가 되어버린 것이다. 아아, 이럴 수가 있는가. 이제 얼마 안 있어 1~2년 뒤면 다혜는 대학을 졸업하고 시집을 가게 될 것이다. 이럴 수가 있는가. 다혜가 얼마 안 있으면 시집을 가고 그렇게 되면 내가 사위를 본다고? 뭐라고? 손자까지 보고 그렇게 되면 할, 할, 할아버지가 된다고?

그러나 어쩔 수 없는 것이다. 영원히 무성하리라 싶던 나무도 가을이 오면 핏빛 단풍으로 물들고, 때가 되면 낙엽이 되어 떨어져 흩어지듯이, 세월이 흘러가면 아이도 자라서 어른이 되고 어른이 되면 자기들끼리 짝을 이루어 떨어져 나가서 또 하나의 가족을 새로 이루는 것은 지극히 당연한 일인 것이다.

그날 밤 다혜는 친구가 준 것이라면서 빨간 장미송이들을 들고 왔다. 아내는 그것을 거실에 있는 마리아상 앞에 놓아두었다. 다음날 가족 모두를 내보내고 나는 하루 종일 혼자서 모처럼의 휴식을 취했다. 그러다가 문득 간밤에 다혜가 들고 온 장미꽃에 눈이 갔다. 나는 가까이 다가가 장미꽃송이를 일일이 세어보았다. 하나, 둘, 셋, 넷… 정확히 장미꽃은 스물한 송이였다.

'요것 봐라.'

나는 결정적인 단서를 발견한 수사관처럼 신이 나기 시작했다.

'정확히 스물한 송이의 붉은 장미꽃이라고? 장미꽃을 여

자친구가 주었을 리는 없고 틀림없이 남자친구가 장미꽃을 주었을 거야. 요것 봐라, 요것 봐.'

요즘 외출할 때나 집으로 돌아올 때면 유난히 멋 부리고 얼굴도 예뻐진 것 같아서 '저것이 과연 내 딸아인가. 저것이 고등학교 시절 미술 실습시간이면 온몸에 붉은 물감, 푸른 물감을 뒤범벅으로 붙이고 다니던 칠칠치 못한 내 딸이란 말인가' 하고 혼자서 생각해보곤 했었는데, 그렇다면 붉은 스물한 송이의 장미꽃은 도대체 어떤 시러베아들놈이 우리 딸에게 준 선물이란 말인가.

그로부터 며칠 뒤 내 작품 〈깊고 푸른 밤〉 〈적도의 꽃〉 〈겨울 나그네〉 등을 영화화한 동아수출의 이우석 회장의 아드님이 결혼한다고 청첩장을 보내왔다. 결혼식장은 역삼동에 있는 공항터미널. 그분의 아들이라면 마땅히 참석해야 한다고 일찍 집을 나서려는데 이게 웬일인가. 다혜도 함께 따라나서겠다는 것이었다. 다혜뿐 아니라 아내도 굳이 따라나서겠다고 했다.

물론 그분의 막내 따님과 다혜는 고등학교 동창생이자 지금은 같은 대학에서 미술까지 함께 전공하는 절친한 친구 사이로 친구 오빠의 결혼식이니까 자기도 마땅히 가봐야 한다고 했는데, 나로서는 쉽게 납득이 가지 않았다. 또 그렇다면 아내는 왜 따라나서는가. 거참, 알다가도 모를 일이라고 생각하며 난 가족들을 데리고 결혼식장인 공항 터미널로 갔다.

결혼식장은 한마디로 초대형 식장이었다. 하객들도 많고 끝나자마자 성대한 피로연을 여는 모양이었다. 나는 바쁜 일이 있었으므로 결혼식에만 참석하고 곧바로 식장을 나왔는데, 아내와 다혜는 굳이 결혼식이 끝날 때까지 지켜보고 이왕 식권까지 탔으니 밥이라도 먹고 가겠다는 것이었다. 나는 참 이상하다고 생각하면서 혼자서 식장을 빠져나왔다.

그리고 그날 밤이 되어서야 나는 미스터리를 밝혀낼 수 있었다. 다혜가 아내에게 이렇게 말했다는 것이다. 공항터미널에 있는 예식장은 우리나라에서 제일 유명한 예식장으로 손꼽힌다. 그래서 공항 터미널에서 올리는 결혼식은 대부분 잘살고 명망 있는 가문끼리의 결혼식이라고 인정받고 있다는 것이었다.

"그러니까 엄마, 우리도 함께 가서 보자. 어떻게 결혼식을 올리고 어떻게 손님들을 접대하는가를 직접 가서 보자" 하면서 다혜가 먼저 아내에게 말했다는 것이었다. 아내도 어차피 몇 년 후면 다혜를 시집보내야 하는 예비 신부의 어머니니까 이 기회에 가서 결혼식의 진행을 눈여겨보고 그 규모를 대충 답사해보며 결혼식의 예행연습을 미리 해보자고 따라나섰다고 했다. 그러니까 아내와 다혜는 결혼을 축하하기 위해서라기보다는 남의 결혼식을 통해서 미리 배우고 실습을 하기 위해서 굳이 나를 쫓아 나선 것이었다.

"다혜가 그럽디까? 자기도 얼마 안 있으면 시집간다고?"

나는 조금 화가 나서 퉁명스럽게 아내에게 물었다.

"그럼, 그 애가 시집가지 당신 곁에서 머물러 살 줄 알았수?"

"망할 계집애."

하기야 아내의 말이 맞다. 다혜는 갑술년, 새해를 맞아 우리나라 나이로 스물세 살이 되었다. 동갑내기인 아내와 내가 결혼한 것이 스물다섯 때였으니 다혜도 이제 2~3년 뒤면 우리의 곁을 떠나야 하는 것이다. 그러므로 스스로 결혼식을 눈여겨보고 자신도 할 결혼에 대해서 미리 대비해두는 다혜의 태도를 굳이 나쁘다고만 비난할 수 있겠는가.

"안 돼!"

나는 단호하게 말하였다.

"뭐가요?"

"다혜의 결혼식장은 공항터미널이 아니라 그 어디에서

도 안 돼."

"그럼 어디에요?"

"서초성당."

나는 내가 영세 받고 주일마다 나가고 있는 성당 이름을 떠올려 말하였다.

"만약에 신랑이 신자가 아니면요?"

"영세시켜 보내야지."

"받기 싫다면요?"

"다혜를 사랑하는 녀석이라면 그런 일쯤 못 할까. 못 한다면 그건 거짓사랑이야."

말은 그렇게 하였지만 사람의 일은 한 치 앞도 모르는 것이다. 딸 하나 시집보내고 나서 집 기둥이 두 개나 쓰러졌다고 투덜대던 선배들의 고백이나 친구들의 푸념도 이제는 머지않은 내 장래의 일이 될 것이다. 다혜를 시집보낼 때쯤 되면 아마도 내 집의 기둥은 두어 개쯤 쓰러질지도 모른다.

그러나 그것보다도 포대기에 싸서 업고 온 방 안을 돌아다니면서 자장가를 불러 잠재우던 내 딸 다혜가, 내 새끼 다혜가 벌써 그런 나이가 되었는가. 남의 결혼식장에 스파이처럼 숨어들어가 적정을 살피듯 결혼식에 대해서 살펴보는 그런 나이가 벌써 되었는가. 새삼 아내의 얼굴을 물끄러미 들여다보면서 쉰 송이의 장미 꽃다발을 불쑥 선물로 내밀고 싶은 심정인 요즘이다.

언젠가는 내 딸아이도 내 아내를 자기의 할머니처럼 부축하고서 자기 딸아이의 졸업식장에 와서 저렇게 꽃다발을 들고 느릿느릿 걸어가고 있겠지. 움켜쥐면 손가락 사이로 흘러내리는 생명 못 가진 모래처럼 시간은 우리의 곁을 모래처럼 그렇게 흘러내리고 있다.

지난 2월 27일은 다혜의 대학 졸업식이었다. 졸업식은 두 시부터 시작되는데 만나기로 한 것은 세 시. 미술대학 앞 교정에서였다. 졸업식장에 들어가지 않겠다는 것이었다. 이왕이면 강당에 들어가 졸업식에 참석하는 게 어떻겠느냐고 묻자 딸아이는 대부분의 아이들도 식장에 들어가지 않는다고 했다.

일찍 집을 나서서 터미널 지하상가의 꽃시장에 들러 꽃을 사기로 하였다. 아내는 단골 꽃가게에서 꽃을 한 다발 사들고 나왔다. 식장에 참석하는 가족이라야 나, 아내, 도단이와 딸아이의 외할머니인 장모님 이렇게 네 식구뿐이었다. 고모들이나 형님의 가족들은 미국으로 독일로 여행이나 출장 중이었으므로 졸업식에 참석하는 사람은 우리 가족들뿐이었다.

마침 연세대학교도 같은 날 졸업식을 해서 신촌 일대가

북새통을 이룰 것 같아 일찍 출발하였는데, 오전오후로 나누어서 하는 시간차 덕분에 생각보다 덜 붐비었다. 연세대학교 옆문으로 들어가는 공터에 차를 세우고도 만나기로 한 약속시간까지는 두 시간 정도 남아 있었다. 그래서 우리는 이화여자대학교 후문 앞에 있는 커피숍에서 커피를 마시기로 하였다.

아내는 커피를 마시고, 아들은 코코아를 마시고, 장모님은 유자차를 마시고, 나는 커피를 마셨다. 딸 다혜의 졸업식 날 이처럼 가족끼리 모여서 각자의 취향대로 차를 마시니 갑자기 '가족'이란 개념이 내 마음에 절실하게 다가왔다.

지금으로부터 23년 전인 1972년 가을, 나는 대학을 졸업했다. 나는 졸업하기에 학점이 1점 모자랐기 때문에 교수들이 모여서 회의까지 했었다고 한다. 그때 문과대 학장이었던 고故 오화섭 교수께서 회의에서 이렇게 말씀하셨다고 한다.

"최 군은 이미 결혼도 했고 일간신문에 소설 연재도 하고 있는 중이니 (당시 나는 조선일보에 '별들의 고향'을 연재하고 있었다) 가불이라도 해서 졸업을 시켜주기로 합시다."

나는 대학교를 10년 가까이 다니고 있었다. 군복무로 4년,

낙제로 1년, 1964년에 입학해서 1970년에도 졸업을 못 하는 그야말로 파란만장한 대학생활을 했었다.

오화섭 교수님과 은사이시던 박영준 선생님의 배려로 한 학기 더 다녀야 졸업할 수 있던 학칙을 임시로 개정해서 가을졸업을 하던 날. 졸업식에는 소설가 유현종, 시인 정현종, 비평가 정현기 형들이 참석해서 축하를 해주었었다. 물론 결혼하고 2년 남짓 된 아내도 남편의 졸업식에 참석했었는데, 그때 아내는 임신 중이었다. 젊은 날에 나는 유난히 풍치가 심해서 졸업식 날은 치통으로 얼굴이 퉁퉁 부어 있었던 것으로 기억된다.

졸업식을 끝내고 학교에서 빌려준 슈퍼맨 같은 큼직한 학사 가운과 숯검정 같은 학사모를 쓰고 강당을 나오니 한복을 입은 신혼의 아내가 꽃다발을 들고 환히 웃고 있었다. 책상 위의 오뚝이처럼 아내는 만삭의 몸이었는데, 그것을 감추기 위해 아내는 한복을 입은 것이다.

그때 아내의 배 속에 들어 있던 아이가 오늘 졸업하는 딸 다혜인 것이다. 배 속에 들었던 아이가 대학교를 졸업하는 어엿한 숙녀가 되는 23년 동안 우리 부부는 마치 샘에서부터 출발하여 그 샘물이 개울물을 이루고, 내를 이루고, 폭포에서 떨어지고, 계곡을 굽이치고, 강물을 이루며 바다로 나아가듯 참으로 우여곡절의 한 생을 살아온 것이었다.

그때 중년이셨던 장모님도 이젠 할머니가 되어서 걸을 때마다 다리를 쩔뚝거리셨다. 그래도 손녀딸의 졸업이라고 생활비를 아껴서 모은 10만 원의 용돈을 따로 준비하시면서. 대학교 3학년이 되는 아들 녀석은 밖에서 보니 이제는 어엿한 청년. 내가 대학교를 졸업할 때만 해도 이 아들 녀석은 하늘나라에 있었는지, 허공에 있었는지 존재하지도 않았었다. 그런데 그런 존재하지도 않았던 아들이 제 스스로 사람의 형태를 갖추고 우리 가족의 한 사람으로 의젓하게 앉아 있는 것이다. 누나의 졸업식이라고 누나를 걱정하면서. 엄마가 산 꽃다발을 따로 챙겨들고서.

아내는 그동안 많이도 늙었다. 내 졸업식 때는 무청처럼 새파랬던 20대의 내 아내가 이제 쉰 살에 접어든 중늙은이가 되었구나. 일본의 유명한 시인 이시카와 다코보쿠石川啄木는 스물여섯에 요절하였는데, 평생을 빈곤과 병고 속에서 지낸 이 천재시인은 그의 대표작인 '나를 사랑하는 노래'에서 다음과 같은 단가短歌를 남기고 있다.

"거울 가게 앞을 무심코 지나가다가 문득 놀랐네.
초라한 모습으로 걷고 있는 이 몰골."

Ch'oe Inho

Une nuit
bleue
et

초라한 자신의 모습을 한탄하면서 이 시인은 다시 다음과 같이 노래한다.

"애써 보아도
애써 보아도 나의 생활이 나아진 것이 없으니
손바닥을 들여다볼 수밖에."

애를 써도 생활이 달라지지 않으니 자신의 팔자인 양손바닥에 새겨진 손금을 들여다본다는 이 시인은 다음과 같이 끝을 맺는다.

"벗들이 모두 나보다 훌륭하게 보이는 날
이날은 꽃을 사들고 들어와 아내하고 노닌다."

일본 사람들은 누구나 외고 있는 이 시 한 구절. 남들이 모두 나보다 훌륭하게 보이는 날이면 꽃을 사들고 집으로 돌아와서 늙은 아내와 어울리면서 노닌다는 이 시가, 갑자기 꽃을 한 다발 사들고 앉아 있는 아내의 얼굴을 물끄러미 보는 순간 내 머리에 떠올랐다.

내가 늙어가는 것은 전혀 상관없지만, 아내가 나이가 들어가는 모습은 가슴이 아프다. 자신의 남편의 졸업식에 아이를 배고 참석했던 신혼 때의 아내가 이제는 그 배 속에 들어 있던 딸아이의 졸업식에 꽃을 사들고 앉아 있구나.

그러나 나는 요즈음 행복하다. 오십의 나이가 이처럼 행복할 수 없다. 20대와 30대는 욕망으로, 피의 뜨거움으로 내 삶은 하나의 폭풍이었다. 40대는 재가 스러지기 전의 마지막 불꽃처럼 타오르고 타오르는 광기의 산이었다. 그런데 50대에 들어서니 그 욕망의 미친 바람과 성난 파도는 거짓말처럼 가라앉아서 이제는 매사가 평온하게 느껴진다. 공자가 말하였던 40대의 불혹不惑이 지금에 와서야 어울리는 말이 아닐까 나는 생각한다. 하기야 옛사람들은 우리 시대의 사람들보다 10년은 빨리 조숙하고 성숙했으므로 옛사람의 40대는 우리 시대의 50대와 일치할지도 모른다. 요새는 화도 잘 나지 않는다. 분노도 잘 일어나지 않는다. 그러한 것들은 모두 불이며, 그러한 감정들은 바람일 것이다. 이제 남아 있는 불은 재로 스러지기 직전의 불일 것이며 이제 남아 있는 바람은 잔잔한 미풍인 것처럼 느껴진다.

시간이 되어 대학교 안으로 들어가니 완전히 사람들로 가득 차 있었다. 마침 대통령이 영부인을 대동하고 졸업식장에 참석하여 치사를 한다고 해서 이화여대 교정은 귀에 리시버를 꽂고 있는 경호원들까지 합세한 축제의 분위기였다.

미술대학교의 현관 앞으로 찾아가니 딸은 이미 친구들과 우리를 기다리고 있었다. 검은 학사 가운에 검은 학사모를 쓴 딸아이의 모습은 다른 사람은 몰라도 적어도 이 못난 애비의 눈에는 예쁘고 아름답게 보였다. 어느 세월에 갓난아이였던 딸아이가 초등학교를 졸업하고 고등학교를 졸업하고 대학교를 졸업하는가. 믿어지지 않아서 나는 눈이 부신 표정으로 딸아이를 쳐다보았다.

시인 이시카와는 또 노래하였다.

"동해의 바닷가. 작은 섬 물기슭 하얀 모래밭에
나는야 눈물에 젖어 게와 어울려 노닌다."

게와 어울려 노니는 이 시인은 모래를 한 줌 손에 들고서 이렇게 노래한다.

"생명 못 가진 모래의 서글픔이여
솰솰솰
움켜쥐면 손가락 사이로 떨어져내리네."

시인이 노래하였듯 움켜쥐면 손가락 사이로 떨어져내리는 생명 없는 모래처럼, 내 인생의 시간들은 움켜쥔 손가락 사이로 흘러내리는 생명 없는 모래처럼 허술하게 빠져나가 버렸구나.

졸업식이라야 가족들끼리 서둘러 사진을 찍는 날. 마침 날씨가 화창해서 우리 가족들은 여기서 한 장 찍고 저기서 한 장 찍고, 딸아이는 제 엄마와 단둘이 찍고 제 남동생과 단둘이 찍고, 이 애비도 쑥스러운 표정으로 함께 찍고, 온 가족이 모여서 이를 보이면서 '김치—' 하며 함께 찍고……. 그리고는 졸업식은 끝이 났다.

아쉬우니 저녁에 따로 모여서 뷔페라도 함께 먹기로 하고 우리는 일단 헤어졌다. 대학의 교정을 내려오면서 나는 남이 눈치 채지 않도록 안 보는 체하면서, 마치 시험에서 옆 사람의 답안지를 커닝하듯 꽃을 든 아내의 옆모습을 훔쳐보았다. 딸아이의 친구들이 주었다는 꽃다발까지 합쳐서 서너 개의 꽃다발을 아들 녀석과 따로 나눠 들고서 아내는 걸음걸이가 불편한 자기의 어머니를 부축하여 천천히, 까마득히 먼 옛날 처녀 시절에 자기도 분명히 왔었을 대학의 졸업식장을 마치 생전 처음인 것처럼 이리저리 구경하면서 걸어나가고 있었다.

언젠가는 내 딸아이도 내 아내를 자기의 할머니처럼 부축하고서 자기 딸아이의 졸업식장에 와서 저렇게 꽃다발을 들고 느릿느릿 걸어가고 있겠지. 움켜쥐면 손가락 사이로 흘러내리는 생명 못 가진 모래처럼 시간은 우리의 곁을 모래처럼 그렇게 흘러내리고 있다.

그때에 나는 어디에 있을 것인가. 내 장모님처럼 걸음걸이가 불편해 지팡이를 짚고서 허리가 굽은 채 그 곁을 따라 함께 걸어가고 있을 것인가. 아니면 이미 돌아가 이 지상에서는 사라져버리고 없을 것인가.

후문을 빠져나오는 내 귀로 시인의 짧은 노래가 메아리쳐 들려왔다.

"그까짓 일로 죽어야 하나.
그까짓 일로 살아야 하나.
두어라, 그까짓 문답問答."

그래. 시간의 노래처럼 그런 쓸데없는 문답일랑 나눌 일이 없는 것이다. 죽는 일도 사는 일도 모두 쓸데없는 문답. 그러한 것이 곧 인생이다.

아아, 아버지에게 딸은 누구인가. 그 딸은 어디서부터 내게 따님이 되어서 오신 것일까. 그리고 그 딸에게 있어 아버지인 나는 도대체 누구인가. 신기하고 신기하구나.

요즘 들어 어렸을 때 불렀던 다음과 같은 내용의 노래가 자꾸 떠오르곤 한다.

"넓고 넓은 바닷가에 오막살이 집 한 채
고기 잡는 아버지와 철모르는 딸 있다
내 사랑아, 내 사랑, 나의 사랑 클레멘타인
늙은 아비 혼자 두고 영영 어디 갔느냐"

아일랜드 민요인지 아니면 미국 민요인지 그 노래에 얽힌 에피소드는 잘 알지 못하지만, 우리나라 말로 바꿔놓은 개사改辭 하나만큼은 기가 막힌다. 아마도 클레멘타인이란 어린 딸을 거느린 고기 잡는 아버지가 바닷가에서 살아가고 있었던 모양이다. 가사의 내용으로 보아 딸을 낳은 엄마는 일찌감치 세상을 떠났는지 이 늙은 어부는 오직 어린 딸 하나만을 사랑하면서 고기를 잡으면서 살아가고 있었던 것 같다. 그런데 어느 날 이 늙은 어부의 모든 생명인 그 딸이 어디론가 사라져버린 모양이다. 다시는 돌아오지 않을 머나먼 곳으로. 늙은 아비를 홀로 두고 가출해버린 것은 아닐 테고, 아마도 사랑하는 남자를 만나 함께 자신의 인생을 찾아 바닷가를 떠나버린 것이겠지.

요즈음 내 머릿속에 이 노래가 새삼스럽게 자꾸 떠오르는 것은 내가 바로 철모르는 딸을 하나 거느린 늙은 고기잡이 어부가 되었기 때문이다. 지난달 말, 아내는 아들 녀석을 데리고 미국으로 떠나버렸다. 아들아이가 일 년간 연수를 위해 미국으로 떠나기로 계획했기 때문이다.

결국 집 안에는 딸아이와 나, 이렇게 단둘이 남아 있게 되었다. 딸아이와 내가 단둘이 집 안에 남아 있는 것은 평생을 통해 이번이 처음이다. 초등학교 들어갈 무렵 딸아이가 아파서 세브란스 병원에 두 달 이상 입원했을 때도 나는 네 살의 어린 도단이와 집을 지키기도 했고, 자라서 함께 여행도 자주하고, 최근에는 일본에 함께 다녀오기도 해서 아들 녀석과 단둘이 집을 지킨 적은 많이 있었지만 딸아이와 단둘이 지내는 것은 이번이 처음이다. 요사이 자꾸 떠오르는 노래처럼 넓고 넓은 바닷가에 오막살이 집 한 채 속에서 클레멘타인이란 딸아이 하나 데리고 혼자 사는 늙은 어부처럼 벌써 열흘 이상 단둘이 집에서 살고 있는 것이다.

올해 다혜는 대학원 1학년생. 스물네 살의 과년한 딸이라서 얼마 안 있으면 클레멘타인처럼 늙은 아비 혼자 두고 영영 어디론가 떠나버릴 그런 아이이다. 그런데 평생 처음 딸아이와 단둘이 지내면서 나는 새삼스러운 사실을 깨닫게 되었다.

평소에 딸아이는 전혀 부엌에 들어가지 않는다. 심지어 엄마가 부지런히 음식을 만들어도 접시 하나 나른 적이 없다. 이 점에 대해서 아내는 못마땅해 하며, 저렇게 하다가 시집을 가면 어떻게 할까 걱정을 하곤 했었다. 밥을 먹은 후에도 설거지조차 하는 일도 드물었다. 뿐만 아니라 집안일에는 관심조차 없는 듯이 보였었다. 청소, 빨래는 물론 라면 하나라도 제대로 끓이는지 우리는 늘 걱정되었었다. 아내는 집을 비우면서 무엇보다 그것이 가장 불안했던 모양이었다. 나 역시 아내가 떠나면 밥은 밖에서 먹고 들어가거나, 사정이 여의치 않으면 인근 중국집에서 자장면이나 배달해 먹는 것으로 끼니를 때우리라 미리 작정해두고 있었던 것이다.

그런데 그게 아니었다.

아내가 떠난 그날부터 딸아이는 내가 평소에 보던 그런 아이가 아닌 다른 아이로 완전히 변해버린 것이다.

저녁이면 다혜는 내게 밥 먹는 시간을 묻는다.

“7시쯤 밥을 먹자.”

내가 대답하면 딸아이는 정확히 7시에 내게 소리를 지른다.

“아빠, 식사하세요.”

한번은 내가 외출에서 집으로 돌아오니 반찬이 진수성찬이었다. 떨어졌다고 생각했던 과일에 오렌지도 있었고, 불고기까지 차려져 있었다. 이게 도대체 웬일이냐 하고 내가 물었더니, 낮에 시장에 들러 찬거리를 사왔다는 것이다. 딸아이가 슈퍼마켓에서 먹을 찬거리를 사들고 집으로 와서 반찬을 하였다는 것이다. 나로서는 완전히 심 봉사가 된 느낌이었다.

어린 딸 심청이를 데리고 사는 심 봉사야말로 어느 날 아침 진수성찬이 나오자, 그 진수성찬이 심청이가 공양미 3백석에 몸이 팔려가는 작별의 성찬인 줄 모르고 “이게 웬 진수성찬이여” 하고 묻는다. 이에 심청이가 울면서 대답하였다던가.

“장 승상 댁에 잔치가 있어 음식을 좀 얻어 왔구만유.”

그렇다. 나는 요즈음 효녀 심청이와 함께 사는 심 봉사가 된 느낌이다.

아침이면 딸아이는 빵 한 조각에 우유 한 잔, 그리고 딸기와 사과 두 조각을 곁들여 갖다준다. 친구가 많아 외출을 자주 하던 딸아이가 완전히 외출까지 끊고 가정주부가 되어버렸다. 큰 집에서 혼자 집을 보고, 혼자 밥을 짓는다. 함께 식사를 하는 것은 저녁식사 때뿐인데, 솔직히 말해서 나는 딸아이가 차려준 밥상을 앞에 놓고 식사를 할 때면 왠지 미안하고 송구스러워지기도 한다.

제주도 지방 민요에 다음과 같은 노래가 있다.

"딸아 딸아 우리 딸은
대보름달 같은 내 딸
물 아래 옥돌 같은 내 딸
제비세젯 날개 같은 내 딸
뚜럼이 판짓 같은 내 딸
고분새 짓 같은 내 딸"

그뿐이랴, 창원昌原의 민요에도 다음과 같은 민요가 있다.

"옥동처자 우리 딸아 인물 곱고 맵시 좋고
바늘살이 질삼살이 보기 좋게 잘도 하고
살림살이 잘살기는 우리 처자밖에 없네
작년이라 춘삼월에 시집살이 보냈더니
주야장천 보고 싶어 죽도 사도 못하겠네"

내게도 누이가 셋이나 있는데 특히 큰누이와 둘째누이는 지금도 아버지를 못 잊어 한다. 큰누이는 지금도 아버지 이야기를 할 때면 눈물을 흘리고, 둘째누이도 이렇게 말하곤 한다.

"우리 아버지 같은 인격적인 남자는 내가 일찍이 본 적이 없다."

딸들에겐 아빠의 좋은 점만 보이는 것일까. 인간으로서의 약점도 많았던 아버지를 누이들은 아직도 완전한 남자로 생각하고 있는 것이다. 맏딸인 아내도 이따금 아버지를 꿈에서 보곤 한다. 장인어른의 제삿날이 가까워오면 꿈에 아버지의 모습이 저절로 보인다는 것이다.

아내와 연애 걸던 시절, 나는 장인어른이 길거리에서 쓰러져 메디컬센터에 있다는 말을 들었다. 아내의 아버지가 응급실에 누워서 돌아가시기 직전에도, 병상을 지키고 있는 아내를 불러내서 어두운 골목에서 부싯돌을 긁듯 키스만을 해대었었다. 아내는 죽어가는 아버지와 반찬투정 하듯 철모르는 미래의 남편 사이에서 얼마나 가슴이 아팠을까.

아내는 가끔 이야기한다. 어느 날 회사에서 집으로 돌아오는 버스를 탔을 때 앞쪽에 아버지가 서 계신 것을 본 적이 있었다고 한다. 초라한 아버지의 모습을 보고 끝내 모른 체하였는데 그게 아직도 가슴속에 아버지에 대한 죄스러운 슬픔으로 남아 있다고 말하였다.

아아. 저 밥상머리에 함께 앉아 있는 내 딸아이도 이다음에 시집가서 철부지 남편을 만나서 아이 낳고 살다가 언젠가는 누이들처럼 고백할 날이 있을 것인가.

"엄마의 아빠는 아주 좋은 아버지였단다. 이 엄마는 아버지와 같은 남자를 본 적이 없단다."

솔직히 말해서 난 그렇게 불릴 자격이 없다. 난 아이들을 볼 때면 항상 미안하다. 연극 무대에서 아버지 역할을 맡는 것처럼 나는 항상 내 아버지의 역할에 대해 조마조마할 뿐이다.

아아, 아버지에게 딸은 누구인가. 그 딸은 어디서부터 내게 따님이 되어서 오신 것일까. 그리고 그 딸에게 있어 아버지인 나는 도대체 누구인가. 신기하고 신기하구나.

밤이면 나는 2층 서재에 눕고 딸아이는 아래층에서 텔레비전을 본다. 특별히 할 말도 없이. 밤 12시에 불을 꺼도 딸아이의 방에는 불이 켜져 있다. 잠들기 위해 누우면, 귓가에서 파도 소리가 들리고 아득히 먼 바닷가에서 노랫소리가 들려온다.

"넓고 넓은 바닷가에 오막살이 집 한 채, 고기 잡는 아버지와 철모르는 딸 있다. 내 사랑아, 내 사랑, 나의 사랑 클레멘타인. 늙은 아비 혼자 두고 영영 어디 갔느냐."

잠들기 위해 누운 내 눈가에서 밑도 끝도 없는 눈물이 흘러내리는 요즈음이다.

다혜가 태어났을 때 나는 절대로 다혜를 궁색하게 키우지 않을 것이라고 맹세했다. 고통스럽거나 괴로울 때면 '나는 내가 낳은 딸이 있다'라는 생각으로 용기를 잃지 않았다. 다혜는 내가 이 세상에 태어나 처음으로 가진 내 아이였기 때문이다.

지난 26일은 내게 있어 특별한 날이었다. 바로 내 딸 다혜가 결혼을 한 날이다.

첫딸 다혜를 낳았을 때 은사 황순원 선생님께 이름을 지어달라고 부탁을 드렸더니 선생님께선 당신이 쓰신 〈일월日月〉의 주인공 다혜라는 이름을 내 딸에게 주셨다. 나는 다혜가 태어나던 장면을 한 잡지에 이렇게 묘사하기도 했다.

그때였습니다. 덜컹 분만실이 열리면서 간호사의 가슴에 아이를 안고 나왔습니다.

"뭐에요, 뭐?"

앉아 있던 장모님이 대뜸 그것부터 물었습니다.

"딸이에요. 따알."

"아이구머니나. 어때요, 애기 엄마는요?"

"순산이에요."

"어디 좀 보자, 어디 좀 보자."

나는 우두커니 멀찌감치 서 있었습니다. 공연히 눈시울이 뜨거워지고 세상 모든 것이 부끄럽고 죄스러웠습니다.

"여보게, 어서 좀 보게."

나는 주춤주춤 그리로 갔습니다. 조그만 아이가 도저히 사람이라고는 상상할 수 없는 조그만 고깃덩어리가 간호사의 손에 안겨 있었습니다. 핏자국까지 여린 얼굴에 묻어 있었습니다.

"아빠 닮았지?"

나는 가만히 아기를 보았습니다. 갈 길이 바쁜 간호사를 붙들고 보았는데 문득 나는 29년 전의 나를 그곳에서 보았습니다.

"안녕."

나는 인사를 했습니다. 그것은 이 세상에 나온 아기와 내가 나눈 최초의 말입니다. 나는 긴 복도를 줄곧 걸었습니다. 복도는 끝이 어디인지 출구가 어디인지 막막해서 마치 미로에 빠진 것 같았습니다.

이제 아기는 크겠지. 그래서 재롱을 피울 것이다. 봐라. 나는 키운다. 한번 멋지게 키워볼 것이다. 화초에 물 주듯 나는 아기를 키울 것이다. 아기가 장난감이 필요할 때면 때맞추어 사다 줄 것이다. 난 절대로 절대로 이 아이가 궁색하게는 키우지 않을 것이다. 썅, 맹세한다 맹세해. 나도 남들처럼 피아노를 배우게 할 것이다. 남들처럼 어린이 합창단에도 집어넣어 노래를 부르게 할 것이다. 두고 봐라. 썅 맹세한다.

내가 29세 때 쓴 이 치기만만한 소설처럼 나는 다혜가 태어났을 때 속으로 '썅' 하고 맹세했다. 절대로 다혜를 궁색하게 키우지 않을 것이라고 말이다. 다혜가 태어나기 전에는 돌아가신 아버지께서 내 수호신이었다. 그러나 다혜가 태어나자마자 내 마음의 지주는 다혜로 바뀌었다. 고통스럽거나 괴로울 때면 '나는 내가 낳은 딸이 있다'라는 생각으로 용기를 잃지 않았다. 다혜만 생각하면 힘이 솟고 투지를 느끼곤 했었다. 그도 그럴 것이 다혜는 내가 이 세상에 태어나 처음으로 가진 내 아이였기 때문이다.

다혜는 두 번 큰 병을 앓았는데 한 번은 첫돌 무렵 심한 폐렴에 걸린 것이었고, 또 한 번은 초등학교 들어갈 무렵 간염을 앓은 것이었다. 첫돌 때 폐렴에 걸린 아이가 행여 죽을까 봐 아내는 한 달 동안 아기를 땅에 누이지 않았다. 어린 이마에 핏줄을 뚫고 링거주사를 꽂을 때마다 나는 울었고 아내는 결사적으로 다혜를 품에 안고 한 달을 견뎌냈다. 초등학교에 들어갈 때까지 두 번 큰 병을 앓아서 다혜의 팔다리는 거미처럼 가늘었는데 중학교에 들어가자 다혜는 튼튼해지기 시작했다. 미술을 전공하기 위해 서울예술고등학교에 입학했을 때는 거의 매일 아침마다 나는 다혜를 태우고 광화문을 지나 세검정까지 가고, 또 밤늦게 실습시간이 끝나면 집으로 데리고 오곤 했었다.

집사람이 나와 결혼했던 것도 스물여섯 살이었고, 다혜도 어느새 우리 나이 스물여섯 살이라 시집갈 때는 됐다고 생각하고는 있었지만 만 나이는 24세에 불과해서 내후년쯤에나 시집을 가겠지 하고 막연히 생각하고 있었다. 그런데 어느 날 불쑥 다혜가 자기가 사귀는 남자를 한번 데리고 오겠다는 말을 꺼내는 것이었다. 한 일 년쯤 연애를 하는 남자친구가 있는 듯도 싶었지만 그저 그런 사이겠거니 생각을 하다가 막상 결혼을 하겠다는 식의 말이 다혜의 입에서 나오자 아내와 나는 긴장하기 시작했다. 중국집에서 다혜와 사귀는 남자를 집안 식구 모두 모여서 상견례를 하고 나서부터 갑자기 결혼식 준비가 바빠지기 시작했다. 곧 미국으로 발령받아 떠난다고 해서 결혼 날짜부터 우선 잡아 놓고 나니 바로 결혼의 시작이었다.

지난 두 달 동안 다혜의 결혼작전은 실로 실전을 능가하는 눈코 뜰 새 없는 인천 상륙작전이었다. 아내는 발이 닳도록 동동거리며 뛰기 시작했고 집 안에는 팽팽한 긴장감이 감돌기 시작했다. 결혼은 '인륜지대사人倫之大事'란 말이 있는데 과연 이 평범한 진리를 몸으로 깨닫는 느낌이었다. 사람은 자신의 결혼으로 철이 들고, 또한 자식의 결혼으로 인생을 배우게 되는 것 같았다.

사람들은 나를 만날 때마다 기분이 어떠냐고 물어왔다. 아버지는 딸을 시집보낼 때면 남몰래 눈물을 흘린다는데 나보고 기분이 어떠냐는 것이었다. 외국의 영화에도 〈신부의 아버지〉라는 코미디영화가 있는데 자신이 키운 딸을 사위에게 도둑맞자 이를 질투하는 아버지의 마음을 그린 내용이다. 그러나 나는 솔직히 다혜를 데려갈 사위에게 마음속으로 질투를 느껴본 일이 없다. '내가 어떻게 키운 딸인데 도둑질해가, 이 망할 놈' 하는 마음도 들지 않았다.

결혼식 당일, 나는 일 년에 한 번이나 입을까 말까 하는 정장을 차려입고 결혼식장으로 갔다. 눈물이 많은 내가 행여 식장에서 울까 봐 아내는 주머니 속에 손수건을 몰래 넣어주었다. 딸아이의 손을 잡고 식장으로 들어가 사위 손에 맡길 때면 가슴이 뭉클해져서 눈물을 흘리는 아버지들이 많다고 한다. 그러나 나는 내가 도대체 무엇을 하고 있는가 하는 어리둥절한 느낌만 들었을 뿐 그런 드라마틱한 감정을 느껴볼 겨를도 없이 신부입장은 끝나고 말았다.

내가 다혜를 마침내 떠나보냈구나 하는 생각을 느낀 것은 집으로 돌아와 신혼여행을 떠난 다혜의 방을 들여다보았을 때였다. 딸아이의 방을 보자 다혜가 이제 우리 곁을 떠나 하나의 여인으로 독립해나갔다는 실감이 들고 내 가슴은 찢어지는 것 같았다. 난 눈물을 흘리면서 한동안 우두커니 앉아 있었다. 그러나 어느 순간 나는 슬픔이 걷히고 기쁨이 솟아오르는 것을 느꼈다.

내 딸인 다혜가 내 곁을 떠난 것이 아니라 잘생긴 아들 하나를 데리고 내 곁으로 찾아온 것이다. 지금까지 다혜와 도단이 둘밖에 없던 내 집에 다 큰 아들 녀석 하나가 새로 들어왔으니 이 얼마나 기쁘고 즐거운 일인가.

그렇다.

인생이란 통속소설과 다름없다. 인생이란 통속소설 그 이상도 아니고 그 이하도 아닌 것이다. '결혼이란 자기의 부모를 떠나 두 몸으로 하나의 몸을 이루는 것이다'라는 성경의 말씀처럼 다혜는 이제 자기의 나머지 반쪽을 얻어 온

전한 하나의 몸을 이룬 것이다.

이제 그들은 우리의 아이들이 아니라 그들의 인생을 살아가는 또 하나의 가족일 것이다. 그들은 또 아이들을 낳아서 아이들의 아버지가 되고 어머니가 될 것이다. 그렇게 되면 나는 할아버지가 되고 아내는 할머니가 되어갈 것이다. 그리하여 언젠가 때가 되면 할아버지인 우리들은 늙은 나뭇잎들이 땅 위에 떨어져 눕듯이 사라지고 우리들의 아이들은 또다시 그들의 아이들을 얻을 것이다. 이렇게 해서 결정적인 장면에서 일단 끝을 맺고 계속을 알려주는 통속소설의 끝부분처럼 되풀이되고 계속해서 이어져 내려갈 것이다.

나는 아비로서 다혜에게 너무나 많은 상처를 주었다. 때로는 말로, 때로는 행동으로, 어떨 때는 나이가 어리다고 함부로 억압하였던 폭군이었다. 그것이 참으로 미안하다.

해마다 5월이면 나는 종합소득세를 낸다. 명색이 작가로서 일 년간 벌어들이는 수입에 대한 일정량의 세금을 국가에 내는 것이다. 올해도 예외가 아니어서 5월 말 지난해에 번 총수입을 정산하고 그에 따른 세금을 자진납부 했었다.

그런데 세무서에 필수적으로 내는 서류로 '주민등록등본'이 있다. 부양해야 할 가족의 명세에 따른 자료를 제출하고 그에 따른 소득공제를 받게 되어 있기 때문이다.

주민등록등본에는 내 이름과 아내, 그리고 다혜와 도단이(호적의 이름은 성재다) 이렇게 네 사람의 이름이 기재되어 있다. 한때는 두 아이들의 부양에 따른 소득을 공제받았었는데 어느새 두 아이들이 성년이 되어버리자 공제대상은 이제 아내 한 사람뿐이다.

세무서에 낼 서류를 떼기 위해서 동회에 들렀던 나는 무심코 주민등록등본을 떼본 순간 몹시 놀랐다. 나는 주민등록등본에 무슨 착오가 있는 것으로 생각했다.

왜냐하면 분명히 네 명이 기재되어 있어야 할 서류에 나, 그리고 아내와 아들, 이렇게 세 명의 이름만 기록되어 있었기 때문이다.

이게 도대체 어떻게 된 일인가.

네 명의 가족이 어떻게 세 명으로 줄어들어 버릴 수가 있는 것인가.

나는 유심히 등본을 들여다보았다. 그때 나는 다혜의 이름이 없어진 사실을 알 수 있었다.

어찌된 일인가.

내 딸 다혜의 이름이 어디로 사라져버린 것일까.

순간 나는 다혜가 작년 가을 결혼을 하여서 우리 집을 떠난 사실을 기억해낼 수가 있었다. 그제야 나는 모든 사실의 전말을 분명히 알 수 있었다. 다혜가 혼인신고를 하여서 시집으로 떠났으므로 내 가족에서 사라져버린 것은 당연한 일인 것이다. 그러나 그렇다고 하더라도 어찌 이럴 수가 있는가. 어제까지는 분명히 우리 집에 한 가족이었던 다혜가 이처럼 흔적도 없이 사라져버릴 수 있단 말인가.

우리는 흔히 여성들의 결혼을 '시집을 간다'고 표현하고 있다. 이 평범한 말이 그 순간 내 가슴에 절실한 느낌으로 다가왔다. 다혜가 문자 그대로 시집을 간 것이다. 시집으로 갔으므로 내 가족의 일원에서 흔적도 없이 증발해버린 것이다.

지난가을 다혜가 결혼을 할 때 수많은 사람들이 '따님이 곁을 떠나서 섭섭하시죠' 하고 위로를 해도 나는 그저 무슨 소린가 하고 무덤덤했었다. 딸이 내 곁을 떠났지만 그 대신 남의 아들 하나 데려왔으므로 오히려 덤으로 호박이 넝쿨째 들어왔다고 기뻐하였었는데 주민등록등본에서 다혜의 이름이 한순간에 사라져버린 것을 발견하자 막상 내 가슴의 한복판에 커다란 구멍이 뚫린 것처럼 허전하였다.

때마침 다혜가 사위와 더불어 미국으로 떠나버렸다. 사위가 근무하는 회사에서 미국의 지사로 발령을 받아 유명한 공업도시인 D시로 파견나가게 된 것이다. 기한은 3년에서 5년 정도. 저희들이야 저희들끼리 달콤한 신혼을 즐길 수 있는 미국 생활이겠지만 내 가족에서 흔적도 없이 빠져나가 버린 다혜가 먼 곳으로 떠나기까지 한다니 떠나보낼 날짜가 다가오는 지난 며칠은 솔직히 밤에 잠이 오지 않을 정도로 허전하였었다.

내가 마음이 허전하였던 것은 딸아이 내외가 먼 곳으로 떠나기 때문이라기보다는 다혜를 키울 때 아비로서 제대로 모범을 보이지 못했다는 죄의식 때문이었다. 솔직히 나는 다혜가 내가 낳은 딸이라고만 알고 있었지 언젠가 때가 되면 내 곁을 떠나 다른 사람의 아내가 되고 또 아이를 낳을 엄마가 될 그런 고귀한 영혼을 지닌 인격체라는 사실에 대해서는 전혀 인식하지 못하고 있다는 사실에 뒤늦은 자각을 하였던 것이다.

나는 아비로서 다혜에게 너무나 많은 상처를 주었다. 때로는 말로, 때로는 행동으로, 어떨 때는 나이가 어리다고 함부로 억압하였던 폭군이었다. 그것이 참으로 미안하다. 떠나보낼 무렵이 되어서야 나는 다혜가 얼마나 사려 깊고 분별력이 있으며 가족에 대한 깊은 사랑을 갖고 있었던가를 비로소 알게 되었던 것이다. 무엇보다 다혜는 맏딸로서 가족을 지켜야 한다는 의무감이 많은 아이였다. 언젠가 어렸을 때 도단이를 데리고 다혜가 스케이트장을 함께 놀러 갔다 온 적이 있었다. 다른 아이가 도단이를 괴롭히려 하자 앞장서서 도단이를 보호하는 모습을 먼발치에서 본 적이 있었다. 오래전 예비군에 불참하여 파출소 순경이 우리 집을 찾아 조사 나왔을 때 다혜는 행여 아빠가 잡혀갈까 봐 '우리 아빠 잡아가지 마세요' 하고 계속 울어댔었다. 난처해진 순경이 이렇게 말했던 것으로 기억된다.

“아가야 무서워하지 마라. 난 네 아빠를 만나러 온 것이지 잡으러 온 것이 아니란다.”

다혜는 거짓말을 잘 못하는 장점을 가지고 있다. 나는 지금까지 다혜의 말을 한 번도 의심해 본 적이 없었다. 따라서 다혜는 마음에 없는 말이나 행동은 하지 않아서 얼핏 보면 여자로서의 애교나 곱살스러운 점은 없어 보인다. 또한 다혜는 잘못을 하면 뒤늦게라도 직접 나를 찾아와 잘못하였다고 용서를 비는 장점을 갖고 있었다. 그런 다혜의 장점을 보지 못하고 삼십 년 가까이 아비로서 상처를 준 폭군이었다는 죄의식에 나는 몇날며칠을 잠을 이룰 수가 없었던 것이다.

그래서 딸아이 내외가 떠나던 날 나는 공항으로 전송하러 나가 잠시 사위가 사라진 짧은 틈을 기다려 이렇게 말하였다.

“미안하다. 내가 아비로서 못한 일이 있었다면 모두 용서해다오.”

다혜가 내 말의 뜻을 알아들었는지는 모르지만 어쨌든 고백을 하고 나니 마음은 무척 가벼워졌다.

“이봐, 다혜의 이름이 사라졌어. 우리 호적에서 사라져 버렸다고.”

다혜를 떠나보내고 공항에서 집으로 돌아오는 강변도로 위에서 나는 아내에게 뒤늦게 고백하여 말하였다.

"그래서 섭섭했수?"

"섭섭하다기보단 맘이 이상했어."

"이상할 게 뭐 있어. 호적 등본에는 이름이 X자로 지워져 있을 텐데. 나도 당신에게 시집올 땐 그렇게 이름이 X자로 지워져 떠나온 사람이유. 자기 아내도 그렇게 떠나온 사람인 걸 기억하시오. 나도 우리 아버지에겐 그렇게 소중했던 딸이었다구요."

아내의 말은 진리다.

성경에도 하느님이 태초에 남자를 만드시고 그가 외로워할까 봐 잠든 남자의 가슴에서 갈비뼈를 뽑아 그것으로 여자를 만들어 부부가 되게 하였으니 남자도 여자도 자기를 낳은 부모를 떠나 자기 가정을 이루고 둘이 한 몸이 된다고 말하고 있다. 따라서 이 둘은 이제 둘이 아니라 한 몸이라고 예수님은 분명히 못 박고 있다. 다혜도 성경의 말씀처럼 자기를 낳은 우리들을 떠나 자신만의 가정을 이루고 하느님이 짝지어준 남자와 한 몸이 되어 신성한 새 가정을 이루고 있는 것이다. 그것이 인생인 것이다.

요즘 나는 딸이 있던 방에 가끔 혼자 들어가 본다.

미국으로 떠날 때 자신이 입던 옷가지랑 웬만한 물건들은 모두 가져가버렸으므로 딸아이의 방에는 피아노와 침대, 책상 그런 가재도구들만 덩그러니 남아 있다. 딸아이가 치던 피아노 위에 낡은 카드 한 장이 놓여 있었다. 나는 그 카드를 펼쳐보았다. 그 카드는 고등학교 3학년 때 생일을 맞아 가족들이 보냈었던 축하 카드였다. 아름다운 꽃무늬가 새겨진 카드의 겉장을 들춰보니 가족들의 글이 빼곡히 적혀 있었다.

'누나, 좋은 성적으로 대학교에 가서 원하는 일 다 할 수 있기를 빌어. 도단이가'
'다혜야, 미대생이 되어서 멋있는 대학생활을 즐기는 나날이 되기를 바란다. 엄마'
'사랑하는 나의 딸 다혜야, 다혜는 우리 집의 수호신, 나는 다혜를 사랑합니다. 아빠'

딸아이가 대학교에 들어간 것이 십 년 전이었으니까 나는 오래 전부터 딸아이에게 그런 별명을 사용해왔던 것이다. 그렇다. 다혜는 내 마음의 기둥이었으며 우리 집의 수호신이었다. 내 사랑하는 딸 다혜가 우리 집을 굳건히 지키고 보호했듯 이제는 시집의 위기를 막는 시집의 태양이 자 구원의 수호신이 되기를 아빠인 나는 간절히 소망한다.

"다혜야 사랑한다. 아이 라브 유."

2부

나의 딸의 딸

나의 딸 다혜가 자신을 닮은 딸을 낳았다.
아아, 도대체 우리는 누구인가.
우리들은 누구이길래 이렇게 서로 가족을 이루고
한때 만났다 헤어져 어디로 돌아가는가.
참으로 알 수가 없구나.

나의 딸 다혜가 자신을 닮은 딸을 낳았다. 아아 도대체 우리는 누구인가. 우리들은 누구이길래 이렇게 서로 가족을 이루고 한때 만났다 헤어져 어디로 돌아가는가. 참으로 알 수가 없구나.

요즘 자주 듣는 인사말 중의 하나가 "왜 그렇게 젊으세요?"라는 말이다. 최근에 낸 책이 반응도 좋아, 될 수 있는 대로 오라는 방송국이나 신문사를 찾아가 인터뷰를 하고 있다. 그래서 오랜만에 많은 사람들을 만나게 되었는데 그들의 첫마디가 '왜 그렇게 젊으세요?'라는 인사말이다. 대부분 십여 년 만에 만나는 사람들이니 인사치레로 그렇게 말을 하는 줄 알았는데 한결같이 약속이나 한 듯 그렇게 인사를 하는 걸 보면 내가 젊어 보이기는 젊어 보이는 모양이다. 하기야 나는 이제 쉰 살도 훨씬 넘었으니 하루로 말하면 오후 서너 시쯤 되었을 거고, 계절로 말하면 만추의 가을이고, 인생으로 말하면 노년으로 접어들고 있는 노인이라고 말할 수 있을 것이다.

젊어서부터 일찍 문학활동을 하였고 한때는 본의 아니게 '청년 문화의 기수'로까지 불려져 나에겐 청년의 이미지가 강했다. 그래서 어쩌다 만나는 사람들도 내게서 청년의 이미지를 떠올리는 모양이다. 하기야 문을 꽉꽉 걸어 잠그고 될 수 있는 대로 바깥출입을 자제하다가 아주 오랜만에 밖으로 나서서 반가운 사람들에게서 '청년 같다'는 인사를 받는 것은 기분 좋은 일임에는 틀림없다. 내가 생각해도 요즘의 몸과 마음은 이십 대 청년 시절보다 오히려 더 건강하고 의욕이 넘치는 것 같다. 그 원인 중의 하나가 아마도 삼 년여에 걸쳐 매일 오르는 청계산으로의 산행인 것 같은데 나는 "아직 청년이시네요" 하고 반갑게 말을 하는 사람들에게 이렇게 대답하곤 한다.

"날마다 젊어지는 샘물을 마셔서 그런 것 같습니다."

'젊어지는 샘물.' 어렸을 때 읽었던 동화 중에 이런 이야기가 있었다. 마시면 젊어지는 샘물이 있었다. 그런데 어느 날 욕심쟁이 할아버지가 그 물을 지나치게 마셔서 어린 아이가 되었다던가. 어쨌든 간에 사람들에게 청년으로 보이는 것은 공치사라 하더라도 즐거운 일이다. 천성적으로 나는 생기 없고, 활기가 없으며, 권위적이고, 딱딱한 분위기는 견디지 못하고 있다.

그러나 최근 내가 아무리 청년 행세를 한다고 하더라도 어쩔 수 없이 노인이 될 수밖에 없는 결정적인 계기를 맞게 되었다. 그것은 내가 한 달 전에 할아버지가 되었다는 사실이다. 지난 10월 25일 다혜가 딸을 낳았다. 나의 딸이 딸을 낳았으니 나는 외손주를 얻은 것이고 졸지에 외할아버지로 퇴출되어버리고 만 것이다.

출산 예정일보다 열흘 정도 아이가 일찍 태어나 부랴부랴 아내가 조산을 하러 미국으로 떠난 후 한 달 넘어 아들 녀석과 홀아비 생활을 하면서 나는 내가 할아버지가 됐다는 사실에 영 실감을 느끼지 못하고 있었다. 때마침 신문사다 방송사다 인터뷰가 폭주하여 그럴 때마다 할아버지가 되었다는 사실을 무슨 자랑이나 되는 듯 동네방네 떠들고 다녔더니 한 친구 녀석이 전화를 걸어와 충고를 하였다.

내용인즉슨 뭐가 그리 자랑스러워 할아버지가 된 사실을 떠들고 다니냐는 꾸중이었다. 너는 어쨌든 청년의 이미지를 갖고 있는 작가인데 스스로 할아버지가 되었다는 사실을 나발을 불고 다니면 이미지에도 마이너스라는 것이 녀석의 분석이었다. 생각해보니 친구 녀석의 충고는 정확하다.

시인 롱펠로우도 자신의 늙음을 한탄하며 이렇게 노래했다.

"시인이나 웅변가나 성인이 뭐라 하여도
노인은 노인이다.
노인은 하현달이지 상현달은 아니다.
해가 저문 것이지 한낮의 뙤약볕은 아니다.
힘도 가득 차 있지 않고 힘이 빠져 있다.
타오르는 욕망이 아니라 식어 있는 욕망이다.
불의 뜨거운 열기 훨훨 타서 연소시켜버리는 불이 아니며
잿더미며 타다 남은 장작개비다."

나는 롱펠로우의 시에 동의하지는 않는다. 나는 내 스스로를 잿더미나 타다 남은 장작개비로 생각하지 않는다. 한 술 더 떠서 시인 예이츠는 이렇게 노래하였다.

"늙은이란 다만 보잘 것 없는 것,
막대기에 걸친 누더기 옷일 뿐이다, 만일
영혼이 손뼉 치며 노래하지 않는다면, 육신의 옷이
갈가리 찢어지는 것을 큰 소리로 노래하지 않는다면.
또한 영혼의 장엄한 기념비를 공부하지 않으면
노래를 가르쳐줄 학교는 어디에도 없으니,"

나는 또한 예이츠의 시에도 동의하지 않는다. 나는 나 자신을 '갈가리 찢겨진 누더기'라고 생각지 않는다. 그러나 그렇다 할지라도 나는 내가 상현달이 아닌 하현달이며 노래하는 학교보다 기념비를 배워나가야 할 노인이 되었다는 사실을 부인할 수는 없을 것이다. 일찍이 만년 '거문고를 타는 아이'인 금아琴兒 피천득 선생님은 그의 수필 〈송년送年〉에서 그렇게 말하였다.

'한 젊은 여인의 애인이 되는 것만은 못하더라도 아이들의 할아버지가 되는 것도 좋은 일이다.'

나는 아직도 내 손녀의 모습을 직접 본 일이 없다. 딸아이 내외가 미국에 살고 있기 때문이다. 곧 만나게 될 것이지만 만나면 나는 내 손녀딸을 주머니에 넣고 아이스크림처럼 핥고 다닐 것이 분명하다. 그러니 피천득 선생님의 말처럼 젊은 여인의 애인이 되는 것보다는 못하지만 그래도 할아버지가 되는 것도 즐거운 일인지도 모르겠다.

세상이 좋아져서 아들 녀석의 인터넷으로 외손주의 사진이 전송되어 왔다. 컬러 프린트가 안 되어 흑백으로 프린트가 된 사진을 받아 내 서재의 책상 위에 놓아두고 오며 가며 들여다보곤 한다.

배내옷을 입고 두 팔을 벌리고 털모자를 쓴 아이의 얼굴은 꼭 동화에 나오는 엄지공주 같다. 오며 가며 그 사진이 눈에 띄는데 그럴 때면 나는 소리 내어 손주의 이름을 불러보곤 한다.

"정원아 정원아, 야 임마 성정원."

그러면 저절로 웃음이 떠오르고 나는 혼자서 "하하하 헤헤헤 히히히 호호호" 갖은 발광을 하면서 웃는다. 참으로 이상한 일이다. 웃음이 나오려면 기쁘다는 감정이 먼저 일어나야 하는데 그런 감정이 없이 자꾸 비눗방울 거품처럼 웃음이 나온다. 몇 달 전 황순원 선생님의 영정을 서울대학교 영안실에서 보았을 때는 슬프다는 감정이 없이도 계속 눈물이 솟아나와 난처했던 적이 있었다.

이처럼 슬프다는 감정이 없이도 눈물이 나오고 기쁘다는 감정이 없이도 계속 웃음이 나오는 것을 보면 나야말로 이제 롱펠로우의 시처럼 타다 남은 장작개비란 말인가. 훨훨 타오르는 불이 아니라 식어빠진 잿더미란 말인가.

우연히 만났던 한국일보의 장명수 사장에게 그 말을 했더니 대뜸 '그것은 나이가 들어서 그렇다'는 것이었다. 그러나 나는 그렇게 생각지 않는다. 슬픔을 느낄 겨를이 없이 눈물이 나오고 기쁨의 감정이 없이 웃음이 나오는 것은 그만큼 자연自然에 가까워가고 있다는 반증이 아닐까.

청계산에 갈 때마다 느끼는 것이지만 나무들은 아무런 감정 없이 꽃을 피우며 숲을 이루며 새를 받아들이고 낙엽이 되어 바람에 날려 땅에 떨어진다. 우리가 나무가 아니므로 나무의 속마음이야 알 수 없어 나무가 기뻐하는 마음으로 꽃을 피우고, 사랑하는 마음으로 새를 받아들이고, 미워하는 마음으로 새를 떠나보내며, 슬퍼하는 마음으로 낙엽이 지고 헐벗는지는 모르지만 어쨌거나 나무는 침묵하고 또 침묵한다.

마침내 한 달 만에 아내가 미국에서 돌아왔다. 사위가 찍어 보내준 비디오를 돌려가면서 보았다. 처음에 본 사진 속보다 많이 커진 손녀딸의 모습을 보면서 아들 녀석이 말하였다.

"코가 누나 닮았구나. 머리통은 매형 닮고. 봐라 봐라 쌍꺼풀이 다 있네."

그러나 나는 그 비디오를 보면서 문득 에이브러햄 링컨의 다음과 같은 말을 떠올렸다.

"나는 내 할아버지가 누구였는지 알지 못한다. 그것보다 나는 나의 손자가 무엇이 되려는지 그것이 더 궁금하다."

그렇다. 난 내 할아버지의 모습도 할머니의 모습도 알지 못하고 기억하지 못하고 있다. 내게 있어 중요한 것은 할아버지의 모습이 아닌 내 앞에 놓인 저 손주 녀석의 모습인 것이다. 저 아이는 어디서부터 왔는지는 모르지만 알 수 없는 저 신비한 곳에서 이 지상의 세계로 던져져 우리 가족의 한 사람이 된 것이다. 이제 나는 남은 인생을 링컨의 말처럼 내 손주가 무엇이 되려는지를 궁금하게 지켜볼 것이다.

'청년 할아버지.' 그것이 요즘 내가 내 스스로에게 붙인 별명이다. 청년 할아버지인 나는 갓 태어난 손녀딸을 통해 되풀이되는 인생의 모습 모습을 궁금하게 지켜보면서 보다 많은 것을 배워나갈 수 있을 것이다.

어쨌든 내 딸 다혜가 이제 자신을 닮은 딸을 낳았다. 아아 도대체 우리는 누구인가. 우리들은 누구이길래 이렇게 서로 가족을 이루고 한때 만났다 헤어져 어디로 돌아가는가. 참으로 알 수가 없구나.

네 엄마도 한때는 딸이었고, 그 딸은 너를 낳아 엄마가 되었다. 그 엄마가 이제는 할머니가 되었단다. 이제 네 딸도 언젠가는 엄마가 되어 또 다른 딸을 낳게 될 것이다. 네 엄마의 엄마가 그러하였듯이. 그 엄마의, 엄마의, 엄마의 엄마가 그러하였듯이…

지난봄 딸아이가 비디오테이프 하나를 보내왔다. 한 번도 직접 눈으로 보지 못한 손녀 정원이의 백일 때 가정용 카메라로 찍은 장면들이었다. 침대에 누워 있는 모습, 기저귀를 갈고 있는 모습, 차를 타고 외출하는 모습, 백일을 맞아 한국 식당에서 현지에 사는 사람들과 어울려 벌인 잔치 장면들이 가득 담겨 있는 비디오였다.

이미 아이가 태어났을 때 미국으로 건너가서 갓 태어난 정원이를 한 달간 보살펴주었던 아내는 불과 백일 만에 몰라볼 정도로 부쩍 커버린 정원이의 모습을 본다는 즐거움으로 오자마자 테이프를 틀고 연신 싱글벙글하면서 보고 있었다.

나도 아내 옆에 앉아서 테이프를 보고 있었는데, 이상하게도 정원이의 모습이 눈에 들어오지 않았다. 평소 아이라면 사족을 못 쓰는 내 성격으로 보아 내가 생각해도 이상할 정도였다. 내 시선을 잡아끈 것은 백일을 맞아 머리에 모자까지 쓴 모습으로 재롱을 부리는 손녀의 모습이 아니라 오히려 다혜의 모습이었다. 아이의 기저귀를 갈아주는 다혜의 손길, 어떻게든 웃는 모습을 촬영하려고 애를 쓰는 다혜의 모습. "우리 정원이 착하지." "아이고 여기 봐라." "도리도리 짝자꿍 도리도리 짝자꿍." 그러면 아이는 반복된 엄마의 재롱에 까르르 웃는다. 어쩌다 카메라에 잡히는 주인공이 아닌 애 엄마 다혜의 모습이 이상하게도 손녀딸보다도 내 시선을 강하게 잡아당기고 있는 것이었다.

그러나 아내는 달랐다. 정원이가 나올 때마다 "아이고 귀여워라" "아이고 벌써 저렇게 컸네" "저 쌍꺼풀 좀 봐. 어쩌면" 하고 감탄 연발이었다. 그에 비하면 나는 도저히 비디오 화면에 집중할 수가 없었다. 귀여운 손녀의 모습보다도 애 엄마가 되어버린 다혜의 모습이 안쓰러워 도저히 편안한 마음으로 볼 수가 없어 안절부절하였던 것이었다. 참다못해 내가 자리를 차고 일어서니까 아내가 말했다.

"정원이가 귀엽지도 않수. 끝까지 지켜보지 어딜 왔다갔다 하슈?"

아내의 핀잔을 들으면서 나는 은근히 화가 났다. 왜 나라고 정원이의 모습이 귀엽지 않겠는가. 그러나 귀여운 손녀딸보다도 불과 몇 달 만에 익숙한 애 엄마가 되어버린 다혜의 모습이 저토록 안쓰러운데 어떻게 만사를 젖혀놓고 손녀만 귀엽다고 말할 수 있을 것인가. 이것이 아버지와 어머니의 다른 사랑법인가. 아이를 직접 낳아서 길러본 아내는 다혜의 모습을 지극히 당연한 엄마의 모습으로 바라보고 있지만 나는 아직도 다혜의 모습에서 애 엄마라는 사실보다는 내 딸이라는 느낌을 강하게 느끼고 있기 때문이 아닐까.

이 주 전 다혜가 정원이를 데리고 두 달 동안 친정에서 보내기 위해 비행기를 타고 한국으로 왔다. 아이를 맞기 위해 공항에 나가 기다리면서도 나는 가슴이 두근 반 세근 반 하였다. 일 년 전 이맘때도 다혜는 두 달 정도 쉬기 위해 한국에 왔었다. 그때는 배 속에 칠 개월 된 아이를 갖고 있는 임부였다. 아이가 작아 만삭 때까지도 눈에 띌 정도로는 배가 부르지 않았던 다혜가 일 년 만에 벌써 아이를 낳아 칠 개월이나 되는 손녀를 데리고 태평양을 건너오는 것이다. 일 년 전에는 이 세상에 없던 새 생명 하나를 데리고 나타나는 것이다. 그 새 생명 하나는 어디서 온 것일까. 또한 어떻게 생겼을까. 아이들은 하루하루가 다르게 자란다는데 비디오로만 보았던 녀석이 그새 벌써 앞니가 돋아난 것은 아닐까.

Betty and Veronica
CRASH
WHEW! THAT WAS CLOSE!
ARCHIE! THE POLICE CALLED!
MUGGERS!
I'M PROUD OF YOU, MY BOY- FIGHTING TO PROTECT MY FIVE HUNDRED DOLLARS!
HEY, I HAD ALMOST SEVEN DOLLARS IN MY WALLET, AND A HEAVY DATE TONIGHT!
NOBODY- BUT NOBODY INTERFERES WITH MY DATES!

행여 시간이 늦을까 공항에 일찍 도착한 관계로 두 시간 정도 공항의 휴게실에서 기다리면서도 왠지 마음이 조마조마했다. 그러나 막상 시간이 되어 나오는 딸아이의 모습을 보자 나는 마음이 놓였다. 유모차에 정원이를 싣고 천천히 걸어 나오는 다혜의 모습이 너무나 자연스러웠기 때문이다. 유모차에 앉아 있는 정원이의 첫인상은 눈부시게 희어서 마치 백설로 빚은 눈 인형처럼 보였다. 칠 개월 동안 돌봐주는 사람도 없었는데 어찌나 잘 키웠던지 아이의 살도 단단하고 눈망울도 초롱초롱했다.

유아용품들을 파는 가게에서 두 달 동안 임대한 차 시트에 정원이를 태우고 시내로 들어오는 동안 나는 백미러로 몰래 딸아이의 모습을 훔쳐보았다.

그새 얼마만큼 내 딸이 변한 것일까. 일 년 새 이미 아줌마로 변해버린 것은 아닐까. 그러나 아니었다. 다혜는 여전히 시집가기 전 처녀 때의 모습 그대로였다. 그러나 막상 정원이를 데리고 집으로 돌아오자 다혜는 180도 변해버렸다. 정해진 시간에 아이에게 우유를 먹이고, 등을 쓰다듬어 트림시키고, 혼자서 머리 감기고, 목욕시키고, 익숙하게 똥 기저귀를 갈아치웠다. 한 치의 빈틈도 없었다. 다혜의 일거수일투족을 지켜보면서 나는 불과 몇 달 사이에

프로 엄마가 되어버린 다혜의 놀라운 변신을 이해할 수 없을 정도였다.

어느 날 밤 2시쯤일까 무슨 소리가 들려서 아래층에 내려가보았더니 정원이가 침대 위에서 울고 있었다. 삼십 분 이상 내처 울고 있었다. 내가 무슨 일인가 하고 문을 두드리자 다혜가 냉정한 목소리로 말했다.

"이럴 땐 내버려둬야 해. 아빠, 자꾸 안아주면 버릇돼."

"공갈 젖꼭지라도 물리지 그러냐."

"의사가 공갈 젖꼭지도 자꾸 물리지 말래."

"그러다가 성격이 나빠지지 않을까?"

"울 때 자꾸 안아주는 게 성격이 더 나빠지는 거라구. 내버려둘 땐 내버려두는 거야."

다혜의 목소리에는 엄마로서의 권위가 가득 차 있었다.

그렇다. 아이의 모든 것은 자기 엄마의 책임인 것이다. 아이에 대해서 하느님 다음으로 잘 알고 있는 것은 오직 엄마뿐인 것이다. 할아버지가 뭐라고 이러쿵저러쿵 참견하고 간섭하는 것은 월권인 것이다. 미국에서 손녀가 왔다는 소문을 전해들은 친구 녀석들은 내게 한마디씩 하곤 한다.

"어때? 눈에 넣어도 안 아프지. 주머니에 넣고 핥아 먹고 있냐?"

미국에서 손녀가 오면 주머니에 넣고 다니면서 아이스크림처럼 핥아 먹고 다니겠다는 말을 들었던 친구 녀석들은 내게 그렇게 놀리곤 한다. 그러나 아직까지 손녀딸보다 비디오테이프를 볼 때처럼 다혜의 모습이 내 시선을 더 강하게 잡아당기고 있다. 아이의 눈빛만 봐도 아이가 뭘 원하고 있는가를 알고 있는 애 엄마. 눈을 비비면 졸려 하는 거고, 귀를 비비면 배고파 하는 것임을 알고 있는 애 엄마. 아무도 도와주지 않는 미국에서 혼자서만 아이를 저렇게 건강하게 키운 엄마. 울어도 울어도 절대로 아이에게 버릇된다고 공갈 젖꼭지를 물리지 않는 준엄한 엄마. 유난히 잠이 많은 딸아이는 아이가 울면 자다가도 벌떡 얼어나 우유를 타고 흔들어 먹여 재운다. 누구보다 그림에 욕심이 많았던 아이. 나이를 한 살 속여 어린 나이에 J미술대상에 입상까지 했지만 화가의 꿈을 접어둔 채, 이제는 누구보다 완벽한 프로 엄마가 되어버린 다혜.

"아빠, 옛날 스필버그가 만들었던 단편 영화 기억나? 어떤 시각장애자 부자富者가 단 하루 동안만이라도 이 세상을 보기 위해서 돈을 주고 다른 사람의 눈동자를 사는 영화 말이야."

다혜와 함께 정원이를 유모차에 태우고 시내 나들이를

하고 돌아오는 차 속에서 다혜는 언젠가 함께 보았던 TV영화를 떠올리면서 내게 말했다.

"죽기 전에 단 하루 동안이라도 이 세상을 보고 싶다는 부자의 욕심에 화가 난 비서가 눈동자를 이식한 순간 일부러 불을 환히 켜두던 그 영화 말이야. 불을 켠 순간 또다시 눈이 먼다는 거. 어쨌든 그 부자가 단 몇 초 동안 찬란하게 떠오르는 태양을 보는 것으로 또다시 눈이 멀어져가는 장면 있잖아. 아빠 그 장면이 자꾸 떠올랐어. 어쩌다가 미국에서 정원이에게서 해방되어 단 두 시간만이라도 자유를 얻어 쇼핑을 나갈 때면 '내가 그 부자가 된 것은 아닐까? 내가 지금 돈을 주고 다른 사람의 눈동자를 산 것은 아닐까? 내가 지금 보고 있는 이 자유로운 세상은 그 부자의 호사스런 사치가 아닐까? 이 한순간이 이 세상을 보는 마지막이 아닐까? 나는 이렇게 영원히 눈이 머는 것은 아닐까?' 하는 생각이 들거든."

딸아이의 말을 들으며 운전을 하면서 나는 가슴이 미어졌다.

'아니다. 절대로 아니란다, 다혜야.'

나는 운전을 하면서 마음속으로 외쳤다. 너는 그렇게 눈이 멀어져가는 것이 아니다. 오히려 새로운 눈이 떠지고 있는 중이란다. 이 세상의 모든 딸들이 볼 수 없는, 오직 이 세상의 엄마만이 볼 수 있는 새 생명의 눈이 떠지고 있는 중이란다. 네 엄마도 한때는 딸이었고, 그 딸은 너를 낳아 엄마가 되었다. 그 엄마가 이제는 할머니가 되었단다. 이제 네 딸도 언젠가는 엄마가 되어 또 다른 딸을 낳게 될 것이다. 네 엄마의 엄마가 그러하였듯이. 그 엄마의, 엄마의, 엄마의 엄마가 그러하였듯이. 그것이 바로 우리들이 살아가는 인생이란다.

그렇다. 정원이는 내 딸의 딸이 아니라 내게로 온 예수이며 문수보살이다. 정원이는 선재동자善財童子이며 바라볼 때마다 가슴이 설레는 하늘에 뜬 무지개다.

손녀딸 정원이가 두 달 동안 집에 와 있다가 미국으로 가버린 후 아내와 나는 정원이에 대한 그리움으로 하루하루를 보내고 있다. 손주가 왔다 가면 그 모습이 눈에 밟혀 그리워할 것이라는 말은 수없이 들었지만 실제로 떠나가고 보니 정말 보고 싶어 견디지 못하겠다. 하루에도 몇 번씩 정원이가 보고 싶어 아내는 찔찔 울기조차 한다.

아내는 특히 정원이가 자신을 찾아 부엌까지 엉금엉금 기어오던 모습을 잊지 못하겠다고 한다. 정원이는 우리 집에 있는 동안 기기 시작했는데 제 할머니가 있는 부엌으로 엉금엉금 기어오다가 마침내 할머니를 보면 속도를 내어 기어온다. 급히 서둘다가 어떨 때는 턱방아까지 찧기도 했다. 오직 할머니를 찾아서 혼신의 힘을 다해 기어오는 정원이의 모습은 내가 보기에도 아름다웠다. 나는 특히 정원이를 안고 정원에 나가서 버릇처럼 꽃잎을 따게 하곤 했는데 특히 그 모습을 잊지 못하겠다. 매일 일정한 장소에서 꽃을 따게 하였더니 그 장소에만 가면 정원이는 손을 내밀어 꽃을 따곤 했다. 딴 꽃잎을 손바닥에서 절대 떨어뜨리지 않던 정원이의 모습 때문에 하루에도 몇 번씩이나 가슴이 저린다. 자기 자식 키울 때는 모르겠더니 대를 물려 손주를 보면 새삼스레 생을 느낀다던가. 이제 겨우 구 개월밖에 안 된 정원이를 보면서 나는 많은 것을 느낄 수가 있었다. 그것은 갓난아이도 하나의 완벽한 인격체라는 것이었다.

예수에게 제자들이 "하늘나라에서는 누가 가장 위대합니까?" 하고 묻자 "나는 분명히 말한다. 너희가 생각을 바꾸어 어린아이같이 되지 않으면 결코 하늘나라에 들어가지 못할 것이다. 그리고 하늘나라에서 가장 위대한 사람은 자신을 낮추어 어린아이같이 되는 사람이다. 또 누구든지 나를 받아들이듯 어린아이를 받아들이는 사람은 곧 나를 받아들인 사람이다"라고 대답을 한 데 대해 그동안 무척 궁금했는데 최근에 와서야 그 이유를 알 수 있을 것 같았다.

어린아이에 대한 예수의 예찬은 〈성경〉 곳곳에서 계속 이어지고 있다. 사람들이 어린아이들을 예수에게 데려오는 것을 막자 예수는 "어린아이들이 내게 오는 것을 막지 말고 그대로 둬라. 하늘나라는 이런 어린아이와 같은 사람들의 것이다"라고 말한 후 어린아이들의 머리 위에 손을 얹어 축복해주기까지 하였던 것이다.

지금껏 나는 예수가 그토록 강조했던 '하늘나라는 어린아이와 같은 사람들의 것'이라는 말을 귀로는 받아들이고 있었지만 마음으로는 깨닫지 못하고 있었다. 오히려 나는 성당에 가서 아기 예수상을 볼 때마다 다 큰 성인인 내가 어째서 어린 아기에게 경배를 드려야 하는지 약간의 자존심(?)이 상하는 것을 느끼곤 했다. 아무리 예수가 그리스도로서 하느님의 아들이라고는 하지만 아기 예수에게까지 무릎을 꿇는 것은 지나친 아부가 아닐 것인가. 어린아이처럼 순수해지도록 노력하면 그만이지 아기 예수에게까지 경배하는 것은 오히려 우상숭배가 아닐 것인가.

나의 이런 의구심이 깨진 것은 정원이를 통해서였다. 나는 어째서 세 동방박사가 밤하늘에 떠 있는 그분의 별을 보고 베들레헴으로 찾아가 이제 막 태어난 아기에게 경배를 하고 예물을 바쳤는지 그 이유를 정원이를 통해 깨달을 수 있었던 것이다. 그것은 아기야말로 가장 완벽한 인격체이기 때문이다. 나는 그동안 막연하게 아기는 미숙하고 유치한 감정을 가졌는데 성인이 되어가면서 차츰 인격을 닦고 수양함으로써 완성된 인간으로 발전돼나가는 '생각하는 존재'로 알고 있었다. 그것은 소크라테스로부터 시작된 서양 철학의 핵심 사상인데 나는 그 철학의 모순을 정원이를 통해 깨닫게 되었다. 나는 이제 어린아이야말로 가장 완벽한 인간이며 완벽한 인격체라는 것을 깨닫게 된 것이다. 완벽한 인격체인 아기는 오히려 성장하면서 탐욕으로 인해 추악한 어른, 괴물 같은 마음으로 변해버리고 마는 것이다. 성인이 나이가 들면서 수양을 통해 인격을 쌓는다는 것은 결국 성장하면서 산산이 조각난 인격의 거울을 한 조각씩 뜯어 맞춰서 조각난 거울에 비친 자신의 얼굴을 들여다보는 것에 지나지 않는다.

크리스토퍼라는 성인은 가톨릭 사상 가장 아름답고 전설적인 이야기를 갖고 있다. 그가 어디서 태어났고, 어디서 죽었는지는 불분명하지만 대충 시리아에서 태어나 251년경 소아시아에서 순교하였을 것이라고 알려져 있는 사람이다. 그는 사람들을 어깨에 메고 강을 건네주는 일로 생계를 꾸려간 거인이었다. 천하의 장사였던 그는 자기보다 힘센 상대가 나타나면 주인으로 섬기겠다고 생각하고 있었다. 그러던 어느 날 조그만 어린아이가 강을 건너게 해달라고 말하였다. 그런데 거인이 강을 건너려고 물속으로 들어가면 갈수록 어린아이가 너무 무거워서 강을 건널 수가 없었다. 거인이 이상한 일이라고 중얼거리자 아이가 말했다.

"너는 지금 온 세상을 옮기고 있는 것이다. 나는 네가 찾던 주인 예수 그리스도이다."

원래 크리스토포로스Christophoros는 그리스어로서 '그리스도를 어깨에 지고 간다'는 뜻을 담고 있다. 이로부터 크리스토퍼 성인은 모든 여행자의 수호성인이 되었던 것이다.

어린아이에 대한 예찬은 비단 기독교에만 있는 것이 아니다. 불교에서도 어린아이를 '천진불天眞佛'이라고 부른다. '천진'이라 함은 문자 그대로 '하늘의 진리'인 것이다.

일찍이 세조는 왕위에 오른 후부터 병명을 알 수 없는 괴질에 시달렸다. 전신에 종기가 생기고 고름이 나오는 견디기 어려운 창병이었다. 명의와 각종 의약이 효험이 없자 세조는 오대산으로 발길을 돌린다. 신라시대 이래 문수도량이었던 오대산에서 기도하여 불력으로 병을 고치고자 했기 때문이다. 월정사에서 참배를 올리고 상원사로 가던 중 세조는 계곡으로 흐르는 벽수碧水에 발을 담그고 쉬어 가기로 하였다. 주위 시종들에게 자신의 추한 꼴을 보이기 싫어 평소에도 어의를 벗지 않던 세조였지만, 그날은 하도 경치가 좋아 시종들을 멀리 보내고 혼자서 목욕을 하기로 하였다. 세조가 홀로 목욕을 하던 그때 동자승 하나가 숲 속에서 노니는 것이 눈에 띄었다. 세조는 그 동자승을 불러 자신의 등을 밀어달라고 부탁하였다. 목욕을 마친 세조는 동자승에게 말하였다.

"어디 가든지 임금의 옥체를 씻었다고 말하지 마라."

그러자 동자승이 말했다.

"임금도 어디 가든지 문수보살을 친견했다고 발설하지 말지어다."

말을 마친 동자승은 홀연히 사라져버렸고 놀라 주위를 살펴보던 세조는 어느새 자신의 몸에 난 종기가 씻은 듯이 나은 걸 발견했다는 얘기가 전설처럼 내려오고 있다. 크게 감격한 세조는 자신의 기억력을 더듬어 화공에게 명하여 실제와 가장 가까운 동자상을 완성했고, 그 동자상이 오늘날도 오대산의 상원사 본당에 봉안되어 있다고 한다.

불교의 중요한 경전인 〈화엄경華嚴經〉은 선재동자善財童子가 오십삼 명의 선지식을 두루 찾아 가르침을 청하고, 그 구법행각을 통해 깨달음을 얻는 과정을 그린 경전이다. 이처럼 진리는 대부분 어린아이의 모습을 빌려 나타나고 어린아이의 입을 빌려 말을 하고 있는 특징을 갖고 있는 것이다.

영국의 시인 윌리엄 워즈워스의 수없이 많은 작품들 중

에서 가장 아름다운 시는 단연 '무지개'일 것이다.

"하늘에 걸린 무지개를 바라볼 때면
내 가슴은 설레인다.
나 어렸을 때도 그러했고
어른이 된 지금도 그러하며
늙어서도 그러하리.
그렇지 않다면 차라리 죽는 게 나으리라.
어린아이는 어른의 아버지
바라노니 내 목숨의 하루하루가
천성의 경건함 속에 머물기를."

그렇다. 정원이는 내 딸의 딸이 아니라 내게로 온 예수이며 문수보살이다. 정원이는 선재동자며 바라볼 때마다 가슴이 설레는 하늘에 뜬 무지개다. 그런 의미에서 워즈워스의 시는 〈성서〉 이상으로 감동적이다. 정원이는 내 아버지다. 하늘에 계신 우리 아버지다. 어린아이는 하느님의 신성을 갖고 태어난다. 그 신성이 인간이란 욕망, 인간이라는 가면, 유혹에 빠져 따먹어버린 선악과로 인해 에덴의 동산에서 추방되어버린 어쩔 수 없는 인간의 숙명에 의해 어른이라는 이름의 야만으로 탈바꿈한다. 인간의 불행은 완전한 어린아이에서 불완전한 어른으로 뒷걸음질 치는 데 있다.

나는 요즘 지갑 속에 정원이의 사진을 넣고 다닌다. 한 번도 가족의 사진을 넣고 다니지 않았던 내가 정원이 사진을 넣고 다니는 것은 그 아이가 나의 주님이며, 문수보살이기 때문이다.

"이 세상에서 자기 자식을 가장 잘 알고 있는 사람이 누군지 알아? 그건 말이야, 할아버지도 아니고, 할머니도 아니고 지 엄마야. 이 세상엔 엄마만 한 스승도없고, 엄마만 한 보호자도 없는 거야. 네 딸이 하는 게 최선의 방법이야." 그날 밤 나는 다혜에게 사과했다.

오래 전에 읽어 정확히 기억나지는 않지만 마거릿 미첼의 소설 〈바람과 함께 사라지다〉의 여주인공 스칼렛은 자신의 성격을 아일랜드 기질이라고 말하면서 급하고 다혈질적이며 열정적인 성격을 아버지에게서 물려받았다고 표현하는 장면이 나온다. 남북전쟁으로 폐허가 된 농장을 재건하면서도 스칼렛은 자신의 오뚝이 같은 기질 역시 아버지로부터 물려받은 아일랜드 기질이라고 주장하고 있는 것이다.

이와 같이 모든 가족은 각자 나름대로 독특한 기질을 갖고 있는데, 나는 이런 기질을 가풍家風이라고 부르고 있다. 우리 집에도 우리 집만의 독특한 가풍이 있다. 가족 모두 성격이 급하고, 다정다감하며, 즉흥적이고, 이성적이라기보다는 감정적이고, 무슨 일이 생기면 요란스럽고, 유쾌하고, 또한 금방 침울해지는 다면적인 기질을 갖고 있는 것이다. 이는 주로 가장인 나에게서부터 형성된 가풍인데 이를 도단이 녀석은 '라틴 기질'이라고 한마디로 표현한다.

라틴 민족은 주로 이탈리아나 스페인, 그리고 프랑스의 남부 지방에 사는 사람들을 가리키는 말로 이들은 격정적이고, 감정적이며, 노래와 춤을 좋아하며, 떠들썩한 특징을 갖고 있다.

"우린 라틴 가족이라니까."

도단이는 이따금 가족끼리 한바탕 소란을 피우고 나면 으레 그렇게 말을 한다.

"우린 한민족이 아니라 라틴 민족이라니까."

도단이 말대로 우리 가족은 라틴 기질을 갖고 있다. 때문에 가족 중 한 사람에게 무슨 문제가 생기면 일단 우리 가족은 한데 모여서 벌떼처럼 소리를 지르고, 고함을 지르고, 그리고 한바탕 소동을 벌이는 것이다. 이런 소동은 대부분 십 분 이상을 넘기지 못하고 곧 끝이 나지만, 그러나 한바탕 소동을 벌일 때는 한 점이라도 더 넣어 승리를 얻으려는 올코트 프레싱의 격전장이 된다.

최근에 우리 집에서 우리 가족의 라틴 기질이 유감없이 발휘되는 사건이 일어났다. 그것은 손녀딸 정원이가 첫돌을 맞아 잔치도 치를 겸 한국에 왔을 때 생긴 일이다. 딸 다혜는 한국에 온 첫날부터 정원이에게 시차적응을 시킨다며 한낮에 까딱까딱 졸고 있는 정원이를 일부러 흔들어 잔인하게 깨우고 있었다. 그것을 보자 난 은근히 화가 났다. 어른인 나도 미국을 여행하다 돌아오면 일주일 이상은 시차 때문에 고생을 한다. 그런데 이 아이는 겨우 한 살 아닌가. 겨우 한 살 된 아이가 시차 때문에 졸고 있는데 그것을 꼬집어 강제로 깨우다니.

"너, 너무하는 것 아니냐?"

내가 따져 물었더니 다혜가 강력히 반발했다.

"뭐가 너무해?"

"이제 겨우 첫날 아니냐. 어른도 시차 적응하려면 일주일 이상은 걸려."

"그럼 어떻게 하자구. 일주일 이상 견디자구? 이렇게 해야 곧 적응이 되는 거야."

나는 다시 화가 났다.

"너만 애기 키워? 나도 너희 둘을 키웠어."

"아빠가 나를 키웠지만 정원이를 키우는 것은 나야. 내가 정원이의 엄마라고."

참으로 아니꼽고 치사했지만 딸아이의 말은 사실이었다. 정원이를 실제로 키우는 것은 제 엄마니까 할아버지인 내가 이래라저래라 말할 자격은 없는 것이다.

그러나 그것은 시작에 지나지 않았다. 밤 2시쯤이면 아이가 깨어났다. 깨어나서 한바탕 슬피 우는 것이었다. 그럴 때면 2층에 누워 잠을 자는 내 귀에도 정원이의 울음소리가 들렸다. 어떤 때는 꿈속에서도 들렸다. 그 울음소리가 한 시간 이상 계속되었다. 어떤 때는 두 시간 정도 계속될 때도 있었다. 그런데도 엄마인 다혜는 다른 방에 들어가 문을 걸어 잠그고 모른 체하고 있는 것이다. 아니다. 어찌 자신의 딸이 울고 있는데 모른 체하고 있을 수 있겠는가. 다만 이를 악물고 그 울음소리를 못 들은 척하고 참아내고 있는 것이지.

어쨌든 이런 날이 2, 3일 계속되다 보니 온 집안 식구는 신경이 날카로워졌다. 잠들 시간이 오면 겁부터 나기 시작했다. 오늘도 아이가 밤 2시쯤 깨어나 우는 것은 아닐까. 이건 정말 너무한 것은 아닐까. 어디서 주워온 의붓자식도 아니고 계모도 아닌데 한밤중에 깨어나 울고 있는 아이를 어떻게 저처럼 모른 척하고 있을 수 있단 말인가. 자기만 엄마인가. 우리도 다 잘 키웠다. 한밤중에 깨어나 울면 안아주고, 우유를 먹였다. 하다못해 공갈 젖꼭지라도 물렸다. 그게 뭐 어쨌다는 것인가. 아이가 실험실의 모르모트란 말인가. 배고프면 우유 먹이고, 울면 안아주는 게 자연스러운 일 아닌가.

사흘째 되는 날이었다. 밤 2시쯤 또다시 정원이가 울기 시작했다. 이젠 도저히, 아이의 울음소리를 모르는 체하고 있을 수 없었다. 아내도 이미 깨어 있었고, 나도 더 이상 견딜 수가 없어 아래층으로 살금살금 내려가보았다. 그때였다. 갑자기 아이의 울음소리가 발작적으로 커지기 시작했다. 왜 그럴까, 무슨 이유인가. 거실로 내려가 보니 어둠 속에 그림자 하나가 서 있었다. 도단이 녀석이었다. 도단이도 도저히 잠을 자고 있을 수만 없어서 거실로 나와 있었던 것이다.

"아이가 왜 저렇게 발작적으로 우냐?"

내가 속삭이자 도단이가 방 안으로 숨어들어가 보았다는 것이었다. 혹시 침대 한쪽에 발이 빠지지 않았는가. 이불이 얼굴을 덮어 숨이 막히지는 않았는가 하고 들어가 보았는데 자신을 알아본 아이가 갑자기 더 격렬하게 울기 시작한 것이다.

아내와 나, 그리고 도단이 녀석은 더 이상 참을 수가 없었다. 그래서 한밤중에 쿠데타를 벌이기 시작하였다. 아이가 울거나 말거나 문을 걸어 잠그고 있는 딸아이의 방을 쾅 쾅 두들겼다.

"왜 그랫?"

딸아이는 이미 깨어 있었다. 거실에서 일어나고 있는 쿠데타의 불길한 징조를 모르고 있을 다혜가 아니었다.

"우유 먹엿!"

내가 명령했다.

"안 먹엿!"

딸아이가 저항했다.

"왜 안 먹엿?"

도단이가 덤벼들었다. 이른바 라틴 가족의 소동이 벌어지기 시작한 것이다.

"지금 우유 먹이면 버릇돼."

"버릇되는 게 아니야. 시차 적응할 때까지만 말이야."

아내가 애원했다.

"그래도 안 돼. 우유 주면 내일 또 그 시간에 깨어나 운다고, 이러지들 좀 맛!"

"뭐가 이러지들 좀 맛!"

나는 소리를 질렀다.

"왜 소리 질럿, 한밤중에."

다혜도 만만치 않았다.

"뭐가 정원이를 위하는 일이야. 잠자다가 우유를 먹이면 소화도 안 된다고, 발육에도 좋지 않고, 습관이 되어 선잠을 잔다고. 지금은 잔인한 것 같지만 이것이 최선이야. 이러지들 말라고. 이제 하루 이틀이면 적응이 된다고. 다들 들어가 자라곳."

우리는 뿔뿔이 흩어졌다. 더럽고, 치사했지만 더 이상 어쩔 수 없는 일이었다.

"허기야 우린 라틴 가족이니까."

헤어지면서 도단이가 한마디 하였다. 다음날 나는 소아과 의사인 동창생 녀석에게 전화를 걸어서 간밤의 소동을 보고하고 어떤 것이 최선의 방법이냐고 물었다. 그러자 동창 녀석이 말했다.

"뭐가 최선의 방법이냐고?"

"그래. 이러다가는 아이를 잡겠어."

"최선의 방법은 네 딸이 하는 방법이야. 자다가 깨어 운다고 우유를 물려주곤 하면 나쁜 습관이 들고, 소화에도 좋지 않아, 이 자식아. 이 세상에서 자기 자식을 가장 잘 알고 있는 사람이 누군지 알아? 그건 말이야, 할아버지도 아니고, 할머니도 아니고 지 엄마인 거야. 이 세상엔 엄마만 한 스승도 없고, 엄마만 한 보호자도 없는 거야. 네 딸이 하는 게 최선의 방법이야."

그날 밤 나는 다혜에게 사과했다. 한바탕 소란을 떨다가도 잘못을 인정하면 솔직하게 사과하는 법. 그것이 라틴 가족의 철칙이니까.

"미안하다. 여기저기 알아봤더니 네가 옳더구나. 이 세상에 자식에 있어 엄마만큼 훌륭한 스승이 어디 있겠니."

그날 밤 우리 가족은 모두 잘 잤다. 밤 2시에 깨어나 정원이가 다시 또 울기 시작하였으나, '이년아, 울려면 울어라. 쌤통이다. 우리가 자는 것은 다 너를 위한 것이니까 야속하게 생각하지 말아라' 하면서 말이다.

과연 다혜의 말대로 다음날 밤부터 정원이는 한 번도 깨지 않고 하룻밤을 꼬박 잘 잤다. 그리고 며칠 뒤 정원이의 첫돌 잔치가 열렸다. 우리 라틴 가족은 언제 싸웠냐는 듯 정원이에게 꼬까옷을 입히고, 한바탕 뽀뽀를 하고, 노래를 부르고, 춤을 추면서 사진을 찍었다. 정원이는 사진을 찍는 동안 한 번도 칭얼대지 않았다.

"이런 아이는 처음 보네요."

사진을 찍는 사진사가 내게 그렇게 말을 하였다. 또 '돌잡이'라고 하여서 돈과 실타래와 붓을 놓았더니 정원이는 대뜸 붓을 잡았다.

1:30 PM

TICKETS $12. MEMBERS ONLY

NOT JUST FOR KIDS

MICHIGAN

(734)668-TIME

www.michtheater.org

he had finished,
sailed with the

el returns to Ann Arbor
no Concert

Orche

aise

Sunday, January 9,

Charlotte's Web

Sunday, April 10, 2005

Curious George

goes Camping

The Wright Brothers

YOSHIMO

NA

"붓을 잡는 아이는 처음 보네요."

사진사가 다시 감탄하였다. 요즘 아이들은 백이면 백 돈을 잡는다는 것이었다.

'아무렴 정원이가 누구의 손녀딸인데, 정원이가 속물적으로 돈을 잡겠는가.'

사진사가 내게 듣기 좋은 말을 했다고는 생각하지 않는다. 누구 첫돌 때 한 번도 칭얼대지 않고 사진 찍은 아이 있으면 나와보라고 해. 누구 돌잡이 할 때 시퍼런 만 원짜리 지폐 집지 않고 붓을 쥔 아이가 있으면 나와보라고 해. 우리 정원이가 최고지. 내 손녀딸 정원이야말로 천사지. 천사고말고. 아이고야, 이것도 라틴 기질인가.

정원이에 대한 그리움은 첫사랑의 열병보다 혹독하고, 정염의 화염보다 뜨겁고, 마약과 알코올보다 강하니, 하느님이 베풀어주신 우리의 인생이란 참으로 알 수 없는 곳곳에 꽃망울을 터트리고 있는 온통 축제의 화원인 것이다.

요즘 우리 집은 적막강산이다. 완전히 침묵 속의 수도원이다. 이따금 우리 집 수도원 원장인 아내는 눈물을 손등으로 훔치며 훌쩍거린다. 아들 녀석도 아무 말도 없이 밤늦게까지 TV를 보고 오락게임을 할 뿐이다. 나도 마찬가지다. 일찍 집에 들어가 밥 먹고, 저녁 9시면 그냥 잠자리에 누워버린다.

이 모든 것이 우리 집 손녀인 정원이 때문이다.

정원이의 첫돌을 치르기 위해 한국에 왔던 다혜가 얼마 전 연말 휴가를 나온 사위와 함께 사 개월 만에 다시 미국으로 돌아가버린 것이다. 그와 함께 정원이도 우리 곁을 떠났다.

사 개월 동안 걷지 못하고 엉금엉금 기기만 하던 아이가 어느새 뒤뚱거리며 걷기 시작했고, 이제는 웬만하면 달릴 정도로 빠르게 걷는다. 의사표시도 분명해져서 안으면 손을 이리저리 가리켜 방향을 표시하는데, 그러면 나는 자연 시키는 대로 가야 하는 운전수가 되어버린다. 표정도 풍부해져서 말은 아직 엄마 아빠 정도만 겨우 흉내 내는 수준이지만 눈빛만 봐도 서로의 마음을 헤아릴 정도가 되었다. 그 아이가 하루아침에 사라져버린 것이다. 떠나고 난 뒤에야 알겠으니, 아이들의 울음소리야말로 온 집안의 활기며 기쁨이었던 것이다.

안톤 슈낙이 말했던가.

'어린아이의 울음소리는 우리를 슬프게 한다.'

하지만 아니다. 어린아이의 울음소리는 우리를 기쁘게 한다. 어린아이의 칭얼거리는 소리는 생명의 소리며, 어린아이에게서 맡을 수 있는 향긋한 냄새는 천국에서 갓 배달되어온 화원花園의 꽃향기인 것이다. 어린아이를 안을 때 느끼는 그 포근함은 우리를 창조한 하느님의 품을 연상케 하는 대리만족이며, 어린아이의 그 천진스런 눈망울과 표정은 분명히 존재하나 우리 눈에는 보이지 않는 천사들과 천상의 언어로 대화하는 천상의 표정인 것이다.

그런데 그 아이가 가버린 것이다. 제 어미 아비와 함께 우리의 곁을 떠나버린 것이다. 떠나기 며칠 전부터 나 역시 마음이 좋지 않았다. 아이를 사랑하는 데도 마약과 같은 중독 현상이 있는 것일까. 막상 아이를 떠나보낸다 하니 그 참을 수 없는 금단 증상 때문에 마음에 텅 빈 구멍 하나가 생긴 듯하였다. 아내는 나보다 더했다. 떠나기 며칠 전부터 우울한 표정으로 훌쩍훌쩍 울면서 헤매고 있었다.

시중에 '손주가 올 때는 반갑지만 막상 갈 때는 더더욱 반갑다'는 우스갯소리가 돌아다니듯 손주를 봐주는 일이 쉬운 일은 아닌 것임을 실제로 겪어보니 알 정도였다. 솔직히 아내는 사 개월 동안 정원이를 돌보느라고 허리가 휘고, 얼굴에 주름살이 생길 정도로 피로가 쌓였다. 그래서 막상 간다 하니 더더욱 반갑기도 하련만은 아내는 오히려 찔끔찔끔 울고 다닌다.

다행인 것은 떠나기 전날 유아세례를 받은 것이다. 정원이 아버지 쪽의 한 친척이 마침 신부님이기 때문에 특별히 세례를 준 것이었다. 우리 가족들로서는 대단한 은총이었다. 사실 은근히 첫돌이 지날 무렵 유아세례까지 받았으면 좋겠다고 생각하고 있었는데 엄두가 나지 않아서 차일피일 시간을 끌고 있다가 정말 축복처럼 갑자기 기회가 온 것이었다.

정원이는 미국에서 태어났으므로 당연히 미국 이름을 갖고 있다. 정원이의 미국 이름은 '아이린'이다. 제 엄마와 아빠가 미리 그렇게 지어놓은 모양이었다. 따라서 가능하면 세례명도 미국 이름과 일치되었으면 하는 것이 온 가족의 바람이었다. 다행스럽게도 여기저기 수소문해보니 '아이린'이란 이름을 가진 성녀가 있었다.

'아이린'은 원래 그리스 말로 '이레네Irene'인데 그 뜻은 평화라는 것이었다. 실제로 752년 아테네에서 태어나 803년 레스보스에서 숨진 비잔틴 제국의 여왕으로 동로마 제국의 성상聖像 사용을 부활시키는 데 큰 기여를 했던 그리스 정교회의 성녀였던 것이다. 생전에 이레네는 대단한 카리스마를 가진 여제였다. 심지어 자기 아들 콘스탄티누스까지 체포한 여인이었으나 생전에 열정적으로 성상 숭배를 부활시키고, 수도원을 지원함으로써 동방교회의 성녀는 물론 온 가톨릭의 성인들 가운데 한 사람이 될 수 있었던 것이다.

아무도 없는 텅 빈 압구정동 성당에서 우리 가족과 정원이의 아빠와 엄마, 대모, 그리고 양가의 할아버지 할머니만 모인 자리에서 우리 사랑하는 정원이의 유아세례식을 올리는 것은 실로 축제가 아닐 수 없었다. 가톨릭에서는 영세가 영적으로 거듭 태어나는 새로운 탄생을 의미하는데, 그런 의미에서 우리 정원이는 영세를 통해 하느님의 자녀로 다시 아이린, 즉 이레네로 거듭 태어나게 된 것이기 때문이다.

나는 영세를 받는 정원이를 바라보며 마음속으로 기도하였다. 우리 정원이가 성상의 사용을 부활시켰던 이레네 여왕처럼 진리의 빛을 뿜는 성녀가 되어주기를.

스위스에서 태어난 프랑스계의 문학가이자 철학자이던 H. F. 아미엘은 병약한 몸으로 고독을 즐기던 내성적인 사람이었다. 그는 평생을 독신으로 지냈는데, 그것은 그가 꿈꾸고 있었던 이상적인 여성과의 결혼생활과 현실적인 가정생활과의 불일치에서 오는 두려움 때문이었다. 이 이상과 현실 사이의 거리감은 그를 고립 상태로 몰아넣었는데, 그에 따른 고독을 위로하는 유일한 수단으로 그는 일기를 쓰기 시작하였다.

그 작업이 곧 그의 생애의 대사업으로 발전되어 죽은 후 1만7천 페이지에 달하는 〈아미엘의 일기〉가 출판되자 그의 이름은 일약 유명해졌으며, 세계 문학사상 불후의 명작이 되었는데, 아미엘은 이 일기에서 자신은 비록 독신 생활로 한 명의 아이도 두지 못하였으나 날카로운 통찰력으로 '어린아이'에 대해 다음과 같이 표현하고 있는 것이다.

"……어린아이의 존재는 이 땅 위에서 가장 빛나는 혜택이다. 죄악에 물들지 않은 어린아이의 생명체는 한없이 고귀한 것이다. 우리는 어린아이들을 사랑하지 않을 수 없다, 우리는 어린아이들 속에서 아름다움을 발견하고, 행복을 느낄 수 있다. 어린아이를 통해서만 우리는 이 지상에서 천국의 그림자를 엿볼 수 있는 것이다. 어린아이들의 생활은 고스란히 하늘나라에 속한다."

자신은 평생 독신으로 지냈으면서도 보편적인 시야를 가지고 우주의 생명에 대한 뛰어난 관찰력을 가졌던 아미엘이 꿰뚫어 본 그대로 '어린아이를 통하지 않고서는 이 지상에서 천국의 그림자를 엿볼 수는 없는 것'이다. 그런 의미에서 어린아이는 천국과 지상을 이어주는 유일한 통로인 것이다.

어쨌든 정원이는 떠났다.

적막강산에 휩싸인 우리 가족은 물론, 날마다 수많은 대가족에 둘러싸여 한바탕 라틴 가족 특유의 떠들썩한 축제 분위기 속에 길들여져 있던 정원이도 또한 걱정이다. 정원이도 갑자기 어느 날 낯선 환경에서 지 엄마와 단둘이 남겨져 있다는 사실에 감정의 혼란을 느끼게 될 것이다. 그래서 나는 다혜에게 정원이가 잠든 머리맡에 할아버지와 할머니의 사진을 놓아주기를 신신당부하였다. 아이들의 기억력은 삼 개월밖에 지속되지 못한다고 했던가. 내가 사진을 놓아달라고 주책스런 부탁을 했던 것은 정원이에게 이 할아버지가 잊히지 않기를 바라서가 아니라 정원이 곁에 이 할아버지가 있음을, 이 할아버지가 존재하고 있음을 분명히 상기시켜주기 위함이었던 것이다.

아이들도 어른들과 마찬가지로 외로움을 느낀다고 나는 믿는다. 정원이도 잠에서 깨어날 때면 머리맡에 놓여 있는 내 사진을 들여다보면서 어딘가에 있는 할아버지가 자신을 위해 하느님께 기도하고 있음을 분명히 깨닫게 될 것이다. 그것이 바로 가족인 것이다.

어쨌든 우리 집은 요즘 적막강산이다. 대침묵 속의 수도원이다. 정원이가 갖고 놀던 장난감 공과 곰 인형 하나가 거실에 굴러다니고 있는데, 그것을 볼 때마다 정원이의 모습이 눈에 밟힌다.

'눈에 넣어도 아프지 않다'는 표현과 '눈에 밟힌다'는 옛 선조들의 표현이 이렇게 날카로울 수 없음을 새삼스럽게 느끼는 요즘, 그러나 한편으로 생각하면 이 나이에 느끼는 달콤한 이별의 낭만이야말로 나의 딸의 딸인 정원이가 준

기특한 선물이 아닐 것인가.

그렇다. 정원이에 대한 그리움은 첫사랑의 열병보다 혹독하고, 정염의 화염보다 뜨겁고, 마약과 알코올보다 강하니, 하느님이 베풀어주신 우리의 인생이란 참으로 알 수 없는 곳곳에 꽃망울을 터트리고 있는 온통 축제의 화원인 것이다.

나는 정원이와 백화점에 가서 장난감 가게도 들르고, 옷도 사주고, 커피점에 들러 나는 커피를 마시고, 정원이는 포도주스를 마셨다. 정원이와 나는 진짜 동무 같았다.

정원이가 집에 와 있는 지 벌써 수개월이 되어간다.

정원이를 보면서 느끼는 점은 아버지가 되어 아이를 키울 때와 할아버지가 되어 손녀를 키울 때의 사랑법이 다르다는 점이다. 나도 분명히 두 아이를 키운 아버지였지만 어떤 방법으로 아이를 키웠는지 까마득히 잊어버리고 있다. 지금 생각하면 닥치는 대로 키웠던 것 같다. 집사람도 정원이를 볼 때마다 그 점을 한탄하곤 한다.

"우리가 어떻게 다혜와 도단이를 키웠는지 지금 생각하면 아슬아슬하기만 해요."

아내의 말은 정확하다. 다혜와 도단이 두 아이를 키웠지만 아내의 말처럼 지금에 와서 생각하면 아슬아슬한 줄타기를 한 기분이다.

그런데 정원이를 보면 모든 게 신기하다. 그저 무엇이든 정원이가 원하는 대로 다 해주고 싶은 것이 할아버지의 마음인 것 같다. 가지고 싶은 것은 다 가지게 해주고 싶고, 떼를 써도 다 받아주고 싶다.

요즈음엔 생떼가 늘어 곧잘 미운 짓도 하지만 나는 버릇이 나빠진다 하더라도 정원이가 하고 싶은 대로 다 해주고 싶다. 그래서 할아버지나 할머니가 키운 아이는 버릇이 없다던가. 때로는 아이가 떼를 쓰며 울어도 모른 체하는 것이 아이를 교육시키는 참방법인 줄 알면서도 막상 아이가 울면 나는 정원이의 입에 사탕을 물려준다. 벌써 이가 일곱 개나 썩어서 치과에 가서 마취를 하고 충치 치료를 했음에도 불구하고. 다혜가 정원이에게 사탕이나 초콜릿을 주어서는 절대 안 된다고 엄령을 내렸지만 아내와 나는 정원이가 울면 입안에 초콜릿을 살짝 넣어준다. 정원이도 눈치가 빨라 지 엄마가 있을 때는 사탕을 달라는 떼를 안 쓰지만 엄마가 안 보일 때는 슬쩍 내게 사탕이 있는 냉장고를 손으로 가리켜 보인다. 그럼 나는 사탕을 몰래 꺼내 아이의 입안에 넣어주는데, 그럴 때면 아이와 나는 공범자가 되어 기분이 짜릿짜릿해진다. 이 세상에서 혼자서 아이를 키우는 것처럼 잘난 체하는 딸에게 복수하는 느낌까지 들어 짜릿짜릿한 스릴감마저 느끼게 되는 것이다. 그러다가 다혜에게 들키면 나는 혼이 난다.

"아빠가 사탕 줬지?"

"아니."

"아니긴 뭐가 아니야. 아이의 입에서 단내가 나는 걸."

"한 알 줬다. 한 알 줬다고."

"한 알이건 두 알이건 내가 주지 말랬잖아. 이빨이 다 썩으면 어떻게 할 테야, 아빠가 책임질 테야?"

"야, 치사하다. 하두 그래서 사탕 하나 줬는데, 그게 뭐 대수냐."

"내가 주지 말랬잖아."

"안 주면 되잖아. 안 주면 되지."

나는 싹싹 빌지만 하루가 가질 못한다. 정원이가 와서 또 주위의 눈치를 살피며 사탕이 들어 있는 냉장고를 가리키면 나는 한 표라도 더 얻기 위해 현금 봉투를 몰래 건네주는 국회의원 입후보자들처럼 부정한 뒷거래를 사양하지 않는다. 기다렸다는 듯 사탕을 건네주는 것이다.

솔직히 말해서 나는 정원이가 지 애비나 에미보다도 할아버지인 나를 더 따르기를 은근히 바라고 있다. 사탕이나 달콤한 초콜릿은 그 미끼인 것이다. 그런데 최근에 나는 다혜에게 된통 혼이 난 적이 있다.

정원이는 아침 열 시부터 낮 한 시까지 세 시간 동안 유아원에 보내는데, 만 3세 미만의 아이는 받지 않는다고 했지만, 원장이 아는 분이라 떼를 써서 정원이를 입학시킨 것이다. 처음에는 엄마와 헤어지기 싫어 앙앙 울곤 했던 정원이는 신통하게도 일주일쯤 지나니까 자기 도시락을 챙길 정도로 재미있어 하며, 익숙하게 되었다. 어느 날 다혜가 몸이 아파 내가 혼자서 정원이를 유아원에 데려다주려고 했을 때였다. 지 에미하고 갈 때는 울지 않던 아이가 갑자기 내가 데리고 가니까 계단 아래서부터 자지러지면서 울기 시작한 것이다.

"울지 마, 정원아."

내가 아무리 달래도 정원이는 앙앙, 옹옹, 앵앵 기를 쓰며 울어대는 것이었다. 나는 순간 정원이가 유아원에 가기 싫어 운다는 사실을 깨달았다. 그래서 정원이를 데리고 계단을 내려와 대신 백화점으로 놀러갔다. 이른바 땡땡이를 친 것이었다.

솔직히 고백하면 손주년과 무단 땡땡이를 치는 맛은 정말 깨소금 맛이었다. 우리 학교 때도 그런 경험이 있지 않았던가. 학교 가는 도중에 책가방을 든 채 땡땡이를 쳐서 극장도 가고, 공연히 시장거리를 배회하던 그 은밀한 쾌감 같은 것 말이다.

나는 정원이와 백화점에 가서 장난감 가게도 들르고, 옷도 사주고, 커피점에 들러 나는 커피를 마시고, 정원이는 포도주스를 마셨다. 정원이와 나는 진짜 동무 같았다.

그런데 이 무단 땡땡이가 다혜에게 발각된 것이었다. 그 일이 있은 후부터 정원이가 유아원에 가기 싫다고 그 전보다 더 심하게 울기 시작했기 때문이다.

"얘가 왜 이럴까?"

다혜는 아이를 데려다줄 때마다 고개를 갸우뚱하곤 했다.

"절대로 울지 않던 아이인데. 손으로 빠이빠이까지 하던 아이인데."

그럴 때면 나는 가슴이 뜨끔뜨끔하였다.

"그러게 말이다."

나는 시치미를 떼면서 딴청을 부리곤 했다.

"허기야 아이들이 유아원 가는 게 마냥 좋을 수만은 없겠지."

"아니야."

치사하게도 콜롬보 형사 같은 눈치로 다혜가 뭔가 느낀 듯 나를 노려보면서 물었다.

"아빠가 정원이에게 무슨 딴짓을 했지?"

"무슨 딴짓을 하다니?"

"땡땡이쳤지?"

"땡. 땡. 이라니?"

나는 놀란 나머지 말까지 더듬었다.

"내가 아플 때 정원이를 유아원에 안 데려갔지?"

"그 글쎄, 글쎄 말이다."

모든 것을 눈치 챈 다혜가 핏대를 올리면서 말했다.

"아이의 사회성을 높이기 위해서는 싫다고 해도 유아원에 보내야 한다구. 아이가 떼를 쓴다고 해서 다 받아주면 버릇이 나빠진단 말야."

잘났어, 정말. 나는 한마디 해주려다가 간신히 참았다. 딸아이의 말이 공자님 말씀이었기 때문이다. 그 일이 있은 후부터 어쩌다 혼자 정원이를 유아원에 데려다줄 때면 정원이는 백화점을 가리키며 마치 사탕을 달라는 표정으로 앙앙 울곤 한다. 나는 아니꼽지만 지 에미의 교육 방법을 따르기로 한다.

그러나 더욱 참을 수 없는 것은 정원이, 고 망할 손주년이다. 내가 이렇게 사탕을 준다, 함께 땡땡이를 친다, 옷을 사준다, 함께 놀아준다, 갖은 아양을 떨고 애교를 부려도 외출했다 돌아온 지 에미만 나타나면 언제 그랬냐는 듯 고무신을 거꾸로 신고 나를 거들떠도 보지 않는다는 점이다. 그럴 때면 나는 창피하지만 춘향이에게 거부를 당한 변사또처럼 상처를 입고 배신감까지 느끼게 된다. 아내도 마찬가지다. 지 에미가 외출한 동안 기저귀 갈아주고, 밥해주고, 안아주고, 업어주고, 함께 짝짜꿍하고 놀아주고, 목욕시키느라 몇 달 사이 폭삭 늙어버린 아내지만 지 에미만 나타나면 할머니건 뭐건 거들떠보지 않고 에미품에 안겨버리는 정원이를 보면서 아내는 필사적으로 매달리며 애원을 한다.

"정원아, 정원아 이리 온. 정원아."

조금 전까지만 해도 할머니 품에 안겨서 재롱을 피우던 정원이가 지 에미 품에서 마치 사돈 쳐다보듯 냉정한 표정을 지으면 아내는 혼잣말로 중얼거리곤 한다.

"아이고, 지 에미 나타나니까, 할머닌 소 닭 보듯 하네."

그렇다. 우리나라 속담에 '손주를 귀애하면 코 묻은 밥을 먹는다'는 말이 있지 않던가. 할아버지들이 아무리 손주를 귀여워해도 그 손주의 덕은 볼 수 없다는 뜻이 아니던가. 그러나 그렇다 하더라도 나는 정원이가 먹다 버린 코 묻은 밥이라도 맛있게 냠냠 먹을 것이다. 그것이 어쩔 수 없는 할아버지의 사랑법이므로.

나는 정원이가 자존심이 강한 아이라고 생각했다. 아이에게 무슨 자존심인가 하고 생각할 수도 있을 것이다. 그러나 나는 아이를 관찰하면서 모든 아이에게는 어른들이 갖고 있는 심리보다 더 미묘하고 복잡한 감정이 깃들어 있음을 발견할 수 있었다.

근대 한국 선불교의 중흥조였던 경허의 제자 중에 혜월慧月이란 스님이 있다. 낫 놓고 기역자도 모르는 까막눈으로 알려진 이 스님은, 그러나 천진불로 불릴 만큼 빼어난 고승이었다. 이 스님의 행장 중에 다음과 같은 이야기가 있다.

혜월 스님은 너덧 살 넘은 동자승 하나를 데리고 주석駐錫하고 있었다. 스님은 이 동자승을 큰스님이라고 부르고 섬기며 어디를 갈 때에도 이 동자승에게 인사를 드리며 꾸벅꾸벅 절을 하곤 하였다.

"스님, 다녀오겠습니다."

그러면 동자승은 태연히 인사를 받으며 말을 놓곤 하였다.

"그럼 잘 다녀오게나."

어느 날 객승 하나가 이 절에 들러 잠시 머무르고 있었다. 그 모습을 보니 실로 가관이었다. 당대 최고의 고승인 혜월 스님이 너덧 살도 안 된 동자승에게 정중히 예의를 갖추어 문안인사를 드리다니. 그뿐인가. 그보다 더 놀라운 것은 동자승이 아닌가. 공양을 할 때에도 버릇이 없는 것은 물론 큰스님을 자신의 시자처럼 부리고 있지 않은가. 기가 막힌 객승은 스님이 출타하기를 기다려 동자승을 불러다가 크게 꾸짖고 예의를 가르치기 시작하였다. 엉엉 울던 동자승은 객승이 시키는 대로 예절을 배우고 혜월 스님이 돌아오자 뛰어 나가 두 손으로 합장하고 이렇게 큰절을 올리는 것이었다.

"큰스님 잘 다녀오셨습니까."

이 모습을 숨어 지켜보던 객승은 어린 동승에게 예절을 가르쳐주었다고 내심 흐뭇해하고 있었는데, 정작 혜월 스님은 크게 놀라서 연유를 알아본 후 객승을 불러다가 꾸짖어 말하였다.

"네가 그렇게 시켰느냐."

"그렇습니다, 스님."

"어찌하여 그랬느냐."

"너무 버릇이 없어서 예의를 가르쳐주었습니다."

혜월 스님이 크게 한탄을 하며 말하였다.

"네가 마침내 천진天眞을 버렸구나. 어리석은 놈 같으니라고. 내가 큰스님(동자승)으로부터 천진을 배우고 있었거늘."

며칠 뒤 혜월 스님은 그 어린 동자승을 다른 절로 보내면서 손수 산문 밖까지 나아가 배웅하며 다음과 같이 인사하였다고 전해오고 있다.

"큰스님 안녕히 가십시오."

나는 요즘 내 손녀 정원이를 동자승처럼 모시고 있다. 말이 동자승이지 실은 내게 큰스님이나 다름이 없다. 〈길 없는 길〉이라는 소설에서 이런 혜월 스님의 일화를 이미 표현했으면서도 그 뜻은 정확히 헤아리지 못하고 있었는데 정원이를 보면 어째서 혜월 스님이 동자승을 섬겼는지 그 까닭을 알 수 있다.

혜월 스님의 말대로 정원이에게는 천진이 있다. 불교에서는 천진을 '불생불멸의 참된 마음'이라 말하고, 기독교에서는 '너희가 진실로 어린아이같이 되지 않으면 하늘나라에 들어갈 수가 없다'고 가르치고 있다.

'하늘의 진리'를 담고 있는 모든 아이에겐 저 하늘에서부터 지니고 내려온 천상의 빛이 머물러 있는 것이다. 나는 정원이를 볼 때마다 동자승의 행동을 통해 천진을 배웠던 혜월 스님의 마음을 느낄 수 있다.

몇 달 전만 해도 정원이는 말이 느린 편이었다.

그도 그럴 것이 미국과 한국을 오가며 번갈아 지냈으니

어린 나이에도 언어의 혼란이 있었을 것이다. 미국에서는 텔레비전을 켜도 항상 영어가 튀어나오는데, 한국에서는 또 다른 괴상한 말이 나오니 한창 말을 배울 때인 정원이로서는 그야말로 혼돈 그 자체였을 것이다. 그래서 그런지 정원이는 좀처럼 말을 하려 하지 않았다.

내가 하는 말은 다 알아듣고 있으면서도 웬만해서는 입을 열어 말을 하려 하지 않는 것을 보면 자신이 있지 않으면 절대 말하지 않겠다는 느낌마저 받을 정도였다.

정원이는 말을 할 때마다 쭈뼛쭈뼛 자신 없어 했다. 나는 그런 정원이를 보면서 심각하게 생각하였다. 정원이의 입에서 자신 있게 말이 튀어나오게 할 수 있는 방법이 없을까. 유아원에서도 정원이가 말은 잘 알아들으면서도 좀처럼 말을 하지 않는다고 하지 않았던가.

나는 정원이가 자존심이 강한 아이라고 생각했다. 아이에게 무슨 자존심인가 하고 생각할 수도 있을 것이다. 그러나 나는 아이를 관찰하면서 모든 아이에게는 어른들이 갖고 있는 심리보다 더 미묘하고 복잡한 감정이 깃들어 있음을 발견할 수 있었다. 그러한 섬세한 감수성과 미묘한 감정을 갖고 있으면서도 단지 이를 표현하지 못한다는 유아성 때문에 아이들은 어른들로부터 억압적이며, 강압적인 상처를 입고 있는 것이다.

자존심이 강한 내 손녀 정원이에게서 어떻게 말문을 끄집어낼 수 있을 것인가. 고민하던 나는 순간 한 가지 방법을 떠올릴 수 있었다. 그것은 노래였다. 이후부터 나는 정원이 앞에서 노래를 부르기 시작하였다. 노래는 자의식으로부터 사람들을 해방시킨다. 심하게 말을 더듬는 사람들도 노래를 부를 때만큼은 말을 더듬지 않는다고 하지 않던가.

다행히 정원이는 노래를 좋아해서 곧 내 노래를 따라 부르기 시작하였다.

내가 이 세상에 태어나 제일 먼저 배운 노래는 '아가야 나오너라, 달맞이 가자'였다. 나는 정원이에게 이 노래부터 가르쳐주었다. 방법은 정원이가 따라 부르거나 말거나 내가 먼저 신이 나서 노래를 부르는 것이었다. '반짝반짝 작은 별' 할 때는 손바닥으로 반짝반짝 흉내를 내었고, '동쪽 하늘에서도'에서는 손을 들어 동쪽 하늘을 가리켰다. '나비야 나비야, 이리 날아오너라'를 부를 때는 유치원 선생님처럼 팔을 들어 나비의 날갯짓을 흉내 내었다.

어느 틈엔가 정원이는 내 노래를 따라 부르기 시작하였다. 그럴수록 나는 크게 박수를 치고 내가 먼저 신이 나서 노래를 더 크게 부르고 춤을 추었다. 처음에는 작게 따라 부르던 정원이가 언제부터인가는 고래고래 목청을 높인다. 그러는 동안 정원이는 어느 순간 말문이 터지기 시작하였다. 자신감을 회복했는지 이제는 못 하는 말이 없고, 표현력도 뛰어나다. 그래서 요즈음에는 정원이와 대화하는 것이 재미있을 정도다.

아이들은 어른들이 자기를 사랑하는지 아닌지 본능적으로 알고 있다.

마지못해 함께 놀아주면 아이들도 마지못해 논다. 아이와 놀 때도 혼신의 힘을 다하지 않으면 안 되는 것을 나는 느낀다. 사랑한다는 것은 혼신의 힘을 다하는 행위임을 나는 정원이에게 배운다.

최근에 정원이가 느닷없이 내게 '기차'를 사달라고 말하였다. 그 순간 나는 마음이 움찔하였다. 지난 10월 정원이의 생일날 나는 무심코 기차를 사주겠다고 약속을 했던 것이다. 그런데 약속을 했을 뿐 지키지는 못하고 벌써 두 달가량 흘러가버린 것이다. 그것을 기억하고 있다가 어느 날 내게 그 약속을 지키라고 기차를 사달라는 것이 아닌가.

우리는 어린아이들이 무슨 약속을 기억할 수 있을까 무시하고 있다. 그러나 정원이는 두 달 동안 그것을 기억하고 있다가 내 자존심이 상하지 않도록 약속을 지킬 것을 요구하고 있는 것이다.

공자의 제자였던 증자曾子의 아내가 시장에 가려는데 아이가 울면서 뒤쫓아 나왔다. 증자의 아내는 "자, 빨리 집에가 있어라. 시장에 갔다 오면 돼지를 잡아서 맛있는 고기를 줄 테니" 하고 말했다. 그녀가 시장에서 돌아오니 증자가 돼지를 잡으려 하고 있었다. 그녀는 깜짝 놀라 "난 그저 농담으로 한 얘기에요" 하고 말했다. 그러자 증자는 "아이들에게 그런 농을 해서는 안 되오. 부모에게서 여러 가지를 배워가고 있는 애들에게 거짓말을 하면 그 애들이 거짓말하는 법을 배우게 될 거요. 거짓말임을 알면 어미인 당신도 믿지 못하게 될 거요" 하고는 아이와 약속한 대로 돼지를 잡아 먹였다고 한다.

나는 증자의 말대로 정원이에게 거짓말 약속을 했으니 이번 크리스마스 선물로 기차를 사주려고 한다. 무려 두 달을 참았다가 그 약속을 지키라고 당당하게 요구를 한 정원이. 정원이는 두 달이나 할아버지가 약속을 지킬 것을 참으며 기다려왔지 않은가.

아아, 그렇다. 나는 요즘 큰스님을 모시고 도량에서 도를 닦고 있다.

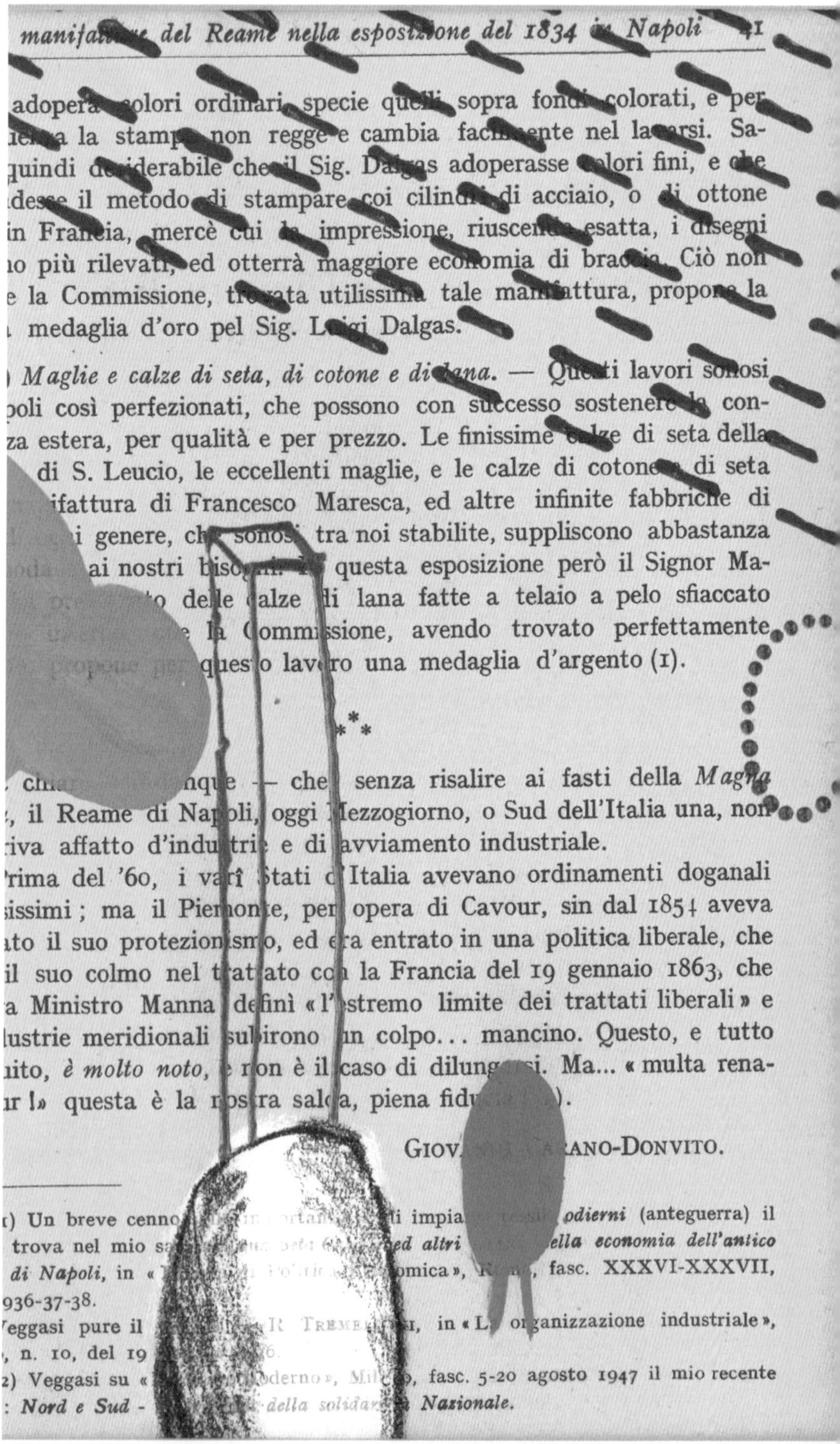

adopera colori ordinari, specie quelli sopra fondi colorati, e per la stampa non regge e cambia facilmente nel lavarsi. Sa- quindi desiderabile che il Sig. Dalgas adoperasse colori fini, e che desse il metodo di stampare coi cilindri di acciaio, o di ottone in Francia, mercè cui la impressione, riuscendo esatta, i disegni no più rilevati, ed otterrà maggiore economia di braccia. Ciò non e la Commissione, trovata utilissima tale manifattura, propone la medaglia d'oro pel Sig. Luigi Dalgas.

) *Maglie e calze di seta, di cotone e di lana.* — Questi lavori sonosi poli così perfezionati, che possono con successo sostenere la con- za estera, per qualità e per prezzo. Le finissime calze di seta della di S. Leucio, le eccellenti maglie, e le calze di cotone e di seta ifattura di Francesco Maresca, ed altre infinite fabbriche di i genere, che sonosi tra noi stabilite, suppliscono abbastanza ai nostri bisogni. In questa esposizione però il Signor Ma- to delle calze di lana fatte a telaio a pelo sfiaccato e la Commissione, avendo trovato perfettamente propone per questo lavoro una medaglia d'argento (1).

***

chiaro dunque — che senza risalire ai fasti della *Magna* , il Reame di Napoli, oggi Mezzogiorno, o Sud dell'Italia una, non iva affatto d'industrie e di avviamento industriale.

Prima del '60, i varî Stati d'Italia avevano ordinamenti doganali issimi ; ma il Piemonte, per opera di Cavour, sin dal 1854 aveva ato il suo protezionismo, ed era entrato in una politica liberale, che il suo colmo nel trattato con la Francia del 19 gennaio 1863, che a Ministro Manna definì «l'estremo limite dei trattati liberali» e lustrie meridionali subirono un colpo... mancino. Questo, e tutto uito, *è molto noto*, e non è il caso di dilungarsi. Ma... « multa rena- ur !» questa è la nostra salda, piena fiducia (2).

GIOVANNI CARANO-DONVITO.

---

1) Un breve cenno ... importanti ... impianti ... *odierni* (anteguerra) il trova nel mio s... *ed altri* ... *ella economia dell'antico di Napoli*, in « ... Politica Economica », R..., fasc. XXXVI-XXXVII, 936-37-38.

Veggasi pure il ... R. TREMELLONI, in « La organizzazione industriale », , n. 10, del 19...6.

2) Veggasi su « ... Moderno », Mil...9, fasc. 5-20 agosto 1947 il mio recente : *Nord e Sud* - ... *della solidarietà Nazionale.*

dalla mano del tessitore. [illegible] di arrestarsi quando ques[illegible] lo vuole.

«La buona qualità [illegible] del damasco, del grò [illegible] Napoli, del grò delle [illegible] levantine e dell'armesin[illegible] le stoffe di seta per [illegible] gilè, i crep, e la nobil[illegible] della Real fabbrica di S. Leucio [illegible] con [illegible] intelligenza [illegible] e delle manifatture di Leonardo Matera, [illegible] e Compagni, e Mar[illegible] tonio Rossi, e la seta estratta [illegible] ai gelsi della pubbl[illegible] passeggiata di Foggia, che si è [illegible] nel concorso di qu[illegible] sto anno, han dato alla Commissione una [illegible] idea del progres[illegible] di siffatta industria, per determinarsi [illegible] per questo ar[illegible] tre piccole medaglie d'oro [illegible] l'argento. La prima al capo tinto[illegible] della Real fabbrica di S. Leucio, [illegible] vivacità delle tin[illegible] di quei tessuti. La seconda al signor Leonardo Matera per la nuova stof[illegible] per tappezzare di seta tramata in cotone [illegible] disegno di colore sop[illegible] colore. La terza a Marcantonio Rossi per [illegible] perfezionamento della b[illegible] tista cruda in seta. Una medaglia di argento a disposizione del Sopr[illegible] tendente della Real fabbrica di S. Leucio [illegible] quel tessitore che più [illegible] è distinto. Una medaglia d'argento ad [illegible] Maria Lucas per lo v[illegible] luto in seta nero, rigato della sua fabbrica di Catanzaro. Una med[illegible] glia d'argento al Sig. [illegible] Gabaldi [illegible] miglioramento della se[illegible] estratta in Foggia.

C) *Cotone filato e tessuti di [illegible] cotone.* — La grande copia [illegible] cotone ne ha talmente di[illegible] che il valore dell medesim[illegible] grezzo, deve considerare co[illegible] frazione di quello che acq[illegible] sta passando pel filatoio d'un [illegible]; per tal ragione le manifattu[illegible] tessuti di cotone sono [illegible] mente accresciute, che non v'è Comu[illegible] [illegible] della Capitale che non abbia stabiliti i suoi [illegible] o 50 te[illegible] [illegible] fabbricare tele [illegible] fazzoletti, mussoline e simili. E questo, essen[illegible] [illegible] di ricchezza pel paese, merita tutti gl'incoraggiamenti nec[illegible] [illegible] assicurarne il successo. La fabbrica di tessuti di cotone, [illegible] G. Giacomo Egg ha stabilita in Piedimonte d'Alife [illegible] [illegible] a filare il cotone, che vengono animate dall'acqua. La m[illegible] [illegible] idraulica, che vi si è applicata, emergono dalle [illegible] [illegible] od offrono vantaggiose conseguenze. I tessuti di lino e [illegible] [illegible] sentati si distinguono per la loro perfetta tessitura, per [illegible] dei colori e pel naturale loro apparecchio. Essi [illegible] merita[illegible] [illegible] one del pubblico e della Commissione. Il cotone filato a [illegible] [illegible] ino al n. 60 ed i più perfetti e scelti lavori in sigoni, [illegible] [illegible] dapolam, gamurì, ghingams, costanzelle, tela di cotone, fazz[illegible] percalli, od a scorza d'albero, pezzette di nanchino lavori di [illegible]

나는 한용운 시인의 시처럼 님의 말소리에 귀먹고 꽃다운 님의 얼굴에 눈멀었습니다. 평생 처음 지갑 속에 님의 사진을 두 장이나 넣고 다니며 하루에도 몇 번씩 사진을 들여다봅니다. 사진을 보면 볼수록 그리움은 처음인 듯 새로워지고 님과의 추억은 새록새록 솟구칩니다.

주책이라고 빈정대지는 마세요. 요즘 저는 사랑에 빠져 있습니다. 환갑이 가까운 나이에 그럴 수가 있느냐고 하겠지만 어떡하겠습니까.

아내도 있고 자식도 있는 할아버지가 그럴 수 있느냐고 하겠지만 어쩔 수가 없어요. 사랑에 빠진 것은 사실이니까. 솔직히 고백할게요. 내가 고백하지 아니하면 길거리의 돌멩이들도 소리를 지를 것입니다.

이제는 몸속에 있는 열정도 다 식어빠져, 굳어버린 용암처럼 화석이 되어버릴 나이지만 요즘의 사랑은 젊었을 때보다 더 강렬하게 용솟음치고 있습니다.

나는날마다한용운시인의시 '님의침묵'을외고있습니다. '님은 갔습니다. 아아 사랑하는 나의 님은 갔습니다'로 시작되는 '님의 침묵'은 이렇게 이어지지요.

"푸른 산빛을 깨치고 단풍나무 숲을 향하여 난
작은 길을 걸어서 차마 떨치고 갔습니다.
황금의 꽃같이 굳고 빛나던 옛 맹세는
차디찬 티끌이 되어서 한숨의 미풍에 날아갔습니다.
날카로운 첫 키스의 추억은
나의 운명의 지침을 돌려놓고 뒷걸음쳐서 사라졌습니다.
나는 향기로운 님의 말소리에 귀먹고
꽃다운 님의 얼굴에 눈멀었습니다.

사랑도 사람의 일이라, 만날 때에 미리 떠날 것을
염려하고 경계하지 아니한 것은 아니지만
이별은 뜻밖의 일이 되고
놀란 가슴은 새로운 슬픔에 터집니다."

한용운 시인의 시는 정말 가슴을 저며요. 나는 한용운 시인의 시처럼 향기로운 님의 말소리에 귀먹고 꽃다운 님의 얼굴에 눈멀었습니다. 평생 처음 지갑 속에 님의 사진을 두 장이나 넣고 다닙니다. 하루에도 몇 번씩 지갑을 열고 사진을 들여다봅니다. 사진을 보면 볼수록 그리움은 처음인 듯 새로워지고 날카로운 첫 키스의 추억은 새록새록 솟구

칩니다. 이를 어쩌면 좋겠습니까.

그뿐인가요. 집에는 님께서 남기신 녹음테이프가 그대로 있어요.

이따금 녹음테이프를 틀어 그 목소리를 듣는 순간 떠나보낸 님의 모습이 너무나 그리워서 눈물까지 흘립니다. 집 안 곳곳에는 님이 남긴 낙서의 흔적과 물건이 많이도 있습니다. 내 서재의 책상 위에는 님이 그리다 만 낙서가 한 장 놓여 있는데, 나는 그것을 신줏단지처럼 모셔놓고 그것을 볼 때마다 다정하게 님의 이름을 불러봅니다. "정원아, 정원아, 보고 싶은 정원아" 하고 말이에요. 그래요. 한용운 시인의 시처럼 미리 떠날 것을 염려하고 경계하지 아니한 것도 아닌데, 이별은 뜻밖의 일이 되고 놀란 가슴은 날이면 날마다 새로운 슬픔에 터져요. 그래서 나는 헤어질 때가 가까워올 무렵 이렇게 말하곤 하였지요.

"정원아, 네가 떠난 후 보고 싶으면 어떻게 하지?"

그러면 님은 내가 두려워하는 이별의 슬픔 따위는 아랑곳하지 않고 그저 모른 체하였지요. 그래서 나는 사랑에 대해서 많이 배웠어요.

내가 지금껏 누군가를 사랑했던 것은 감정의 과잉이며 감정의 오버액션이어서, 실은 상대방을 사랑한 것이 아니라 나 자신을 더 사랑했던 것임을 알게 되었지요. 그리고 이별을 두려워한 것도 소유욕 때문이라는 사실을 알게 되었어요. 마치 변태성욕자들이 찰나의 쾌락을 극대화시키기 위해서 쾌락의 순간을 연장하고 그것을 도구화하고 어떤 행동으로 전이시켜 그것에 몰두하듯이, 내가 지금까지 해왔던 사랑은 실은 변태적 사랑이라는 것을 깨달았습니다.

만남이 있으면 헤어짐이 있고, 사랑을 하다가 이별하는 것은 당연한 일인데도 그것을 두려워하며 그 감정을 연장시키려 했던 것이지요. 그래서 한용운 시인은 이렇게 노래하지 않았던가요.

"우리는 만날 때에 떠날 것을 염려하는 것과 같이
떠날 때에 다시 만날 것을 믿습니다.

아아, 님은 갔지만은 나는 님을 보내지 아니하였습니다.
제 곡조를 못 이기는 사랑의 노래는
님의 침묵을 휩싸고 돕니다."

시처럼 님은 내 곁을 떠났지만 나는 내 님을 보내지 아니하였습니다.

님이 비행기를 타고 미국으로 떠날 때 나는 님의 모습을 조금이라도 더 보기 위해서 탑승구 유리창에 얼굴을 대고 지켜보고 있었습니다. 그 모습을 님이 발견하더니 갑자기 손을 흔들며 이제 그만 들어가라고 연신 손을 내저었습니다. 내 눈가에는 그렁그렁 눈물이 맺혔지만, 이별의 의미가 무엇인지도 모르는 님은 그저 손을 흔들며 '빠이빠이' 만 하였지요.

그렇습니다. 만남의 기쁨도 이별의 슬픔도 다 과장된 감정일 뿐입니다. 하느님의 나라에서 보면 만남도 헤어짐도, 죽음도 삶도 둘이 아닌 하나인 것입니다. 지금의 나이에 이르러서 비로소 나는 내 사랑하는 님을 보며 사랑이 무엇인가를 새롭게 경험하고 있습니다.

헤어지기 전날 밤이던가요, 님은 내게 이렇게 말을 하였습니다.

"할아버지, 난 할아버지를 참 좋아해."

나는 그때 감동하였지요. 이제 겨우 세 살 난 어린아이가 듣기 좋은 말을 일부러 했을 리는 없다고 생각합니다. 정원이가 내게서 무슨 대가를 얻기 위해 아양을 떨었다고는 생각하지 않습니다. 느낀 그대로를 말하는 정원이에게서 사랑이란 있는 그대로의 감정을 있는 그대로 표현하는 것임을 배웠습니다.

"할아버지 안아줘."

매달리는 정원이를 안으며 나는 정말 행복하였습니다. 내가 그동안 정원이를 만만히 다룰 수 있는 애완용 강아지처럼 귀여워하였던 것은 아니었나 하는 생각에 섬뜩하였지요. 정원이는 어린애가 아닌 나보다 더 큰 어른이었습니다. 그리고 나보다 훨씬 더 순수한 신성의 인간이며 천진으로 가득 찬 거룩한 영혼을 가진 인간이었던 것이지요. 이 아이야말로 하느님이 두레박으로 내려 보내준 선물임을 나는 깨달았습니다.

최근에 나는 정원이와 전화 통화를 하였습니다. 정원이가 이 할아버지에게 노래를 불러달라고 하였습니다.

"나비야 나비야, 이리 날아오너라. 노랑나비 흰나비 춤을 추며 오너라."

내가 노래를 불렀더니 정원이도 따라 불렀습니다.

"봄바람에 꽃잎도 방긋방긋 웃으며 참새도 짝짝꿍 노래하며 춤춘다."

그 노래는 우리 둘이 함께 나비처럼 양 날개를 펄럭이고 손바닥으로 짝짝짝 박수를 치며 부르던 노래였지요. 아이에게도 그리움이 있는지 궁금했는데, 오늘 아침 아내가 딸아이와 통화를 하였는데 정원이가 느닷없이 "할아버지가 보고 싶다"고 말했다는 겁니다. 그리고 이렇게도 말했다고 합니다.

"할아버지를 보면 뽀뽀해줘야지."

그 말을 들으며 나는 기뻐서 어쩔 줄을 몰랐습니다. 부활하신 예수님을 만났을 때 제자들이 '기뻐서 어쩔 줄을 몰랐다'고 한 성경의 구절을 볼 때마다 나는 도대체 어떤 기쁨이 '어쩔 줄 모르는 기쁨'일까 항상 궁금했는데, 정원이의 그 말을 듣는 순간 나는 내 눈앞에 부활한 예수님이 나타나신 것처럼 기뻐서 어쩔 줄을 몰랐습니다. 나는 이 사랑의 고백을 하는 순간에도 지갑 속에 들어 있는 내 사랑하는 님, 성정원의 얼굴을 쳐다보며 그 얼굴에 뽀뽀를 하고 또 하고 있습니다.

사랑에 빠진 이 주책바가지 할아버지를 너무 나무라지는 마시기 바랍니다.

무심코 조카 손주들이 귀여워 안으려 하자 먼발치에서 이를 지켜보던 정원이가 갑자기 내 곁으로 쏜살같이 다가와 경호 책임을 맡으며 은근히 아이들의 접근을 차단한다. 그리고 정원이가 나서서 말한다. "비켜, 비키라고. 우리 할아버지야."

이 세상에 태어나 아이가 가장 먼저 받는 질문 중의 하나는 아마도 "엄마가 좋아, 아빠가 좋아?"라는 말일 것이다. 아이가 말을 배울 무렵이면 으레 그런 질문이 고문처럼 가해지기 마련이다. 아무리 어리다 할지라도 둘 중의 하나를 선택하는 고민으로 아이들은 심한 스트레스를 받는다고 한다.

아이가 좀 약아지면 아빠가 물어볼 때는 '아빠'라고 대답하고, 엄마가 물어볼 때는 '엄마'라고 대답하면 그만이지만, 아이에게 이만한 요령이 생길 때면 묻는 당사자들도 이미 재미가 없어 그런 유치한 질문을 던지지 않는다.

"엄마가 좋니, 아빠가 좋니" 하는 질문은 가장 초보적인 것으로 가족들은 아이에게 질문의 따발총을 쏘아대기 마련이다.

"삼촌이 좋니, 이모가 좋니." "할아버지가 좋니, 할머니가 좋니." "언니가 좋니, 오빠가 좋니."

요즘 우리 집에는 도단이의 결혼 때문에 미국에서 다혜와 정원이가 함께 와 있다. 정원이를 보면 온 가족이 몰려들어 다음과 같은 청문회를 펼치곤 한다. "외할머니가 좋니, 친할머니가 좋니." "친할아버지가 좋니, 외할아버지가 좋니." "한국이 좋니, 미국이 좋니."

평소에 나는 아이들에게 그런 질문을 던지는 일은 유치한 짓이며, 아이들에게 심한 스트레스를 주는 일이라고 생각하고 있었다. 그런데 막상 손녀를 얻게 되니까 그 이상의 재미있는 질문을 발견할 수가 없다. 가령 "외할아버지가 좋니, 친할아버지가 좋니" 하고 질문을 던졌을 때 외할아버지가 좋다고 해서 의기양양해지는 것도 아니고, 친할아버지가 좋다고 해서 의기소침해지는 것이 아님에도 불구하고 그런 질문을 던진다. 대답하기 곤란해 하는 아이의 천진한 모습이 재미있어서 그러는 것이다. 아내는 정원이에게 이런 질문을 자주 던진다.

"정원아, 외할머니가 좋니, 친할머니가 좋니."

그러면 정원이는 집요한 유도심문에도 불구하고 절대로 유혹에 넘어가지 않는다. 아내는 다혜가 절대로 금기시하는 초콜릿을 정원이에게 몰래 하나 손에 쥐어주어 공범자를 만들고 난 뒤 그런 질문을 하곤 하는데, 정원이는 초콜릿 하나에 절대로 양심을 팔지 않는다.

정원이는 언제나 똑같이 대답한다.

"외할머니, 친할머니."

정원이의 대답은 외할머니, 친할머니가 똑같이 좋다는 것이었다. 이러한 외교적 발언에 넘어갈 황 씨 고집이 아니어서 아내는 또 다시 묻는다.

"한 사람만 대답해라, 한 사람만. 외할머니가 좋니, 친할머니가 좋니?"

"친할머니, 외할머니. 헤헤헤."

정원이의 웃음소리는 곤란해서 얼버무리려는 지능적인 계산이다. 그러면 나도 끼어든다.

"정원아, 친할아버지가 좋니, 외할아버지가 좋니."

그러면 정원이는 이렇게 소리 지른다.

"외 · 할 · 아 · 버 · 지. 아니, 아니 친 · 할 · 아 · 버 · 지."

이런 물음은 어른과 아이 사이에 오고 가는 유치한 질문 같지만 실은 인간의 원초적 본능을 건드리는 가장 중요한 질문이며, 평생을 두고 되풀이되는 인간의 욕망 중의 하나다. 자신이 좀 더 인정받고 우월해 보이려는 욕망은 질투와 경쟁을 불러일으킨다. 따라서 '질투는 항상 남과의 비교에서 생기므로 비교가 없는 곳에는 질투도 없다'는 베이컨의 말은 진리인 것이다. 이러한 비교는 비단 물질적인 것만은 아니다. 정신적인 사랑과 우정에도 끊임없이 비교는 되풀이되고 있다. 사랑을 무게와 부피로 계산해보려는 연인들의 입에서도 다음과 같은 질문은 터져 나오는 법이다. "자기 나 사랑해?" "사랑해." "얼마만큼?" "하늘만큼 땅만큼." "나 죽으면 다른 사람 사랑할 만큼 안 할 만큼?" "절대로 당신 이외의 사람 사랑 안 할 만큼." 사랑을 무게와 비교로 저울질하려는 인간의 속성은 사랑의 순수성을 오염시킨다. 부활한 예수가 베드로에게 "네가 이 사람들이 나를 사랑하는 것보다 더 사랑하느냐" 하고 질문한 것과 "네가 정말 나를 사랑하느냐" 하고 물은 것은 다른 제자보다 인정받고 싶어 하고 그 사랑의 무게에 대해 집착하는 베드로의 속마음을 꿰뚫어 본 예수의 준엄한 질문이다. 예수는 베드로에게 진정한 사랑은 비교(질투)와 최상급의 부사와 아무런 조건이 없음을 가르쳐주려고 하지 않았을까.

남과 비교해보기를 좋아하는 습성은 동서고금이나 지위고하 여부를 막론하는 것으로 세조가 양녕대군과 나눈 대화를 보면 여실히 드러나고 있다.

어느 날 세조는 양녕에게 다음과 같이 묻는다.

"나의 위무威武가 한고조에 비해 어떠하오."

이에 양녕은 대답한다.

"전하께서 비록 위무하시나 반드시 한고조처럼 선비의 관에 오줌을 누지는 않으시리다."

기분이 흡족해진 세조가 다시 물었다.

"내가 불교를 좋아하는데, 양무제에 비해 어떠하오."

"전하께서 비록 불교를 좋아하시나 밀가루로 희생물을 만들어 제사를 지내지는 않으시리다."

"내가 간언을 거절하니 당태종에 비하면 어떠하오."

"전하께서 비록 간언을 물리치시나 반드시 장온고張蘊古를 죽이지는 않으시리다."

임금의 비위를 건드리지 않는 현명한 대답에 다혈질의 세조는 무척이나 마음이 흡족하였을 것이다. 감히 자신의 행동과 업적이 중국의 황제들을 능가한다는 명 대답을 듣고 기뻐하지 않을 임금이 어디 있겠는가.

최근 아들 녀석의 혼사를 앞두고 상견례 겸 온 가족이 함께 모여 뷔페 식사를 한 적이 있었다. 가족이라 봐야 모두 미국에 있으므로 모인 사람은 우리 가족과 형의 가족뿐. 그런데 공교롭게도 정원이보다 어린 두 조카딸이 함께 참석했다. 그러자 재미있는 일이 벌어졌다.

내가 무심코 조카 손주들이 귀여워 안으려 하자 먼발치에서 이를 지켜보던 정원이가 갑자기 내 곁으로 쏜살같이 다가와 경호 책임을 맡으며 은근히 아이들의 접근을 차단하는 것이었다. 평소에는 자존심이 강해 어림도 없었던 정원이의 태도였다. 나는 그게 재미있어서 자꾸 아이들을 안으려 하자 노골적으로 정원이가 나서서 말하였다.

"비켜, 비키라고. 우리 할아버지야."

늙으면 어린아이가 된다는데, 나는 질투하는 정원이가 귀여워서 깨소금 맛이었다. 그렇지 않아도 이 세상에 나만큼 질투심이 많고 독점욕이 강한 할아버지가 있겠는가. 나하고 잘 놀다가도 제 아빠나 엄마가 나타나면 한순간에 헌신짝처럼 버림받는 일에 은근히 상처를 받고 있었는데 정원이가 외할아버지 때문에 질투를 하고 샘을 내다니, 아흐 아흐. 정말 깨소금 맛이었다.

그날 밤 나는 집으로 돌아와 정원이에게 물어보았다.

"정원아 외할아버지가 좋니, 친할아버지가 좋니?"

"외할아버지."

정원이는 선선히 대답했다. '이게 웬 떡이냐.' 나는 물론 그 이유를 알고 있었다. 자칫하면 외할아버지를 새로 등장한 두 라이벌에게 빼앗길지도 모른다는 강력한 위기감이 그런 대답이 나오도록 유도한 것임을. 그러나 어쨌거나 나로서는 기분이 째지는 느낌이었다. 그때였다. 갑자기 머뭇거리던 정원이가 나를 쳐다보며 물었다.

"근데 말이야 할아버지. 나도 한 가지 물어볼 게 있는데."

"뭘 말인데."

"근데 말이야 할아버지, 민서가 좋아 서윤이가 좋아. 아님 정원이가 좋아."

나는 놀라서 심장이 멎을 뻔하였다. 민서와 서윤이는 큰집의 조카 손주들의 이름이다. 나로서는 뒤통수를 한 대 얻어맞은 느낌이었다.

"물론 정원이가 좋지."

"얼마만큼."

나는 정원이를 머리에 무등을 태우고 소리쳐 말하였다.

"하늘만큼 땅만큼."

그렇다. 우리들의 인생은 유치한 것이다. 유치찬란한 것이다. 그러나 유치한 만큼, 유치찬란한 만큼 아름답고 달콤한 것이다.

"아이들을 사랑하지 않는 아버지들도 있다. 그러나 손자를 익애溺愛하지 않는 할아버지는 없다." 빅토르 위고의 말은 정확하다. 나는 정원이를 익애한다. 사랑하고 또 사랑하고, 그리워하고 또 그리워하여 사랑에 덤벙 빠져 있다.

내 쓰라린 유년의 기억 중 하나는 그 어떤 보물찾기에서 단 한 번도 보물을 찾아본 적이 없다는 것이다.

초등학교 시절 일 년에 두 번씩 봄소풍이나 가을소풍을 갈 때에는 보물찾기가 단골메뉴였다.

아이들이 노느라고 정신이 팔려있을 때 선생님은 보물쪽지를 감추어놓는다. 점심시간이 끝나면 으레 보물찾기 놀이가 시작되곤 했었다. 선생님은 아이들에게 일정한 구역 내에 보물쪽지가 숨겨져 있다고 말한 다음 그것을 찾아오라고 우리를 풀어헤쳤다. 아이들은 남보다 빨리, 그리고 더 많은 보물쪽지를 찾기 위해서 달음질쳐서 숲으로, 들로 흩어져 나갔다. 나도 넘어져 정강이가 깨져 피가 철철 흘러내리는 것을 잊어버린 채 바윗돌을 뒤지거나 나뭇잎을 살펴보곤 했었다.

찾았다— 여기저기서 아이들의 환호성이 터져 흐르고 어

떤 아이들은 한꺼번에 서너 장의 보물쪽지를 찾기도 했었다. 그러면 자연 나는 마음이 급해져서 더 서둘러 풀잎을 헤치고 나뭇가지를 꺾어보곤 했었다. 이상하게도 내 눈에는 절대로 보물쪽지가 보이지 않았다. 이윽고 보물찾기 놀이가 끝난 후 아이들이 쪽지에 적힌 대로 노트라든가 크레용 같은 상품들을 선생님으로부터 받을 때면 나는 참담한 마음으로 패배감에 젖을 수밖에 없었다. 나는 어째서 남들은 쉽게 찾는 보물쪽지를 한 번도 찾아내지 못하는 것일까. 나는 바보가 아닐까. 남들은 쉽게 발견하는 쪽지를 어째서 보지 못하는 것일까. 나는 눈뜬장님이 아닐까.

중학교에 접어들었을 때 나는 그 이유를 어렴풋이 알 수 있었다. 도서관에서 에드거 앨런 포의 추리소설을 읽는데, 그 소설에는 '지도찾기' 놀이에 대해서 재미있는 비유가 나오고 있었다. 즉 대부분의 사람들은 지도찾기 놀이에서 작은 지명에만 집착하고 있다는 것이다. 보물찾기나 지도찾기에서 많은 사람들은 아주 작고 세밀한 지명이나 장소에 집중하고 있으므로 오히려 큰 글자로 인쇄된 지명이나 눈에 띄는 평범한 장소는 흘려보내고 있다는 내용이었다.

그것은 사실이었다. 나는 에드거 앨런 포의 지적처럼 보물쪽지는 으레 남들이 찾기 힘든 돌멩이 밑이나 무성한 나뭇잎 속에 깊숙이 숨어 있는 것으로만 믿고 있었던 것이다.

유년시절 단 한 번도 보물쪽지를 발견하지 못했던 보물찾기. 그러나 이 하찮은 유년시절의 기억은 내게 큰 교훈을 주었다. 즉 우리들 인생에서의 기쁨은 특별한 일이나 사건에 있는 게 아니라 오히려 평범한 일상생활에 있음을 깨닫게 하였던 것이다. '네 발밑을 파라. 그곳에는 맑은 샘물이 흐르고 있다'고 말하였던 괴테는 인생에 있어 보물찾기의 지혜를 다음과 같이 말하고 있다.

> "산중에서 보물을 찾기 전에 먼저 내 두 팔에 있는 보물을 충분히 발견토록 하라. 그대의 두 팔이 부지런하다면 그 속에서 많은 보물이 샘솟아 나올 것이다."

지난달 나는 상하이에서 일주일간 머물다 왔다. 미국에 살던 딸아이가 상하이로 거처를 옮겼기 때문이었다. 일주일 머무르던 나는 떠나기 전날 밤 정원이에게 이렇게 말하였다.

"할아버지는 떠날 때 네 방에 보물쪽지를 열 장 숨겨둘게. 그러니 천천히 찾아봐. 모두 다 찾으면 여름방학 때 한국에 나오면 네가 원하는 것은 뭐든 다 사줄 테니."

이미 정원이와 나는 보물찾기 놀이에 재미가 들려 있었다. 정원이는 어릴 때의 나와는 달리 보물찾기도 잘하고 할아버지가 찾기 어렵게 보물쪽지를 숨겨두는 일에도 능숙하였다. 그러나 나는 이 보물찾기 놀이를 통해 일상생활에서 흔히 볼 수 있는 인형 및 베개, 종이컵과 같은 평범한 물건 밑에도 하느님이 주는 보물쪽지가 숨겨져 있다는 진리를 정원이에게 가르쳐주고 싶었던 것이다.

실제로 떠나는 날 아침, 나는 열 장의 보물쪽지를 마련하였다. 열 장의 종이 위에 1에서 10까지 일련번호를 붙인 후 각 장마다 이렇게 썼다.

'I love you, I need you, You are my sunshine.'

보물쪽지마다 쓰인 내용이 유치하긴 해도 한 장 한 장 찾아낼 때마다 '나는 너를 사랑한다' '너는 나의 햇빛이야' '나는 너를 사랑하지 않을 수 없어'라는 할아버지의 애틋한 사랑의 메시지가 정원이의 마음에 각인되기를 소망하였던 것이다.

나는 열 장의 보물쪽지를 정원이의 방 곳곳에 숨겨두었다. 어디어디에 숨겨두었는지 정확히 기억되지는 않지만 아마도 여덟 장 정도는 찾기 쉬운 곳에 두 장 정도는 찾기 어려운 곳에 숨겨둔 것으로 생각된다. 아내는 며칠 더 정원이와 함께 하기로 하였다.

떠나온 다음날 즉시 정원이로부터 전화가 걸려왔다.

"할아버지, 보물찾기 벌써 넉 장 찾았어."

"아이구 잘했다. 아이구 내 새끼."

나는 비록 내가 떠나 이별했다 하더라도 보물찾기 놀이를 통해 계속해서 정원이의 관심과 사랑을 독차지하고 있다는 나름대로의 목적이 달성되었으므로 신이 나서 소리내어 말하였다.

"나머지도 다 찾아야지. 열 장 다 찾으면 할아버지가 정원이가 원하는 것은 뭐든 다 사줄게."

"알았어, 할아버지."

다음날 또 전화가 왔다.

"할아버지, 석 장 더 찾았어."

"아이구 내 새끼. 아이구 내 똥강아지. 잘했다. 이제 몇 장 남았지."

"석 장."

"그래 나머지 다 찾아봐."

나는 재빠르게 미끼를 던지는 것을 잊지 않았다.

"열 장 다 찾으면 바비인형도 사주고, 훌라후프도 사주고, 반짝이 구두도 사줄게."

"알았어. 할·아·버·지."

며칠 뒤 아내로부터 전화가 왔다. 정원이가 두 장 더 찾아서 아홉 장까지는 찾았는데, 나머지 한 장은 찾지 못하였다는 것이었다. 그러니 이제 그만 치사하게 어린애 애태우지 말고 숨긴 데를 가르쳐주라는 것이었다. 나로서는 답답한 일이었다. 어떻게 열 장을 어디 어디에 숨겨두었는지 모두 기억하고 있단 말인가. 아니 모두 기억한다 하더라도 어디는 찾고 어디는 못 찾았는지를 어떤 천리안으로 꿰뚫어 볼 수 있단 말인가.

"그걸 어떻게 알아맞혀. 그냥 천천히 시간을 두고 찾아보도록 하라고."

다시 며칠 뒤 아내가 상하이에서 한국으로 돌아왔다. 공항으로 마중 나갔다 돌아오는 길에 아내로부터 재미있는 얘기를 들었다. 정원이가 다른 것은 다 찾고 넘버4, 즉 네 번째 쪽지만을 찾지 못하자 할머니 앞에서 자기가 보물쪽지를 만들었다는 것이다. 똑같은 크기로 종이를 오리고 그곳에 할아버지의 글씨를 흉내 내어 다음과 같이 썼다는 것이다.

'I miss you.'

그리고 감쪽같이 4란 숫자도 그려 넣었다는 것이다. 그러니 아내는 정원이가 위조된 보물쪽지를 시치미 떼고 가져와도 그냥 모르는 체 넘어가라는 것이었다.

그날 밤 나는 정원이에게 전화를 걸었다.

"정원아, 보물쪽지 다 찾았다며."

"(약간 망설이는 듯한 목소리로) 으응."

"어디서 찾았어."

"(더욱 망설이는 듯한 목소리로) 책상 서랍 속에서."

"아이고 잘했다. 아이고 내 새끼. 아니고 내 똥강아지."

이제 열흘 뒤면 정원이가 온다. 정원이가 오면 나는 손가락도 베어먹고, 발가락도 잘라먹고, 깨소금 나도록 뽀뽀도 하고, 번쩍 안아서 함께 검둥개 앞세우고 달마중갈 것이다.

그렇다.

하느님이 주신 보물쪽지는 우리가 사는 일상의 곳곳에 숨어 있다. 그러나 찾아도 찾아도 찾을 수 없는 보물쪽지는 하느님의 인장을 감쪽같이 도용하여 우리 스스로 만들어내면 될 것이다. 하느님도 자신의 이름을 도용한 이 쪽지를 가짜라 하여 벌주시지는 않을 것이다. 오히려 괴테의 말처럼 내 두 팔에 있는 보물을 충분히 이용하였으므로 더 소중한 보물을 주실 것이다.

그러나 무엇보다도 정원이는 가짜의 보물쪽지를 통하여 자신도 할아버지를 그리워하고 있음을 이렇게 고백하고 있음이 아닌가.

'I miss you.'

프랑스의 문호 빅토르 위고는 〈레미제라블〉에서 이렇게 말하였다.

"아이들을 사랑하지 않는 아버지들도 있다. 그러나 손자를 익애溺愛하지 않는 할아버지는 없다."

빅토르 위고의 말은 정확하다. 나는 정원이를 익애한다. 사랑하고 또 사랑하고, 그리워하고 또 그리워하여 사랑에 덤벙 빠져 있다. 정원이는 지금까지 인생의 풀밭에서 내가 한 번도 발견하지 못하였던 하느님이 주신 보물쪽지 중에 그 으뜸이다.

dole co[illegible] apprendiamo ch'esse « son tratt[illegible] ricco [illegible] viene da alcuni anni pubblicando [illegible] timo[illegible] Corradini » (1). In altre pubblicazion[illegible] tali [illegible] lettere del Sismondi all'abate: la prima (da C[illegible] 28 s[illegible] pubblicata per le *Fauste nozze Umberto Sösten-lina* [illegible] *Orologio*, a cura di Bartolomeo e Giovanni S[illegible] (P[illegible] [illegible]rini, 1885); la seconda (da Chêne, 12 d'a[illegible] 1[illegible] pubblicata per le *nobilissime nozze Giusti-Cittadella* da Giro[illegible] Ste[illegible] Tip. Baseggio, 1863). Quest'ultima lettera, note[illegible] per [illegible] Sismondi dice del Manzoni, fu parzialmente riportata *Lettere di Alessandro Manzoni* raccolte da Giovanni Sforza (2) [illegible] veniente dalla biblioteca del conte Tiberio Roberti, è ora conservata Biblioteca Civica di Bassano (3). Altra lettera, inedita, del Sismo[illegible] Barbieri (da Chêne, 6 giugno 1841) è nella « Bibliothèque publiqu[illegible] universitaire » di Ginevra (Ms. Suppl. 139, f. 161). Sono, dunque, ticinque lettere; ma non son tutte, chè senza dubbio vi fu qu[illegible] dispersione.

Intanto, eccone tre (ora nella mia raccolta), trovate, tempo fa, p[illegible] il libraio antiquario Cassini di Venezia, e forse provenienti dalla b[illegible] teca del conte Tiberio Roberti: la prima (da Pescia, 1° di ottobre [illegible] porta l'indirizzo del Barbieri; le altre due (da Chêne, 19 di agosto e 16 di marzo 1840), pur mancanti della soprascritta, hanno senza d[illegible] il [illegible] destinatario. Le pubblichiamo, come un contributo, a n[illegible] [illegible] all'*Epistolario* del Sismondi.

In[illegible] una lettera, inviata da David Munier all'abate [illegible]

---

(1) G[illegible] [illegible] lettere [illegible] nella Biblioteca del Seminario di P[illegible] [illegible] conserva l'eredità man[illegible] dell'abate Barbieri, per lunghi anni insegnante [illegible] [illegible] Ne fa parte anche [illegible] epistolare del Cesarotti, che il Barb[illegible] aveva usato per [illegible] curata, dell'*Epistolario* del maestro, che [illegible] [illegible]-40 delle *Opere* (Pisa, [illegible] 1811-13). Ordinò tali carte il [illegible] Corradini, docente e bi[illegible] del Seminario e latinista valoroso, che si[illegible] 1871, in occasione di nozze, [illegible] di pubblicazioni di lettere inedite [illegible] [illegible] Cesarotti, e fra queste [illegible] del Barbieri; e spesso, in [illegible] casio[illegible] ad amici copia di let[illegible] fondo. Una delle più [illegible] pubbli[illegible] questa del Lampertico, [illegible]: *Per le nozze auspicatissime Rossi-* [illegible] (Padova, [illegible] 1877).

(2) [illegible] di ALESSANDRO [illegible] *gran parte raccolte e anno[illegible]* GIOVANNI SF[illegible], 1875, p. [illegible] *Epistolario di* ALESSANDRO MANZON[illegible] *colto e annotato* [illegible] SFORZA, M[illegible] Carrara, 1882, [illegible]

(3) Vedi: [illegible] *manoscritti* [illegible] *Biblioteche d'Italia* [illegible] *da* GIUSEPPE MAZZATINTI [illegible] Bassano [illegible] a cura di PAOLO [illegible] renze, Olschki, 1934, p. 2[illegible] Sismondi è, effettivamente, del 12 [illegible] 1839, e non del 12 aprile 1839 [illegible] scrive lo Stecc[illegible]

나는 깊은 생각에 잠겼다. 내 손녀딸이 참는다는 것은 마음 내부에 고통이 있다는 것이다. 그 고통을 피하거나 도망가지 않고 정면으로 마주 보고 부딪쳐나갈 때 비로소 참음, 즉 인내가 성립되는 것이다. 고통을 견디는 힘. 그것이 바로 인내이며, 인내야말로 강한 에너지이다.

요즘 우리 집에서 가장 자주 쓰는 유행어는 '참는 것이 힘이다'란 말이다. 아내와 난 하루에도 수십 번씩 "참는 게 힘이야" 하고 말을 하고 그리고 서로 얼굴을 마주 보며 크게 웃는다. 성하盛夏의 계절이라 더워서 선풍기를 틀어놓고 빈둥거리다가 참다못해 에어컨을 틀자고 내가 말을 하면 아내가 대답한다.

"참아요, 참는 게 힘이니까."

그뿐만이 아니다. 아내의 친구 역시 더워서 밥도 하지 않고 꼼짝도 하지 않고 있다가 문득 '참는 게 힘이다'라고 중얼거리며 일어나 식사를 준비한다는 소문까지 들려오는 것을 보면 '참는 게 힘'이라는 말은 우리 가족들뿐 아니라 주위의 많은 사람들이 요즘 가장 자주 쓰고 있는 유행어인 셈이다.

그렇다면 이 위대한 가르침을 우리 부부뿐 아니라 친지

들에게 설파한 사람은 누구인가. 예수인가, 부처인가. 공자인가, 마호메트인가. 아니다. 이 복음을 우리에게 가르쳐준 사람은 이제 겨우 일곱 살 된 내 사랑하는 손녀 정원이다.

지난달 정원이가 방학을 맞아 우리나라에 와서 한 달간 머무르다 갔다. 돌아갈 무렵 어느 날 아침 할머니에게 머리를 묶어달라고 부탁을 한 뒤 문득 정원이가 이렇게 말을 하였다는 것이다.

"할머니, 참는 게 힘이에요."

나는 아내가 정원이의 머리를 묶어주는 모습을 지켜본 일이 있었다. 상하이에 놀러갔을 때도 정원이가 유치원에 갈 때는 으레 할머니에게 머리를 묶어달라고 청하였다. 나는 미처 여자애들의 머리가 그처럼 묶기 힘든 것인지 알지 못하였다. 성격이 까다로워서인지는 몰라도 정원이는 단정하게 머리를 빗은 후 방울 끈으로 머리를 묶은 뒤에도 어디 한군데의 머리카락이 삐져나오면 다시 해달라고 몇 번이나 지적하는 것이었다. 잘된 것 같은데도 목욕탕으로 달려가 자신의 머리 모습을 앞으로 뒤로 거울에 비춰보고는 끈을 풀고 처음부터 다시 해달라고 떼를 쓰는 것이다. 성미 급한 나는 그런 모습이 항상 조마조마하였다. 그만하면 예쁘게 빗은 것 같고, 잘 묶인 것 같은데도 단숨에 머리끈을

풀어 내리고 처음부터 다시 머리를 빗어달라고 떼를 쓰는 모습을 보면 어떤 때는 짜증이 나서 주먹으로 꿀밤이라도 때리고 싶도록 얄밉기까지 했었다.

그러나 이러한 할아버지와는 달리 할머니는 수십 번이나 되풀이해서 떼를 써도 한 번도 낯을 찌푸리거나 싫어하는 모습을 보이지 않았다. 시키면 시키는 대로 아내는 노예처럼 천천히 머리를 묶고 한 가닥의 머리카락도 빠져나오지 않도록 조심하며 모아들인 다음 어느 순간 마법사처럼 방울 끈으로 단숨에 머리를 묶곤 했었다. 어쩌다 머리카락을 강하게 잡아당기면 정원이는 아야야, 비명까지 질러 그 모습을 지켜보노라면 아아, 여자들이란 도대체 무엇 때문에 저렇게 남에게 보여주는 모습에 집착하는 것일까. 이제 겨우 일곱 살의 꼬마 계집애가 저토록 머리카락 하나에 신경을 쓰고 있으니 다 자란 처녀가 되면 남보다 돋보이고 싶은 욕망을 어떻게 주체할 수 있을 것인가 하는 걱정이 지레 치밀어오르는 것이었다.

그런데 어느 날 정원이는 수십 번이나 되풀이해서 할머니에게 머리를 묶도록 떼를 쓴 다음 문득 이렇게 말을 하였다는 것이다.

"할머니, 참는 게 힘이야."

그 말을 들은 순간 아내는 놀라서 자신의 귀를 의심하였다는 것이다. 그러한 철학적인 말은 어린아이의 입에서 흘러나올 수 있는 내용이 아닌 것이다. 그러나 그보다 더 놀라운 것은 정원이가 머리를 빗을 때마다 할머니가 참고 있다는 사실을 알고 있었다는 사실이다.

자신이 떼를 쓸 때마다 할머니는 속으로 참고 견디며 짜증이 나고 화가 나면서도 절대로 내색하지 않고 처음부터 끝까지 한결같이 변함없는 마음으로 머리를 빗어주고 있다는 사실을 충분히 알고 있었다는 것이다.

"여보."

늦게 집에 들어간 내게 아내가 말하였다.

"오늘 정원이가 말이야, 이렇게 말했어. '할머니 참는 게 힘이야'라고."

자초지종을 전해들은 나는 문득 고등학교 때 외웠던 문장을 떠올렸다.

"인내는 쓰다, 그러나 그 열매는 달다(Patience is bitter, but it's fruit is sweet)."

지금도 그 영어 문장을 기억하고 있는 것은 그 문장이 고등학교 3학년의 내 가슴에 선명하게 박혀 들었기 때문이었다. 그러나 그것은 어디까지나 유명한 영국의 격언이다.

이제 겨우 일곱 살 난 아이가 어느 책에서 읽거나 학교에서 배우지는 않았을 것이다. 그러므로 '참는 것이 힘이다'란 정원이의 말은 남의 멋진 말을 그럴듯하게 인용한 앵무새적 말이 아니라 직접 자신의 경험(?)에 의해서 터득한 진리인 것이다.

그날 밤 나는 깊은 생각에 잠겼다. 참는다는 것은 마음 내부에 고통이 있다는 것이다. 그 고통을 피하거나 도망가지 않고 정면으로 마주 보고 부딪쳐나갈 때 비로소 참음, 즉 인내가 성립되는 것이다. 고통을 견디는 힘. 그것이 바로 인내이며, 인내야말로 강한 에너지이다. 성경에도 이런 말이 있지 않는가.

"고통은 인내를 낳고, 인내는 시련을 이겨내는 끈기를 낳고, 그러한 끈기는 희망을 낳는다는 것을 우리는 알고 있습니다."

그렇다면 정원이의 마음속에도 고통이 있는 것일까. 어린아이 마음에도 고통이 있고, 끈기가 있고, 그 이겨내는 끈기야말로 힘이며, 희망임을 정원이는 이미 깨닫고 있는 것일까. 순간 그 어떤 성인의 말에도 감동하지 않았던, 그 어떤 선지자의 가르침에도 꿈쩍하지 않았던 나의 마음이 뜨거운 감동으로 흔들리는 것을 느꼈다.

고등학교 3학년 때 읽었던 영국의 격언보다도 성경에 나오는 예수의 말씀보다도 일곱 살 난 정원이의 가르침이야말로 하늘의 진리, 즉 천진 그 자체인 것이다.

그날 밤 나는 정원이에게 이렇게 물어보았다.

"오늘 할머니로부터 네가 '참는 게 힘이야'라고 말을 했다고 들었는데, 그러면 너는 도대체 뭘 참고 있냐?"

정원이는 단순하게 대답했다.

"아침에 일찍 눈떴을 때 유치원에 가기 싫은데도 참고 가는 것."

정원이의 속마음을 알게 된 것은 정원이가 8월 중순 상하이로 돌아간 후였다. 돌아간 뒤에 나는 서재 책상 위에 정원이가 만든 책 한 권이 놓여있는 것을 발견했다. 아마도 할아버지가 작가이니 자신도 글을 쓰고 싶은 마음에서 만든 것인지 모르지만 직접 그림을 그리고 영어로 쓴 책의 이름 가족, 즉 'Family.' 4페이지에 불과한 이 미니북 속에서 정원이는 이렇게 글을 쓰고 있다.

"가족은 친구들이다.

친구들은 싸우지 않는다.

바로 그것이 친구들의 바람직한 모습인 것이다.

어린애들이 학교에 갔을 때는
한 친구가 비어있는 놀이기구를 이용하고 있는데
또 다른 친구들이 같이 놀기를 원하면
함께 나눌 필요가 있다.
가족이란 노래, 춤 등 모든 걸 함께 나누는 집단인 것이다."

- 원작 성정원, 번역 최인호

이 글을 읽으며 나는 알 수 있었다. 아마도 정원이는 학교에서 놀이기구를 이용하고 싶은데 누군가 이를 허락하지 않고 빌려주지 않아서 상처를 입었을지도 모른다. 친구들과 다퉜을지도 모른다. 노래와 춤을 추고 싶은데 가기 싫은 유치원에 갔을지도 모른다. 그럼에도 불구하고 정원이는 가족은 친구이며, 친구 역시 가족임을 깨닫고 있다. 가족과 친구는 서로 싸워서는 안 되며, 싸우고 싶을 때에도 이를 참는 것이야말로 힘이라는 사실을 표현하고 있는 것이다.

요즘 나는 정원복음福音에 빠져 있다. 정원복음은 마태오 복음보다 더 큰 진리라고 나는 생각한다. 정원복음의 제 1 장은 바로 이것이다.

"참는 것은 힘이다."

우리 부부와 가까운 친지들 역시 신흥종교인 정원교의 열렬한 신도들이다.

우리 집은 정원이의 그림을 전시하고 있는 상설전람회장이며, 정원이가 남기고 간 낙서들을 그대로 보관하고 있는 갤러리이다. 우리는 하루에도 수십 번씩 정원이의 그림과 낙서를 들여다보며 미소를 짓고 그리워한다.

나는 비교적 감정표현에 있어 솔직한 편이다. 좋은 느낌이 들 때에는 '좋다'고 표현하고, 싫다는 느낌이 들 때에는 '싫다'고 표현한다. 굳이 '싫다'는 말을 노골적으로 하지는 않더라도 얼굴에 드러나는 표정을 쉽게 감추지 못하니 상대방은 금세 눈치 채고 만다.

특히 가족에 있어서 이런 감정 표현은 보다 풍부해진다. 나는 가족들끼리는 서로의 감정을 숨기지 않고 적극적으로 표현해야 한다고 생각한다.

아내가 차려준 음식이 맛있으면 나는 '당신의 요리솜씨는 최고야'라고 말을 한다. 아내가 문득 예뻐 보이면 '예쁘다'고 말하고, 미장원에서 새로 바꾼 머리 스타일이 어울려 보이면 나는 곧 '머리 맵시가 좋은데'라고 칭찬한다. 이는 아이들에게도 마찬가지이다. '난 네가 내 아들로 태어나서 항상 고맙다'고 칭찬을 아끼지 않으며, 다혜에게는 언젠가 이런 생일카드를 보낸 적도 있다.

'다혜는 우리 집의 수호신. 네가 있으므로 우리 집은 항상 평화롭고 행복해.'

'칭찬은 고래도 춤추게 한다'란 책제목이 있듯이 서로에 대한 애정 표현과 칭찬은 가정을 활기차게 하고 가족들을 긍정적인 사람으로 변화시킨다.

그럼에도 불구하고 내가 별로 사용하지 않았던 단어가 있다. 그것은 '사랑한다'는 말이었다. 사실 그 어떤 감정의 표출보다도, 그 어떤 칭찬의 말보다도 '사랑한다'란 말이 최고의 표현임을 모르지는 않는다. 나는 지금껏 다른 표현은 다양하게 모두 사용하고 있으면서도 정작 '사랑한다'는 말은 인색하게 아끼고 있었던 것이다.

어느 철학자가 말했던가.

"'나는 너에 대한 지극한 사랑을 가지고 있다'고 말하는 것은 아무런 의미가 없는 말이다. 사랑은 소유할 수 있는 물건이 아니라 하나의 과정, 사람이 그 주체가 되는 내적 행동인 것이다. 나는 사랑할 수 있고 사랑에 빠질 수도 있다. 그러나 사랑에게 있어서 그 무엇을 '가진다'는 것은 있을 수 없다."

나는 이 말에 동의하며, 나는 이 말처럼 내 가족을 사랑

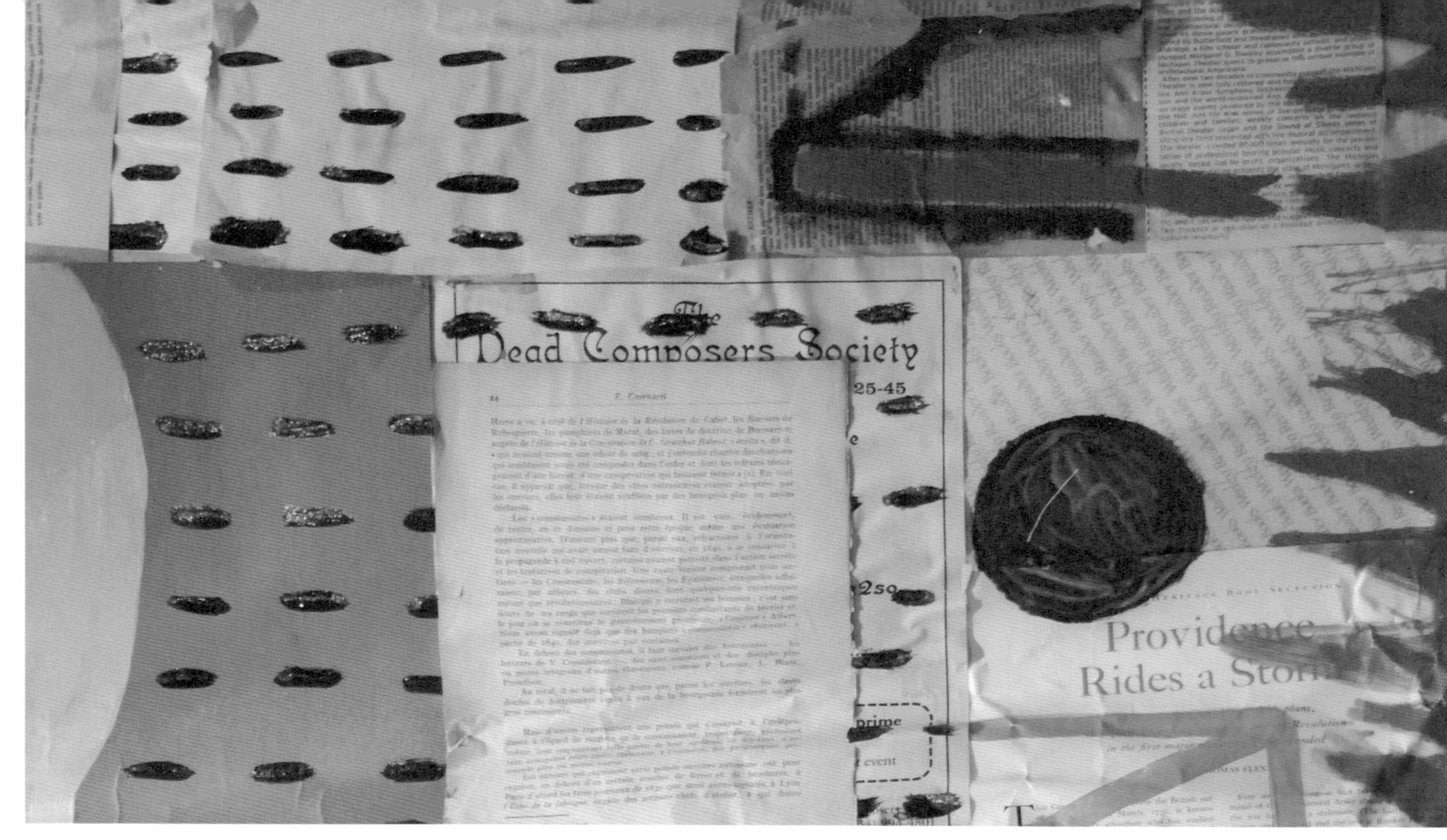

Dead Composers Society
25-45
prime
Providence

하고 있다. 그러나 가족을 사랑한다고 표현하는 것은 결국 '나는 너에 대한 지극한 사랑을 가지고 있음'을 고백하는 소유욕의 표현이지 진실한 내적 표현처럼 느껴지지 않았던 것이다.

'사랑'이란 표현은 '서로 사랑하여라. 내가 너희를 사랑한 것처럼 너희도 서로 사랑하여라'라는 예수 최후의 유언으로 인해 기독교의 핵심사상으로 승화되었지만 수많은 영화, 소설, 가요 등 대중매체에 등장하는 최대의 유행어로 자리 잡은 이후 통속적이고, 낡은 폐어廢語가 되어버린 것처럼 느껴진다.

사랑한다는 말이 사랑하는 사람들의 감정을 표현하는 사랑의 말로 느껴지지 아니하고 인사치레의 가벼운 빈말로 전락되어버린 이즈음 과연 가족들에게 '사랑한다'는 표현이 무슨 감동을 줄 수 있을까 하는 노파심에서 나는 깍쟁이처럼 '사랑한다'는 표현을 인색하게 아끼고 있었던 것이다.

이러한 고정관념을 여지없이 깨부순 사람이 있다. 바로 손녀 정원이다. 정원이는 미국에서 태어났고 지금도 중국 상하이에서 살고 있으니 태어나서 지금까지 줄곧 외국에서만 생활하여 왔다. 일 년에 두세 번 정도만 방학을 이용해 우리 곁에 와서 머무는데, 그림 그리기를 좋아하는 정원이는 올 때마다 수십 장의 그림을, 그리고 낙서를 남기고 떠난다.

우리 부부는 정원이가 그린 그림과 낙서 들을 단 한 장도 버리지 않고 그대로 보관해둔다. 우리 집은 정원이의 그림을 전시하고 있는 상설전람회장이며, 정원이가 남기고 간 낙서들을 그대로 보관하고 있는 갤러리이다. 심지어 정원이가 소꿉장난 놀이를 하던 장소까지 정리하지 않고 그대로 내버려둔다. 집 안 곳곳 구석구석에는 정원이의 그림과 낙서, 그리고 정원이의 손길이 고스란히 남아 있다. 특히 아내의 침대 곁에는 정원이가 남긴 물건들이 신줏단지처럼 모셔져 있다. 내 침대 곁에도 정원이가 보낸 생일 카드가 꽂혀 있고, 우리 부부는 하루에도 수십 번씩 정원이의 그림과 낙서를 들여다보며 미소를 짓고 그리워한다.

두 살 때부터 일곱 살에 이르기까지의 낙서를 모두 보관하고 있는데, 그 내용은 거의 모두 사랑 타령이다. 내 침대 옆의 생일 카드에도 '아이 러브 할아버지. 아이 러브 유, 아이 러브 유, 아이 러브 유'라고 쓰여 있고, 아내의 침대 곁에는 '아이 러브 할머니. 포에버, 영원히 할머니 곁에 머무르고 싶어요. 할머니 사랑해요'라고 쓰여 있다. 미국에서 태어났으므로 한글보다도 영어에 익숙해서 영어로 쓰여진 사랑의 메시지이지만 그것을 볼 때마다 나는 '그렇구나, 역시 사랑을 표현하는 데는 사랑이라는 그 이상의 단어는 없는 것이구나' 하는 평범한 진리를 깨닫게 된다.

그 이후부터 나는 정원이를 볼 때마다 이렇게 말을 하곤 했었다.

"정원아, 아이 러브 유, 아이시떼이루, 워 아이 니, 이히 리베 디히, 쥬 뗌므, 띠 아모, 야이 엘스케르 다이……."

내가 정원이에게 사용하는 사랑의 표현은 내가 아는 세계 각국에서 사용하는 '사랑한다'란 말을 총망라한 것이다. 정원이는 미국과 중국에서 줄곧 자라 외국인학교에 다니고 있으므로 자연 세계 각국에서 사용하는 '사랑한다'라는 외국어들을 많이 들어왔을 것이다.

내가 정원이를 볼 때마다 이렇게 장황하게 세계 각국의 언어로 '사랑한다'고 표현하는 것은 온 세계 속에서 단 한 사람 정원이를 사랑한다는 할아버지의 사랑을 극명하게 드러내기 위함이었다.

"'야이 엘스케르 다이'는 어느 나라 말이야?"

어느 날 정원이가 내게 물었다.

"글쎄 노르웨이인가 스웨덴 말인데."

"할아버지가 그걸 어떻게 알았어?"

내가 고등학교 때였던가, '페드라'란 영화 속에서 앤서니 퍼킨스가 계단을 올라가는 여주인공에게 '사랑한다'는 표현으로 '야이 엘스케르 다이'라고 고백하는 장면을 본 적이 있었다. 그때 나는 그 문장을 기억해두었었다. 이 다음에 사랑하는 사람을 만나면 그 문장을 써먹어야지 하면서. 그런데 아내가 아니라 오히려 반세기가 지난 후 손녀딸에게 처음으로 사용하고 있는 것이 아닌가.

그러자 정원이는 내게 네덜란드어로 '사랑한다'는 말을 가르쳐주기 시작하였다. 자기 반에 네덜란드 아이가 있는데 네덜란드 말로는 '사랑한다'가 '이크 하우 반 야우Ik hou van jou'라는 것이었다. 발음이 어찌나 어려운지 아무리 따라 해도 정원이가 원하는 발음을 제대로 해낼 수가 없었다.

요즘 나는 집에서 시도 때도 없이 아내를 부른다.

"여보, 여보."

아내는 무심코 대답한다.

"왜 불러."

그러면 나는 기다렸다는 듯 질러 말한다.

"사랑해."

처음에는 웬 생뚱맞은 소리냐고 핀잔주던 아내가 자꾸 자꾸 반복해서 말하자 세뇌되어 중독성이 생겼는지 내가

'사랑해' 하고 말하면 '알겠다구' 하고 건성으로 대답하다가 나중에는 '나두' 하고 대답한다. 그런데 최근에 재미있는 현상까지 생겼다. 내가 장난치기 위해서 '여보 여보' 하고 부르면 아내가 기다렸다는 듯 먼저 이렇게 선수를 치는 것이다.

"사랑해."

우리 집 부부가 뒤늦게 '사랑한다'라는 말을 이렇게 나누게 된 것은 전적으로 정원이 덕분이다. 사랑의 전도사 정원이로 인해 '사랑한다'란 말이야말로 신이 인간에게 준 최고의 칭찬이며 기적을 이루는 최고의 묘약임을 깨닫게 된 것이다. 이제 얼마 안 있어 성탄절이면 정원이가 겨울방학을 맞아 다시 우리 곁으로 온다. 그러면 나는 공항에서 손을 벌려 정원이를 맞으며 그동안 새로 외워두었던 단어를 말하면서 이렇게 소리쳐 외칠 것이다.

"성정원, 아이 러브 유, 아이시떼루, 워 아이 니, 이히 리베 디히, 쥬 뗌므, 띠 아모, 야이 엘스케르 다이(스웨덴), 마할 키타(필리핀), 우히 부카(아랍), 떼 이우베스크(루마니아), 떼 끼에로(스페인), 비 참드 하이르타이(몽골), 오 비참테(불가리아), 이크 하우 반 야우(네덜란드), 그리고

사 · 랑 · 해…….

정원이와의 약속은 지켜지지 못했다. 정원이는 이 할아버지가 천사라는 사실을 벌써 모두에게 일러바쳤다. 아내와 딸아이는 또 할아버지가 허튼소리를 했다고 웃어넘겼지만 정원이는 이 할아버지가 천사라는 것을 굳게 믿고 있다.

요즘 나는 밤마다 한 가지씩 이야기를 지어내느라고 골치가 아프다. 연말을 맞이하여 집에 온 정원이가 내게 무서운 얘기를 해달라고 떼를 쓰기 때문이다. 옛날이야기라면 어떻게든 거짓말을 꾸며보겠는데 무서운 얘기를 해달라니 여간 힘든 일이 아니다. 명색이 할아버지가 작가이니 무서운 얘기쯤은 얼마든지 꾸며댈 수 있을 것으로 생각되지만 보통 어려운 일이 아닌 것이다.

내가 어렸을 때 제일 무서운 이야기는 밤마다 무덤가에서 시체를 파먹는 기숙사 학생 이야기였다.

어느 날 우연히 옆 침대에서 자는 학생이 한밤중에 일어나는 것을 보게 된 나는 무심코 그 학생의 뒤를 따라 공동묘지까지 가게 된다. 그런데 그 학생이 무덤을 손으로 파헤치고 시체를 먹는 것이 아닌가. 너무나 놀란 나는 비명을 지르게 되었고, 그 학생의 눈과 마주치게 된다. 혼비백산

하여 기숙사로 돌아와 자는 체하고 있었는데, 그 학생은 차례차례 잠들어 있는 학생의 가슴에 귀를 대고 심장 소리를 듣는다. 허겁지겁 달려왔으므로 자연 심장이 빠르게 뛰고 있는 학생이 자기를 쫓아온 학생임이 분명했으므로. 잠든 채 누워 있는 내 옆으로 그 학생이 다가올수록 심장이 멎을 것 같았다. 마침내 그 학생이 내 가슴에 머리를 기댄다. (이야기가 여기까지 이르면 어린 내 가슴은 공포와 두려움으로 숨이 멎을 것 같다) 그때 그 학생이 말한다. "바로 너지!" (순간 이야기를 하는 사람은 느닷없이 숨죽여 듣고 있는 나를 향해 귀청이 찢어져라 소리를 지른다)

어릴 때 들었던 이 무서운 이야기 때문에 나는 한동안 한밤중에는 화장실도 가지 못할 정도였다. 도깨비나 귀신 이야기보다도 무덤을 파헤치고 시체를 파먹는 친구의 이야기가 더 사실적이었고, 특히 심장 소리를 듣기 위해서 한 사람씩 가슴에 귀를 대고 확인하면서 다가올 때의 그 긴박감은 어린 마음에도 상상을 초월하는 것이었다. 그러다가 "바로 너지!" 하고 소리를 지르며 내 몸을 후려치는 고함소리에는 수십 번 같은 이야기를 들었음에도 화들짝 놀라 거의 까무러치는 지경에까지 이르게 되는 것이다.

나는 정원이에게 차마 그 무서운 이야기를 대물림할 수

는 없었다. 등장하는 소재가 공동묘지라든가 시체와 같은 단세포적인 유치한 것들이기 때문이었다. 나는 무서운 얘기면서도 정원이에게 상상력과 창의력을 자극할 수 있는 그런 모범동화를 얘기해주고 싶었다. 그래서 나는 해질 무렵이면 오늘은 또 무슨 이야기를 재미있게 해서 살아남을 수 있을까 고민하는 〈천일야화〉의 세헤라자드 공주처럼 고민거리에 사로잡혔던 것이다.

놀라운 것은 정원이가 내가 꾸며대는 모든 이야기들을 사실로 받아들이고 있다는 점이었다.

〈별주부전〉의 이야기를 빌려서 거북이를 타고 바닷속으로 들어갔다는 이야기를 해주면 어떻게 바닷속에서 숨을 쉬지 않고 참을 수 있느냐고 물으면서도 내 이야기를 의심치 않고 있었다. 우주선을 타고 아득한 별나라로 가서 외계인을 만나고 왔는데 외계인들은 눈이 하나고 유리창처럼 몸이 투명해서 심장이 뛰는 것이 밖에서도 보인다고 해도 몇 번이나 "진짜야?" 하고 물으면서도 이를 전혀 의심치 않고 있었다.

크리스마스 전날 밤, 산타할아버지가 준 장난감이 고장이 나자 '할아버지, 장난감을 고쳐주세요' 하는 편지를 써두면 산타할아버지가 장난감을 새것처럼 고쳐준다는 말을 곧이곧대로 믿는 정원이였으므로 (실제로 우리는 이 약속을 지키기 위해 백화점에서 장난감을 바꾸느라 혼이 났다) 내가 해주는 이야기는 무엇이든 사실 그대로 믿는 것은 너무나 당연한 일이었다.

내게도 산타할아버지의 존재를 믿던 어린 시절이 있었다. 전쟁 후의 황폐한 시절이었으므로 부모님들이 성탄 전날 밤 머리맡에 선물을 놓아두는 그런 사치스러운 풍습은 없었지만 그래도 예배당에 나가면 산타할아버지들이 구제품 옷이라든가 사탕들을 나눠주곤 했었다.

그뿐인가. 유난히 조숙했던 나였지만 초등학교 졸업 때까지 아빠와 엄마가 밥을 같이 먹고, 같이 살림을 하면 저절로 아이들이 생겨나는 것으로 믿고 있었다.

'너를 다리 밑에서 주워왔다'는 아저씨의 짓궂은 말을 곧이듣고 실제로 청계천 다리 밑으로 아빠 엄마를 찾아 나가보기도 했었다. 청계천 다리 밑의 거지들을 보면서 그들이 실제 내 부모, 친척인 것 같아 두려움에 떨면서 울며 돌아오던 기억도 아직 선명히 남아 있다.

아아.

내가 하는 이야기는 무엇이나 사실 그대로 믿는 정원이를 보면서 나는 생각하였다. 내게도 일고여덟 살의 어린 나이가 있었다. 그때는 나도 정원이처럼 세상의 모든 것을 믿었다. 여우도 믿고, 토끼도 믿었다. 나무꾼도 믿고, 선녀도 믿었다. 장화도 믿고, 홍련이도 믿었다. 산타클로스도 믿고, 하느님도 믿었다. 아이도 저절로 태어나는 것이라 믿었다. 아아, 아이들이 믿는 어린 날의 내가 믿었던 하느님이 원죄에 의해서 아이들을 만들어내지 않고 그냥 아빠 엄마들이 같이 밥해 먹고 오순도순 살아가면 혹이 자라듯 자연스럽게 태어나게 이 세상을 창조하셨다면 얼마나 좋았을까. 남자라는 성도 없고, 여자라는 성도 없이 섹스도, 사랑이라는 미명하에 벌어지는 그 어마어마한 장미전쟁도 없이 그냥 아이가 하늘나라에서부터 내려오는 두레박처럼 태어날 수 있다면 이 세상은 얼마나 평화로울 수 있을 것인가.

그렇다. 내가 성장하였다는 것은 고작 나이를 먹는 것이고, 나이를 먹었다는 것은 그 믿음을 잃어버리는 것이고, 믿음을 잃어버린다는 것은 하늘의 뜻을 잃어버린 것이니, 나야말로 날개를 잃어버린 타락된 천사로구나.

그날 밤 나는 정원이에게 이런 이야기를 해주었다.

"이건 말이야 정원이와 나의 비밀인데 절대로 절대로 누구에게도 얘기해서는 안 된다."

"무서운 얘기야?"

"무서운 얘기가 아니고 비밀이야."

"무슨 얘긴데?"

"절대로 남한테 이야기 안 한다고 약속해."

나는 새끼손가락을 내밀었다. 우리는 새끼손가락을 걸면서 맹세했다.

"하늘땅 별땅 각기별땅."

"무슨 비밀인데?"

"솔직히 말해서 할아버지는 천사야."

"천사? (정원이의 눈이 휘둥그레졌다) 할아버지가 천사라고?"

"그래 천사야."

"천사라면 날개가 있을 텐데."

"있지, 양쪽 어깨에 날개가 있지."

"어디 봐."

나는 어깨를 걷어 올렸다. 다행스럽게도 나의 오른쪽 어깨에는 우두자국이 있다. 나는 우두자국을 가리키면서 이렇게 말했다.

"원래 할아버지는 날개가 있단다. 그래서 마음대로 날아다닐 수 있었단다. 하늘나라에도 갈 수 있었어. 마음만 먹으면 별나라로 날아갈 수 있었고, 네가 있는 상하이에도 금방 날아갈 수 있지. 그런데 이젠 날개가 어깨 속으로 접혀 들어갔어. 이 자국은 (나는 우두자국을 가리켰다) 날개가 접혀 들어간 자리란다. 할아버지 어깨 속에는 날개가 꼬깃꼬깃 접혀 있어."

"그럼 언제 날개가 나와?"

"사람들이 보지 못할 때, 정원이가 꼭 필요할 때. 그땐 나도 모르게 날개가 확 나와서 활짝 펼쳐지지. 그리고 하늘을 훨훨 날아다닌다고."

정원이와의 약속은 지켜지지 못했다. 하늘과 땅에 맹세를 했음에도 불구하고 정원이는 이 할아버지가 천사라는 사실을 벌써 모두에게 일러바쳤다. 아내와 딸아이는 또 할아버지가 허튼소리를 했다고 웃어넘겼지만 정원이는 이 할아버지가 천사라는 것을 굳게 믿고 있다. 날개 잃은 천사가 아니라 어깨 속으로 들어가버린 퇴화된 날개를 가진 늙은 천사(?)임을 믿고 있다.

기독교에서는 천사가 20,165,572명이나 이 지상에 존재한다고 주장하고 있다. 솔직히 고백하면 나는 그 2천만 명의 천사 중 한 사람이다. 신과 인간의 중계자로서 하늘의 뜻을 인간에게 전하고 인간의 기원을 하늘에 전하는 영적인 존재인 천사. 내가 천사라는 것을 누구보다 정원이가 믿어 의심치 않고 보증해주고 있으므로 나는 비록 거룩한 천사는 못 되더라도 날개를 잃어버린 하급천사임에는 틀림없다.

동네 문방구에서 정원이에게 벙어리장갑을 하나 사준 적이 있었다. 2천 원을 주고 산 싸구려 벙어리장갑인데, 정원이는 상하이에 가서도 이 장갑을 매우 소중하게 간직하고 다닌다는 것이었다. 그 이유를 물었더니 장갑에서 할머니 냄새가 난다는 것이었다.

한 달 동안 겨울방학을 맞아 한국에 와 있던 정원이가 상하이로 돌아가기 위해서 비행장으로 전송을 나갔을 때 이야기다.

출발 시간이 남아 커피점에 앉아서 시간을 보내고 있는데 갑자기 정원이가 아내의 얼굴을 어루만지기 시작하였다. 단순히 쓰다듬는 것이 아니라 마치 지문을 채취하기 위해 수사를 하는 수사관처럼 아내의 얼굴을 할퀴듯 긁어내리는 것이었다. 영문을 모를 행동으로 궁금해 했었는데, 그 이유를 알게 된 것은 며칠 뒤 정원이와 국제전화를 한 다음이었다.

헤어지는 것이 슬퍼서 손끝에 할머니의 냄새를 묻혀두었다가 보고 싶을 때는 그 냄새를 맡기 위해서 일부러 손가락에 할머니의 냄새를 묻혀두었다는 것이었다.

"처음에는 할머니 냄새가 났었는데, 아침마다 세수하고

손을 씻으니 얼마 안 가서 냄새가 없어져버렸어."

그러고 나서 정원이는 이렇게 말하였다.

"할머니 냄새가 나는 옷을 상하이로 보내줘. 할머니 보고 싶으면 냄새를 맡을 테니까."

언젠가 나는 정원이에게 동네 문방구에서 벙어리장갑을 하나 사준 적이 있었다. 2천 원을 주고 산 싸구려 벙어리장갑인데, 정원이는 상하이에 가서도 이 장갑을 매우 소중하게 간직하고 다닌다는 것이었다. 그 이유를 물었더니 장갑에서 할머니 냄새가 난다는 것이었다. 물론 그것은 사실이 아닐 것이다. 어떻게 벙어리장갑에서 할머니 냄새가 날 수 있겠는가. 아내가 평소에 끼고 다녔던 장갑도 아니니 정원이가 장갑에서 할머니의 냄새를 떠올린다는 것은 불가능한 일이다. 벙어리장갑 낀 정원이의 손을 아내는 항상 잡고 다녔으므로 어쩌면 아내의 희미한 냄새쯤은 묻어 있을지도 모른다. 정원이가 그 장갑을 좋아하는 것은 할머니와 함께 있었던 그리운 기억을 떠올릴 수 있는 마땅한 추억거리 물건이기 때문이지 꼭 집어 말해서 할머니의 냄새 때문은 아닐 것이다.

우리의 후각은 의외로 예민하여 그 사람과 함께 나눴던 추억을 떠올리게 하는 가장 중요한 감각인지도 모른다.

정원이의 말을 듣고 나는 묵묵히 생각해보았다. 어머니가 돌아가신 지 벌써 20여 년. 그러나 나는 지금도 어머니의 냄새를 어렴풋이 기억하고 있다.

이상하게도 모든 사물들은 나름대로의 냄새를 갖고 있다.

아름다운 방향을 풍기는 꽃들은 물론이고 오래된 장롱에서도 희미하지만 향나무 냄새가 난다. 모든 과일도 나름대로의 향기를 갖고 있다. 사과는 사과 냄새를 갖고 있고, 귤은 귤 냄새가 난다. 우리의 미각을 자극하는 것도 냄새일 것이다. 음식의 냄새를 맡지 못한다면 그 음식이 최고의 맛을 갖고 있다고 하더라도 우리의 식욕을 자극하지는 못할 것이다.

오래전 일이지만 연극평론을 하던 한상철 선배가 알 수 없는 병으로 후각을 잃어버렸다는 소식을 전해들은 일이 있었다. 우연히 만나 냄새를 맡지 못하는 최대의 고통이 무엇인지 물었더니 '음식의 맛'을 느끼지 못한다는 뜻밖의 고백을 들은 적이 있다.

그렇게 보면 보고, 듣고, 만지고, 먹고, 냄새 맡는 오감 중에서 가장 동떨어져 보이는 후각이 오히려 타인과의 혹은 사물과의 소통을 인식시키는 제일감第一感일지도 모른다는 생각이 든다.

내가 아는 어머니의 냄새는 향기로운 냄새가 아니었다.

철학자 몽테뉴가 〈수상록〉에서 '향기가 좋다는 것은 역겨운 냄새를 풍기는 것과 같다'고 말한 것은 정확한 말이다. 사람들이 저마다 풍기는 향수 냄새와 화장품 냄새는 몽테뉴의 지적처럼 오히려 역겨운 냄새일지도 모른다. 그런 인위적인 냄새는 그 화장품과 더불어 사라져버린다.

마릴린 먼로가 "속옷으로 무엇을 입습니까" 하는 짓궂은 질문을 받았을 때, "샤넬 No. 5"라고 말함으로써 향수만 입을 뿐 속옷을 입지 않는다고 했다는 유명한 에피소드는 여전히 우리와 함께하고 있다. 하지만 마릴린 먼로의 그 유명한 '샤넬 No. 5' 향기는 그녀의 죽음과 더불어 잊히고 사라져가고 있다.

그렇게 보면 '냄새가 없는 것이 가장 좋은 냄새다'라고 말하였던 고대 그리스의 웅변가 키케로의 말이 오히려 더 리얼하게 느껴진다.

내가 어렴풋이 기억하는 어머니의 냄새는 치마폭에서 나던 복잡 야릇한 냄새였다. 그 냄새 속에는 화장품 냄새가 깃들어 있지 않았다. 화장품을 바를 정도로 여유가 없고 향수를 바를 정도의 젊은 나이가 아닌 늙은 어머니의 치마에서 나는 김치 냄새와 음식냄새, 당뇨환자들이 풍기는 달짝

지근한 냄새 그리고 수고한 땀 냄새 등이 혼합되었던 일종의 고통의 냄새였다. 그런 냄새는 그 어디서도 맡은 적이 없었던 어머니만의 독특한 냄새였다.

그런데 최근의 어느 날 나는 까마득히 잊어버렸던 그 냄새를 한순간 떠올릴 수 있었다. 마치 어머니의 영혼이 잠시 내 곁에 머물렀다 사라진 것 같은 환각에 온몸에 소름이 돋는 것 같은 전율을 느꼈는데, 그 냄새는 다름 아닌 아내의 냄새였다.

어쩌다 스치는 아내에게서 20여 년 전에 돌아가신 어머니의 냄새가 나고 있다. 아직까지 아내의 냄새에는 화장품 냄새가 섞여 있어 어머니의 치마에서 맡을 수 있었던 그런 고통의 냄새보다는 약하지만 점점 아내의 냄새는 어머니의 냄새를 닮아가고 있는 것이다.

정원이가 간직하고 싶어 했던 할머니의 냄새가 바로 그런 냄새가 아니었을까. 가족들을 위해서 헌신하고 혼신의 힘을 다하는 십자가의 땀 냄새.

프랑스의 시인인 폴 발레리는 '바람의 요정'이란 시 속에서 노래하였다.

"보이지도 않고 알 수도 없는 / 불어오는 바람 속 / 살은 듯 죽은 듯 나는 향기."

정원이가 간직하고 싶던 할머니의 냄새는 발레리의 시처럼 보이지도 않고, 알 수도 없는, 산 듯 죽은 듯 희미하게 풍겨오지만 그 사람만이 온전히 풍겨올 수 있는 인생의 체취가 아닐까.

나는 아버지의 냄새를 기억하지 못하고 있다. 워낙 오래전에 돌아가셨으므로 아버지의 냄새를 떠올린다는 것은 불가능한 일이다.

아버지의 유물도 한 가지도 간직한 적이 없다. 그것은 슬픈 일이다. 남은 것은 몇 장의 사진뿐. 어머니의 유물도 목이 부러진 성모마리아와 묵주뿐이었다. 언젠가 그 묵주도 잃어버렸으니 남은 것은 지지리도 고생만 하셨던 자신의 운명처럼 수난당해 목이 부러진 성모마리아상 하나뿐.

최근에 아내로부터 우연히 놀라운 사실을 전해 들었다.

어머니가 입던 치마저고리 한 벌을 아내가 간직하고 있다는 것이다. 원래 죽은 사람의 물건은 깨끗하게 태워버리는 것이 망자에 대한 예의이기도 한데 아내가 아직까지 어머니가 입었던 옷을 보관하고 있다는 사실에 크게 놀라 그 이유를 물었더니 아내는 간단하게 대답하였다.

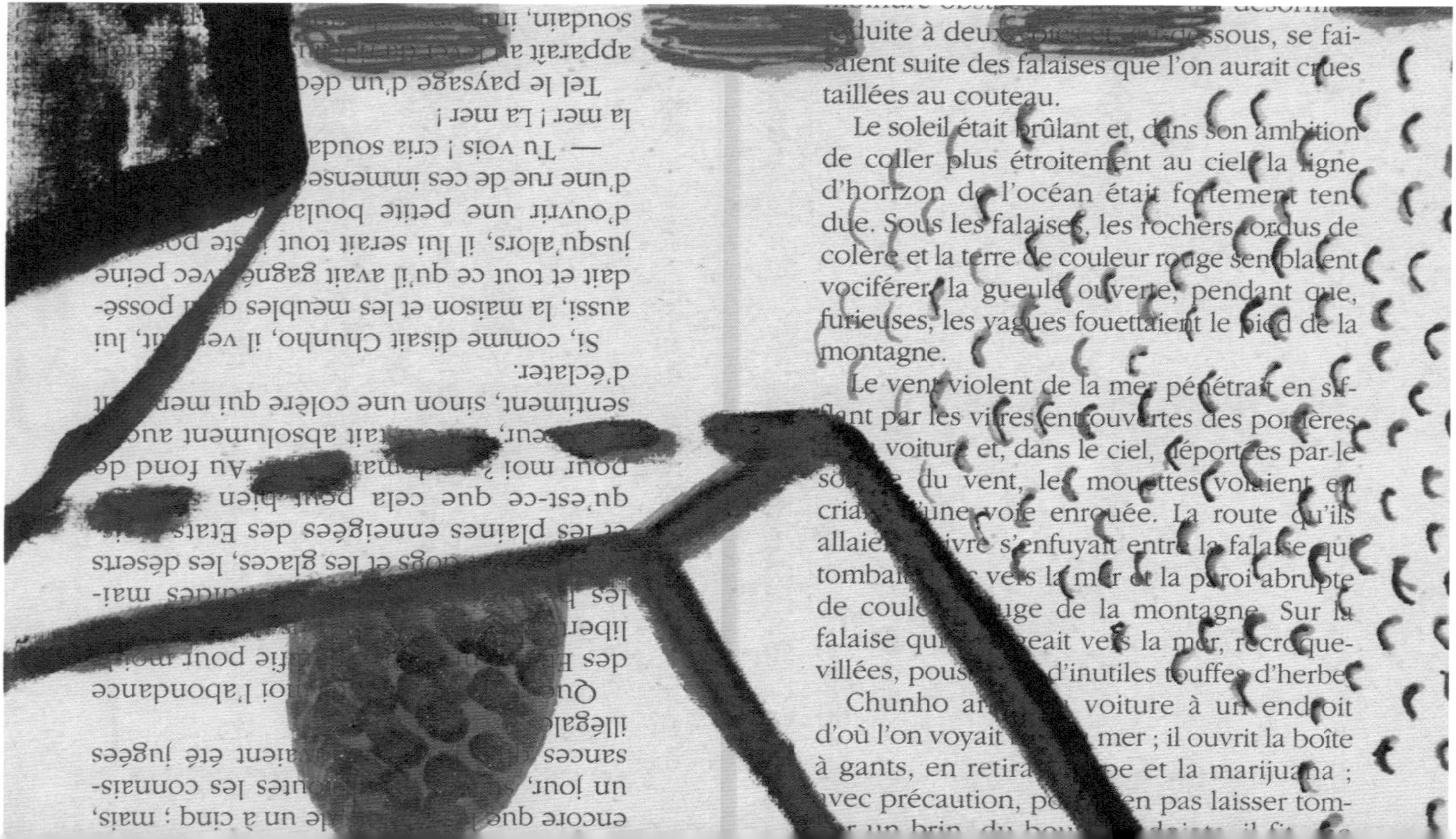

encore que […]de un à cinq ; mais, un jour, […]outes les connaissances […]aient été jugées illégal[…]

Que[…]oi l'abondance des E[…]fie pour moi[…] libert[…] les b[…]ides mai-[…]dogs et les glaces, les déserts et les plaines enneigées des Etats[…] qu'est-ce que cela peut bien […] pour moi ? […]demai[…]. Au fond de […]eur, […]tait absolument auc[…] sentiment, sinon une colère qui men[…]t d'éclater.

Si, comme disait Chunho, il ve[…]it, lui aussi, la maison et les meubles q[…] possédait et tout ce qu'il avait gagné avec peine jusqu'alors, il lui serait tout j[…]ste pos[…] d'ouvrir une petite boula[…] d'une rue de ces immense[…]

— Tu vois ! cria souda[…] la mer ! La mer !

Tel le paysage d'un déc[…] apparaît a[…] soudain, i[…]

[…]duite à deux[…]dessous, se faisaient suite des falaises que l'on aurait crues taillées au couteau.

Le soleil était brûlant et, dans son ambition de coller plus étroitement au ciel la ligne d'horizon de l'océan était fortement tendue. Sous les falaises, les rochers tordus de colère et la terre de couleur rouge semblaient vociférer, la gueule ouverte, pendant que, furieuses, les vagues fouettaient le pied de la montagne.

Le vent violent de la mer pénétrait en sif[…]dant par les vitres entrouvertes des portières […] voiture et, dans le ciel, déportées par le so[…] du vent, les mouettes voltaient en cria[…] une voix enrouée. La route qu'ils allaie[…]ivre s'enfuyait entre la falaise qui tomba[…] vers la mer et la paroi abrupte de coul[…]uge de la montagne. Sur la falaise qu[…]eait vers la mer, recroquevillées, pous[…] d'inutiles touffes d'herbe.

Chunho a[…] voiture à un endroit d'où l'on voyait […] mer ; il ouvrit la boîte à gants, en retira[…]pe et la marijuana ; avec précaution, po[…]n pas laisser tom[…]

“평소에 당신 어머니에 대해서 내가 좋은 감정을 갖고 있었나봐. 무엇보다 자식을 위해 희생하고 모든 것을 바치고 생을 마무리하셨던 시어머니의 모습을 마음 깊이 존경하고 있었나봐.”

나는 화려하지도 빼어나지도 똑똑하지도 않았던 내 어머니를 그렇게 존경하여 아직까지 어머니의 유품을 간직하고 있는 아내에 대해서 고마움을 느낀다.

가능하다면 가까운 시일 내에 어머니가 입던 그 옷을 찾아내어 옷에 얼굴을 묻고 냄새를 맡고 싶다. 내 손주 정원이가 벙어리장갑에 얼굴을 묻고 할머니 냄새를 맡듯 나도 어머니의 옷에 얼굴을 묻고 어린아이처럼 울면서 이렇게 칭얼거리고 싶다.

“엄마, 어딨어요?
보고 싶어요, 사랑합니다.”

식사가 끝나갈 무렵 나는 화장실 가는 척 일어서서 미리 계산을 했다. 그리고 계산을 하는 여직원에게 "조금 있다가 우리 손녀가 계산을 할 텐데요. 얼마예요 하고 물으면 무조건, 무조건 만 원이라고 대답해주세요" 귀띔을 해두었다.

어렸을 때 본 영화 중에 찰스 디킨스 원작의 〈위대한 유산〉이란 작품이 있다. 정확히 기억나지는 않지만 미천한 신분의 한 소년이, 결혼식 날 남자에게 버림을 받은 후 세상을 등진 채 은둔생활을 하는 노처녀의 양딸 에스텔러를 사랑하며 성장해가는 내용이다. 잊히지 않는 장면은 커튼을 모두 내린 어두운 방에서 가장 화려했던 시절의 모든 물건들과 의상, 장신구들을 진열해두고 영원히 늙지 않는 환상 속에서 살아가고 있는 노처녀의 모습이었다.

양어머니에게 길들여진 에스텔러 역시 시간이 멈춰버린 환상의 방 속으로 빠져들려 하자 주인공 청년은 커튼을 찢으며 가상의 현실로부터 뛰어 나오라고 절규한다. 진정한 유산이란 상류층이 되는 것이 아니라 인간의 고귀함에 있음을 깨달은 주인공이 막대한 유산을 포기하고 대신 인류애를 선택함으로써 '위대한 유산'을 상속받게 된다는 참으로 불후의 명작이다.

우리 집에도 시간이 멈춰버린 방이 하나 있다. 이사를 한 지 6년째가 되어가는데도 아직 커튼도 없고, 변변한 가구도, 벽에 걸린 그림조차 없어 썰렁한 연극 세트와 같은 아파트에서 유일하게 장식된 것은 정원이의 물건, 낙서 그리고 정원이가 쓴 편지들이다.

정원이가 두 살 때 그린 그림부터 방학 중에 올 때마다 장난삼아 끼적인 낙서, 유리창에 붙인 스티커, 가구 위에 쓴 수성볼펜 흔적, 학교 운동장에서 주워온 돌멩이 등 정원이의 손때가 묻은 물건들을 아내는 하나도 버리지 않고 거실 벽면에 붙여놓거나 진열장 속에 보관해둔다. 하다못해 신문지를 구겨서 만든 종이 슬리퍼, 주워온 자갈돌 위에 그린 웃는 모습의 장난감 등도 소중하게 보관되어 있다. 그런 의미에서 아내와 나는 '정원교'를 믿는 토테미즘의 맹신자라고 할 수 있으며 우리 집은 성정원의 모든 작품들을 전시하고 있는 시간이 멈춰진 갤러리인 것이다.

최근 정원이가 남긴 작품 중에서 편지 하나가 화제가 되었다. 정원이가 엄마에게 쓴 편지로, 내용은 다음과 같다.

"엄마, 엄마는 정말 행운아야. 엄마는 멋진 엄마와 남동생을 갖고 있기 때문이야. (섭섭하게도 아빠는 빠져 있다) 그러나 나는 동생이 없어. 나는 한 가지 소원이 있어요. 나를 위해서 내가 남동생 아니면 여동생을 가질 수 있도록 기도해줄래요?

사랑하는 딸 정원"

편지의 내용으로 보아 도단이의 딸 윤정이가 태어나기 전인 3~4년 전에 쓴 것이 분명하다. 왜냐하면 최근에 엄마 대신 외삼촌이 여동생 윤정이를 만들어주었으니까. 들려오는 소문에 의하면 작년쯤인가, 다혜의 시아버지께서 정원이에게 넌지시 말했다고 한다.

"정원아, 너 동생 보고 싶지, 그렇지?"

사돈어른의 그런 말은 은근히 정원이를 빗대어 며느리에게 아이를 하나 더 낳으라는 다목적용 협박(?)이었을 것이다. 그때 정원이는 선뜻 이렇게 대답했다는 것이다.

"괜찮아, 할아버지. 내겐 윤정이가 있잖아. 윤정이가 있으니깐 됐어."

물론 정원이와 윤정이는 친자매는 아니다. 그러나 피는 물보다 진하다는 말은 사실인 듯 정원이와 윤정이는 벌써 친자매 이상이다. 아직 말도 서툴러 할 수 있는 말이 열 개 정도밖에 안 되는 윤정이가 정원이만 만나면 "언니야, 언니야" 하고 팔짝팔짝 뛰며 손을 붙잡고 떨어지려고 하지 않는다.

2주 전이었던가, 토요일 날 성당에 들러 특전미사를 끝내고 전 가족이 단골 중국집에 모인 적이 있었다.

그날 정원이는 자신의 지갑을 들고 오더니 전 가족이 모인 자리에서 이렇게 선언했다.

"오늘은 내가 저녁을 살 거야. 그러니까 먹고 싶은 음식 마음대로 먹어. 그 대신 하나도 남기면 안 돼."

아내는 알고 있었다. 정원이의 지갑 속에는 만 원짜리 한 장이 들어 있음을. 자신이 만든 액세서리를 팔아 푼푼이 모은 돈이었다. 외출하기 전 정원이가 아내로부터 잔돈을 만 원짜리 한 장으로 바꾸어두었다는 것이다. 정원이의 호기로운 선언에 며느리 세실이가 말했다.

"아이고, 정원이가 밥을 사네. 정말 잘 먹겠습니다."

윤정이도 그 만찬을 언니가 사는 줄 알았는지 정원이가 숟가락에 밥을 떠서 먹일 때마다 한가득 입을 열어 남김없이 받아먹으며 말했다.

"언니? 언니야, 언니야, 언니야."

도단이도 말했다.

"야, 정원이가 밥을 사니 정말 맛있네."

식사가 끝나갈 무렵 나는 화장실 가는 척 일어서서 미리 계산을 했다. 그리고 계산을 하는 여직원에게 귀띔을 해두었다.

"조금 있다가 우리 손녀가 계산을 할 텐데요. 얼마예요 하고 물으면 무조건, 무조건 만 원이라고 대답해주세요."

여직원은 알겠다고 머리를 끄덕였다. 모든 식사가 끝나자 정원이가 호기롭게 지갑을 들고 일어섰다. 내가 에스코트하기로 했다.

정원이는 당당하게 걸어서, 당당하게 카운터 앞에 서서, 당당하게 말했다.

"여기 얼마예요?"

"예, 만 원입니다. 손님."

정원이는 지갑에서 만 원짜리 한 장을 꺼내고 말했다.

"이제 됐죠?"

"됐습니다, 손님."

계산을 마친 정원이는 윤정이의 손을 잡고 함께 가기 위해서 제자리로 돌아왔다. 그 틈을 노려서 내가 여직원에게 천 원짜리 한 장을 주면서 이 돈을 갖고 있다가 우리 손녀가 지나가면 이렇게 저렇게 말해달라고 부탁을 했다. 눈치 빠른 여직원이 웃으면서 고개를 끄덕였다.

잠시 후 가족들은 식탁에서 일어나기로 했다.

"정말 잘 먹었다, 정원아."

아내가 말했다.

"정원이가 산 음식이 이 세상에서 제일 맛있어."

"나두."

나도 한마디 했다.

"오늘 자장면이 할아버지가 이 세상에 태어나 먹어본 자장면 중에 최고였어."

"언니야, 언니야."

언니 정원이는 동생 윤정이와 다정히 손을 잡고 음식점을 걸어 나왔다.

그때였다. 카운터에 있던 직원이 정원이를 불러 세웠다.

"저, 손님."

여직원은 천 원짜리 한 장을 내밀면서 말했다.

"왜 거스름돈을 받지 않고 가셨어요. 자, 여기 있습니다. 잔돈이요."

나는 그때 정원이의 얼굴에서 기쁨으로 가득 찬 하늘나라를 보았다. 예수도 어린아이를 불러 사람들 가운데 세우고 이렇게 말하지 않았던가.

"나는 분명히 말한다. 너희가 생각을 바꾸어 어린아이와 같이 되지 않으면 결코 하늘나라에 들어가지 못할 것이다."

그날 밤 돌아오는 차 속에서 정원이가 말했다.

"나는 세상에서 하느님이 제일 좋아."

"왜?"

다혜가 물었다.

"우리를 지켜주시니까. 그리고 또 우리 가족을 만들어주셨으니까."

문득 박목월의 시 '가정家庭'이란 작품이 떠오른다.

"지상에는
아홉 켤레의 신발.
아니 현관에는 아니 들깐에는
아니 어느 시인의 가정에는
알전등이 켜질 무렵을
문수文數가 다른 아홉 켤레의 신발을.

내 신발은
십구문 반十九文半
눈과 얼음의 길을 걸어,

그들 옆에 벗으면
육문삼六文三의 코가 납짝한
귀염둥아 귀염둥아
우리 막내둥아.
(후략)"

시인인 가장家長은 가장 큰 문수의 신발을 신고 있고, 막내둥이는 코가 납작한 가장 작은 신발을 신고 있지만 현관으로 비유되는 가정에서는 모두 정다운 하나의 가족이다. 가장은 나날을 눈과 얼음의 길을 걷는다고 하더라도 집에 돌아오면 더러워진 신발을 벗는다. 신발을 벗는다는 것은 들판을 달리는 전사로서의 무장해제를 뜻하며, 지친 신발을 벗음으로써 가정 속에서 평화와 위안을 얻는다는 의미이다.

우리 집 현관은 내 신발과 아내의 신발만이 놓여 있던 비좁은 공간이었다. 그러다가 다혜의 꼬까신이 놓이고 어느 날 도단이의 운동화가 그 곁에 놓였다. 아이들의 신발 문수가 점점 더 커지더니 어느 날엔가 우리 집에 새로운 신발이 등장하기 시작하였다. 그것은 사위 민석이의 것이었다. 소

도둑처럼 크나큰 신발이었다. 그러더니 어느 날엔가 나의 딸이 낳은 정원이가 가족의 뉴 페이스로 등장하였다. 정원이의 신발은 그야말로 '꽃신'이었다.

사랑하는 며늘아기 세실이의 비단구두와 '귀염둥아, 귀염둥아, 우리 막내둥아' 하고 시인이 노래하였던 것처럼 막내 윤정이의 또 다른 꽃신도 현관에 놓여졌다. 아직 시인의 가족처럼 아홉 켤레의 신발은 아니지만 세월이 흐르는 동안 우리 집 현관에는 여덟 켤레의 신발이 차곡차곡 놓이게 된 것이다. 세월이 더 흘러가면 또 다른 꽃신이 현관에 놓이게 될 것이고, 언젠가는 시인의 가족 수를 추월할지도 모른다. 그렇게 되면 우리 집안은 종류가 다른 갖가지 신발로 꽃밭처럼 만발하게 될 것이다.

그렇다. 교주님 정원이의 말씀대로 우리들의 가족이야말로 하느님이 만들어주신 최고의 '위대한 유산'인 것이다.

에필로그

지금도 다혜는 아빠가 딸 정원이와 주고받은 편지와 카드 들을 소중히 간직하고 있다. 아빠가 손녀를 위해 만든 조그만 일련번호가 적힌 보물쪽지들, 그리고 정원이가 만든 4쪽짜리 미니북과 함께. 다혜는 이 책을 위해 아빠의 원고와 책 위에 그림을 그렸다.

사랑하는 정원에게

할아버지는 정원이가 있어 이번 여름에 긴 병과 싸울 때 힘을 얻을 수 있었어. 정원아. 정말 고마워. 정원이가 내 옆에 있는 게 마치 수호천사가 있는 것 같았어. 정원이의 편지처럼 할아버지는 울지 않을게. 금방 또 만날 수 있으니까. 정원이도 2학년이 되었으니 학교생활 더 잘하고 선생님 사랑하고 친구들과 사이좋게 놀아요. 이 세상에 수많은 아이들이 있지만 정원이가 최고야!!!!! 할아버지는 이 세상에서 정원이를 제일로 사랑한다는 것을 잘 알고 있지? Bye Bye. 또 보자. 다음에 볼 땐 할아버지는 다 나아 있을 거야. 사랑한다.

할아버지가

정원이의 일기

2013년 10월 17일 목요일 아침 날씨 맑음

할아버지는 우두자국을 가리키며 내게 말씀하셨다.

날개가 접혀 들어간 자리라고. 날개가 활짝 펼쳐지면 마음대로 하늘을 훨훨 날아다닐 수 있다고.

언젠가 어깨에서 날개가 다시 돋으면 할아버지가 하늘로 날아가실 거라는 건 알고 있었지만, 그날이 이렇게 빨리 올 줄은 몰랐다. 침샘암에 걸리셨지만 나는 할아버지가 금세 나아지실 거라고 믿었다.

어렸을 때, 매일 나를 유치원에 데려다주신 할아버지. 유치원을 가는 대신 백화점으로 가 내가 원하는 것을 사주시던 할아버지.

한국에 오기 전, 할아버지가 나를 보러 상하이에 오셨던 때가 생각난다. 그때 할아버지는 '사랑해' '보고 싶어'와 같은 말들이 적힌 작은 쪽지들을 내 방에 숨겨놓으셨다. 그리고 말씀하셨다. 내가 그걸 찾아내면 밤에 할아버지가 천사가 되어 날아올 거라고.

캄캄한 밤이 되면 무서운 이야기도 해주시던 할아버지는 무척이나 장난을 좋아하셨다.

작가는 내가 꿈꾸는 직업 중 하나다. 작가가 되고 싶은 것을 알고, 내가 꼭 꿈을 이루기를 바라셨던 할아버지. 작가가 되도록 늘 응원해주고, 가르쳐주고, 도와주신 할아버지가 내 곁에 계셔서 난 너무나 행복했다.

우연히 옛날 사진을 보았다. 사진 속 할아버지는 정말 잘생기셨다. 할아버지를 따르고 좋아하는 사람들이 많은 걸 보면, 할아버지가 세상에서 가장 멋진 할아버지인 것이 틀림없다. 고등학생이 되고 어른이 될 때까지 할아버지는 예전처럼 나를 이끌어 주실 거라 믿는다. 그리고 언젠가 내가 꿈을 이루는 것도 보실 거라 확신한다. 오늘도 할아버지는 내 곁에서 나를 지켜보며 내게 행운을 안겨주고 있다. 할아버지의 손녀로 태어난 나는 이 세상에서 가장 운이 좋은 아이이다. 내가 아는 할아버지는 이런 내 마음을 아실 거라 믿는다.

오늘은 할아버지의 예순여덟 번째 생신이다.
긴 초 여섯 개, 작은 초 여덟 개.
할아버지가 한 번에 촛불을 껐으면 좋겠다.

_유고집 『눈물』 중에서

(註)
× 10) 崔仁浩 원고용지

"우리 집은 정원이의 그림을 전시하고 있는 상설전람회장이며, 정원이가 남기고 간 낙서들을 그대로 보관하고 있는 갤러리이다."

_본문 중에서